读客当代文学文库

当代文学看读客，名家名作都在这

体面人生

黄昱宁 著

江苏凤凰文艺出版社
JIANGSU PHOENIX LITERATURE AND
ART PUBLISHING

图书在版编目（CIP）数据

体面人生 / 黄昱宁著 . -- 南京 : 江苏凤凰文艺出
版社 , 2023.8
　　ISBN 978-7-5594-7844-3

　　Ⅰ . ①体… Ⅱ . ①黄… Ⅲ . ①短篇小说 – 小说集 – 中
国 – 当代 Ⅳ . ① I247.7

中国国家版本馆 CIP 数据核字 (2023) 第 120150 号

体面人生

黄昱宁　著

责任编辑	丁小卉	
特约编辑	陆雨晴　　黄雅慧	
封面设计	章婉蓓	
责任印制	刘　巍	
出版发行	江苏凤凰文艺出版社	
	南京市中央路 165 号，邮编：210009	
网　　址	http://www.jswenyi.com	
印　　刷	嘉业印刷（天津）有限公司	
开　　本	890 毫米 ×1270 毫米 1/32	
印　　张	8	
字　　数	206 千字	
版　　次	2023 年 8 月第 1 版	
印　　次	2023 年 8 月第 1 次印刷	
标准书号	ISBN 978-7-5594-7844-3	
定　　价	49.90 元	

序

抓住真实世界的碎片

小白

  这是一个时代渐行渐远的结尾？或是另一个时代貌似平静的开端？因为身处其中，我们很难看清。也许要有一个视角，滤去太多太杂乱的景观；或者时间之流中的一个制高点，向前、向后都能看得更远些。黄昱宁可能恰好拥有那样一个视角：这个时代（假如真有这么个东西）开始之初，人们只会在懵懂中到处乱撞时，她仍是对世事似懂非懂的少女，就像《阿B》的故事的叙述者——管亦心。她看见很多时代现象，却并不真能了解其含义。这既给她带来（并将终身伴随）对某一类人、某一类事物的神秘感受，又让她能免于为那些时代现象付出某种精神上的代价——每一次撞墙都会造成巨大损伤。并且在一切都过去、一切都面目全非之后，能让她拥有比较恰当的记忆，既不会虚妄地夸大，也不会轻视，甚至完全无视。

  这部小说集确实也找到了一些小小的制高点——或者我们也可以称之为"观景台"，就像你驾车盘山正略感迷失，偶尔就会在路边看到它们——凸向峡谷的峭壁上，简单铺着几条枕木。你站到上面不仅能看到来路、去路，有时候还能看到美丽的冰川和潟湖。这些故事中的一些场景、人物以及正在或将要影响他们命运的若干日常事件，确实起到了观景台的作用，驻足其中，你便能"体面"地观察到一些东西。

《十三不靠》中碧云天饭局上的人们，和小说作者恰好在一条时间裂缝的两边，跨过这条裂缝，事物的意义就变得有所不同。就像我们先前所说的，小说作者和管亦心们有幸避过了这条时间/意义的裂缝，对事物得以保持一种恰当的、相对健全的看法。而碧云天饭局中人却经历了断裂，他们中及时跟上的人得到了时代红利，稍有迟疑或者执着的人们，不免就要忍受某些支离破碎的生活感受。前者拥有双重的自满，后者则有虚妄的自矜和自持。

而管亦心们也有她们的问题。在《离心力》故事里，她把自己的老屋租给外卖骑手，自己又去租住别人"贴着内环边、带地暖有阳台的两室两厅"，却陷入一种被两头挤逼的状态：外卖骑手摔伤骨折，既不能付房租也没法退租离开；"两室两厅"的房东卷入资金危局，要求她退租，好让他们卖掉房子。管亦心们陷入的实际上是一种伦理责任上的"三角债"。我们先前说过什么？她们对事物有比较恰当健全的看法，既不能像外卖骑手那样，因为确实一无所有，所以安心"躺平"，也不能像房东米娅和骆笛（电影圈金牌夫妻档），拥有莫名的自满、自持和自矜，足以毫无愧疚地向任何人提出任何要求。于是清债的责任就必须由管亦心们承担了，既然她们"健全"地保有对人和事物的同情。《九月》故事里的彭笑显然和管亦心一样，深陷于责任债务中，她对工作有责任，对老公有责任，对家政阿姨有责任，对自己的女儿有责任，对维护自己身边局部的"社会系统"平稳运转有责任。

贯穿于这些故事中的最重要因素是时间，尽管它们很少被准确注明，只有在我们这个时代生活过的人才能够辨别环境、衣物、职业、日常器具、说话方式、身体动作，所有这一切都附着有精确的时间标记。人物携带着这些物化的时间标记，出没于不同的故事中，让它们变成一个时间上的整体。那些因为叙述的天然局限，因为观察视角的难以抵达，甚至因为命运的不可知而被偷去的时间，由此被作者重新找到，并且拼回空缺处。

叙事是一种关于如何偷走时间的艺术。有些——比方说电影叙事，在观看电影时，观众很难允许有人把时间轻易偷去。如果银幕上发生一个事件，过了十分钟后另一个人物进来，观众心里一定会想到，前十分钟他在做什么？对电影来说，这反而成了一种幻觉机制，电影艺术总是在征用它，其根源在于电影叙事中的所有事件都在银幕上即时发生。黄昱宁则反过来，通过找回这个人物被偷去的十分钟，为《体面人生》中的这些故事营造出强烈的"现在"感：每一个故事，每一个场景，都因为人物附带着另一个故事中的另一个时间，而在不断消逝的时间中凸显出来。

于是我们知道，《十三不靠》故事中的于思曼，从前叫于晓红。她在大学诗社认识康啸宇之前，还有个小男友，叫阿 B。《阿 B》的故事发生在一个"无法预知几年后就会有双休日的年代"，也就是说，那应该在 1995 年之前的某一年。这个故事的讲述者——管亦心——于晓红的表妹，多年以后在《离心力》故事中成了公众号写手，把她的房客赵炼铜——一位外卖骑手写成了热搜明星人物。而这位骑手有个堂姐赵迎春，是《九月》故事里的家政阿姨，一心想让她的儿子九月在选秀节目《八音盒》中出道，可他刚刚走红就突然退赛，母子二人一起从读者视野中消失。直到她再次出现在赵炼铜的自述里，读者才了解九月的出身与赵迎春不愿提及的往事。如此一来，读者便隐约猜到当初九月为何突然退赛。

时间之流中的搜寻在小说集后半部指向了未来。《十三不靠》中的毕然，拥有出色的公共演讲能力，几十年后，《笑冷淡》故事里的智能机器人利用毕然的个人数据来训练，后来索性占用了毕然这个名字，在脱口秀场大放光彩。由此，小说作者对时代的观察视线转向了未来。机器智能、虚拟现实和增强现实、脑机传感器、未来材料工程、超级病毒，故事中出现了未来的事物和符号，可正像在第四个故事《离心力》中管亦心所说："站在未来，把今天当成历史来写。"她打算试试看。小说集后三个故事中的人物，仍然是现在的人、此刻的人、与我们同时代的人。他们接受了与我们相同的教育，面临与我们相同的日常困境，有着与我们相同的性格问题。我们于是意识到，我们可能确实站在一个时代的开端。

这个时代机器会取代人们去工作，人们会躲进虚拟现实，情感也因为虚拟，变成一种可以随时拿取和丢弃的日常用品。不知为什么，《蒙面纪》成了整部小说集中最温暖的故事，虽然它多少会让人想起刚刚过去的两年时光。但齐南雁和乔易思在虚拟的困境中互相展现和给予的善意，让读者对于这个时代中的管亦心们怀有信心。毕竟，这个时代也造就了一大批愿意承担责任的人。

黄昱宁的这部小说集，着手处理的是比她上一部短篇集更加严肃的事物。她的叙述也变得更加果断，不时闪现着让人暗暗吃惊的洞察力。她在故事中前所未有地抓住了某些不易觉察的真实世界的碎片，它们让叙事的质地变得更加坚实有力。

目　录

A 面

B 面

A 面

"我们都是
落在时代夹缝里的人。"

十三不靠

一　B小调

那天 B 小调如果开着门，康啸宇说，事情就不一样了。

B 小调是小区门口的干洗店的名字，白色亚克力板招牌上的蓝色的"B"被某次暴雨冲掉半截，从此成了"3 小调"。整个锦绣苑的居民，甚至包括店里的人，都只管这家干洗店叫"干洗店"。这个简陋的店面其实有一个毫不相干的奇怪的名字，这事儿好像只有康啸宇记得。

后来再回忆那天的事，康啸宇只能从 B 小调讲起，它成了谈论整件事唯一的入口。你能想象，不过年不过节，也没停电，一家干洗店为什么不开门吗？康啸宇问得工工整整，带着那种在心里排练了很多遍的口气。如果它开着，康啸宇便可以把洗好的浅藏蓝外套取出来——只有它的样式和色调，尤其是那道比底色深一个色号的深藏蓝绲边，配上他的米色针织衫，才显得刚刚好。

刚刚好的意思是不太贵也不太贱，不太旧也不太新，不太正式也不太随意。那天，康啸宇坐在"碧云天"的包房里舀起一块蛋白蒸雪蟹，感觉到腋窝下的接缝线头紧紧绷住，处在将断未断之间。在最不该走神的时候，他在想，衣服与肉体之间的关系很哲学、很尼采。他的肉体在想象中飞出簇新的白衬衫和灰正装，躲进藏在衣柜里的针织衫和那件被锁进 B 小调库房的外套里。他想象着衣领与脖子像拌累了嘴的早就没有性生活的老夫老妻那样自然和解，而不是像现在这样僵硬地对抗。又一层细密的汗珠从后颈往肩膀弥漫，他想象着白得刺眼的领口正被洇染成可疑的黄色。

事情过去整整三个礼拜之后，康啸宇才想起去 B 小调。招牌上掉落的半截，不知什么时候已经找人来补上了。迎上来搭话的照例是那个喜欢在刘海上挂卷筒的女人，她的男人照例游离在昏暗的视野边缘。康啸宇依稀记得上次见到他时，他在柜台后面好几排真丝旗袍中露出小半张脸。现在他还是在那里，只是架子上换成了一溜羊绒大衣。寒暄中，外套被男人小心地递到眼前，接着那男人缓缓地瞟了康啸宇一眼。这对小夫妻的分工总是格外明确，女人说话，男人配上慢了半拍的动作和表情。

弟弟回乡下办酒，女人说，杂事太多需要人手，家里紧催着去火车站，都等不及贴张告示。不好意思啊康老师，耽误你正事了？

康老师点头，再摇头。他的手在熟悉的质地上摩挲，努力忍住不去假设——在碧云天，如果穿着这件衣服，他的情绪会不会稳定一些。

他把三周前穿过的那件白衬衫交到男人手里，说能洗成什么样就什么样吧。男人的手指被各种细腻的衣料磨炼得异常敏感，一下子就捏住衣角上略微发硬的那一块。他顺势翻过面来，衬衫摊在柜台上，迎着日光灯。

白衬衫上晕开一团暗红。女人劈头就问：血？

康啸宇几乎想顺嘴说"是"。想象整件事本来可能滑向更失控的方向，倒也是一种解脱。他不无遗憾地否认。喝多了，那是红酒。他冲着紧紧盯着他的男人笑，我酒量不行。

二　于思曼

白衬衫和灰正装是康啸宇的老婆于思曼挑的。法国小众牌子，腰线、领口、肩膀都格外收窄了一分。好看就好看在这一分——于思曼从法国出差回来时，两根手指钩住衣架，歪着头对他说。

确实好看。可它只有挂在衣橱里才好看。他跟于思曼争辩，说他有的是衣服可以选，说一场老同学聚会没必要穿得像是去面试，说他康啸宇的气场不需要靠一套新衣服来提升。

所以，你激动什么，我说过你气场不够吗？

就像在大学里一样，于思曼总是用一句话结束战斗，连战场都打扫干净。三十年前她过生日，经济系的毕然在她宿舍门口转悠了三个钟头，以为用一台淡绿色的汉字 BP 机和一盒费列罗巧克力，就能撬走康啸宇的女朋友。于思曼说她的数字机够用了，毕竟，要费点儿心思猜的事情才好玩——小毕你说是不是？是是是。小毕把礼物悲愤地撂在月光最亮的那一片草丛上，走开三十米才回头看。他一路竖着耳朵听，没有听到于思曼离去的脚步声，但人已经不见踪影。凝固的画面被一只肥胖的老鼠打破，它横穿过宿舍门口。

毕然冲过去把礼物捡起来，带走了。

当时康啸宇并不在场。这一幕是通过毕然的叙述才在他眼前逼真起来的。不知从什么时候开始，这件逸事成了一道可以随时拆卸的花边，适合镶嵌在毕然出席的几乎任何场合。最近一次是在网上转发了十万加的短视频，剪了五分钟的 TED 演讲现场。在他的故事里，于思曼的婉拒，成了毕然知耻后勇、通往成功未来的第一道阶梯。在他的故事里，于思曼不叫思曼，叫"女神"。

"没有女神对我关上的这道门，"毕总说，"就没有世界向我打开的那些窗。"

聚光灯下的毕总，目光坚定，衣领坚挺，头发卷曲的弧度刚好把夹杂其中的白发勾勒出精致的、仿佛刻意挑染的轮廓。他把这类演讲的要诀拿捏得恰到好处：三言两语就能带出画面的小故事，毫无理解难度的转折，几句俏皮话。基调是既感伤又昂扬的，自嘲里透着自信，励志之余不失幽默。作为锦上添花，毕总让这个故事如藤蔓般向四面伸出卷须，挨个卷起再放下——女人和男人，成功与失败，新媒介与旧时光，业已消逝的诗和远方。

是的，他又说到了诗。他喜欢提醒观众他曾经是个诗人，校园诗人。他要你暂时忽略他现在的身份是一家互联网企业的总裁，下个月就要首次公开募股。他当过诗人的唯一证据是当年在校刊上发表的那首诗，后来给选进了一本书，再后来给谱上了曲。流行歌曲而已，毕总说，上不了大雅之堂。

然而，只有这首流行歌曲能证明他们那个叫"梅花落"的诗社曾经存在过——搜索引擎的百科词条"校园民谣"在说到这首诗的时候提了一笔。那个词条甚至没有把整首诗都列出来。他们的青春，被历史封存成标本，只剩下副歌里最好听的那一句：

你绾起长发，断线缠绕其中，任凭我的风筝，倒挂在你的天空。

木吉他弹到"筝"字时空了一拍，好让歌手从容地滑个颤音。康啸宇每次在KTV里听到这一句，都想捂住耳朵。

三　碧云天

溅在衬衫上的红酒据说是从法国波尔多的什么酒庄里直送过来的。反正碧云天里的人都这么说。门厅总台背后，一整面墙喷绘着夕阳笼罩下的葡萄园，光影层次被PS得过了头，色彩过渡的线条僵硬而尖锐。每次站在门厅里，康啸宇就觉得身边的于思曼成了一个陌生人，好像刚刚从墙上的画面里走出来。大片橘色光从画里溢出来，像是探出一只手，随时会把她抓回去。

在这团光里，于思曼脸上的浮粉绽开裂纹。他觉得她从来没有这样难看过。

总台小姐一眼认出来这是毕总的老同学，冲着对讲机咕哝了几个字，就把他们引到包房里。每次都是同一间有日式马桶和意式吊灯的包房，主位背后的墙上挂着《草地上的午餐》。这不是喷绘画，是定制的临摹油画。康啸宇不得不承认，这一幅比他在大芬村见到的大部分"马奈"都顺眼一点儿，裸女的腿部肌肉的线条更结实。这幅油画也许出自哪个缺钱的美院油画系学生，他想。白胖的女人托着下巴，侧转头俯视桌面。通常，康啸宇就坐在毕然对面，一抬头就迎上女人挑衅的目光。

一切都像被摁在某条看不见的流水线上，反复循环。每次聚会，康啸宇和于思曼总是倒数第二个到场——进门冷眼一瞥就知道还差毕然。空调总是开得太足。话剧导演冯树跟电视综艺节目总导演廖巍照例占据长沙发的左侧，冯树正在给廖巍演示烟斗的用法。气派要足，腔调要好——关键是，这一整套耗时费力，你的注意力全在仪式感上，实际上并没吸进多少烟，肺里也就攒不下尼古丁了。

廖巍直摇头，说我们的工作节奏可不能这么玩——我琢磨过，最多试试电子烟。说话间，他一抬头看见康啸宇，说老冯你可以跟老康切磋切磋，他有的是时间。哪里哪里，康啸宇说，我也瞎忙。

长沙发的另一侧，米娅和苏眉抢着给早年离婚之后便一直单身的邵凤鸣看手机里的照片。也只有小邵（他就算头发已经秃了大半也还是小邵），才有耐心在她们俩之间周旋，每次都能想出新鲜的赞美角度——两个女人一共有分布在不同年龄段的三个孩子，一条狗，两只猫，一大缸热带鱼。

几乎在同时，米娅和苏眉的余光扫到于思曼，刚才忘形地跨在沙发上的中年妇女的臀和腹，顿时像被按了开关似的绷直。米娅左腿略略弯曲，顺势虚跪在沙发角，右腿站直，左手拽住披肩裹住腰，右手亲热地揽住刚刚走到她身边的于思曼的肩膀。

小曼你真是哪哪儿都没变，就像薇薇的姐姐——不对，你跟薇薇就像双胞胎。

总得有人扮演称职的闺密，康啸宇想。在这场游戏里，苏眉的反应永远慢半拍。

刚降过一波温的暮秋，露台上已经不太能站脱掉外套的人。康啸宇却还是径自往露台上走，任凭江南的湿冷像纤柔而阴险的虫子，往关节的缝隙里钻。按照毕然的说法，他之所以喜欢在碧云天召集饭局，就是因为看中了这间包房的露台。康啸宇知道一定还有别的理由，但他宁愿相信毕然的说法。

他也喜欢这露台。尤其是在夏天傍晚，这里直到七点还不会暗下来。倚在露台的木椅上，眼前全无遮挡，你会觉得整座城市都热得卸下防御，迎着你，在所有的秘密上都掀开一个角。而你也热得失去了斗志，懒懒的，甚至不必看清它们。凭着夏夜的能见度，往东北方向你有时候能望到高架桥上的车流堵成一帧静止画面（一格一格的色块就像于思曼抽屉里的眼影盘），想象着下班路上的疲惫的人们困在里面，听着车载空调发出越来越响的嗞嗞声；往西北方向则是这座城市近郊别墅区的起点，最早买得起别墅的那群人都住在这里。你会再次惊讶于自己对生活的麻木，那种近乎发甜的麻木。

于思曼跟出来，在露台栏杆边站定。她没有看康啸宇，嘴里却在跟他说话。今天就算了吧，她说，来日方长。为什么算了？康啸宇说，我们早就讲好了，怎么能算了？你的毕总帮了我们大忙，这事儿不表示表示，我就不要在同学圈里混了。

表示表示也不用现开销吧，倒有点儿显得我们小气了，不像见过大世面。于思曼的语气有点儿急，甚至没时间计较毕然为什么成了"你的毕总"。

我见过的世面是不大，不过一顿饭总还请得起。康啸宇知道自己在偷换概念，可他就是忍不住。你放心，康啸宇的头侧转过来，盯着于思曼的眼睛说，我分得清好歹——薇薇的事儿，我一定得谢谢他。

于思曼想说你又不是不知道，碧云天根本就是毕然自家地盘，在这里买单是他的权威他的享受。以她对康啸宇的了解，几乎立刻能想象出他会怎么反驳她。难道你想揣着这份人情，藏在抽屉里，压在枕头下，以后单独还给他？昨天晚上，他就这样质问过她。

你真无聊。于思曼一摔门，跑到隔壁去检查薇薇的奥数题，整晚没再跟他说过一句话。

包房里一阵喧嚷。毕然那训练有素的声线，带着悦耳的共振传过来。来晚了，开好酒，必须是好酒。八八年的其实评分不如九二年的，不过也算拿得出手，今儿一定得开几瓶——毕竟要凑个三十年嘛。

怎么，你们都不记得了吗？

四　梅花落

三十年前，也是在深秋，梅花落诗社成立。毕然宣布这个答案的时候，稍稍凑近玻璃醒酒器。整个包房的人都能听见他吸了一口气。

再醒个两分钟就差不多了。毕然微微点头，两根修长的手指下意识地在桌上交替叩击。米娅说不止三十年吧，明明在那年春天，老康老范他们，已经开始挑头拉场子了。以前的我不管，毕然一边说一边示意服务员给米娅倒上第一杯酒，我是在快要入冬的时候才混进来的。只有人凑齐了才算正式开张，是不是？

是是是，来来来，大家走一个。还是老康爽气，第一杯就见底。今儿这开局不错。一醉方休，一醉方休。

苏眉开始小声计算，那些年整个师大里究竟成立过多少诗社，有几个算是过了明路，能在社团联申请到经费。邵凤鸣用牙签挑起一只醉花螺，嘿嘿一笑，说我们这些人，没给一百多号人的"春风"拉去打杂，可见耳根都不软。

春风是师大的招牌，是高校联合赛诗会上的明星。那时候，在春风里出名的男生毕业了都不舍得走，他们去食堂不用带菜票，去小礼堂不用排队抢那些皱巴巴的跟菜票长得很像的录像券。那时候，女生从牙缝里省下的零花钱，可以在食堂里换一碗菜肉大馄饨，看诗人吃下去；也可以到小礼堂里占两个能看清莎朗·斯通大腿弧度的座位；或者买春风油印的诗集，在某一页留下几滴灰黄色的泪痕。

这三十年，在梅花落的聚会上，提起梅花落的次数，似乎还不及提起春风的多。在他们的回忆中，春风渐渐成了一个类似于传销组织的地方，尽管他们在师大念书的时候根本不知道什么叫传销。他们用"下线"来形容那些分布在各个系里的春风分社，说那些把菜票分一半给诗人的女孩子都是"脑残粉"。这叫"爱的供养"，苏眉说，顺势哼起了那首歌，甚至逼真地模仿出偶像歌手轻微的、奶声奶气的走调。米娅咻咻地笑，说，你确定你没有供养过？

我没有，我们梅花落不搞这一套。于思曼懒懒地注意到，苏眉讲这话的时候，瞥了康啸宇一眼。早十年，苏眉的眼神会成为她和康啸宇半真半假的争吵的调味剂，于思曼会笑着说，苏眉不是不想养你，而是没养成。现在，别说眼神了，哪怕苏眉趁着醉意揽住康啸宇亲一口，于思曼也懒得激动了。她只会觉得无聊。

站在春风的对立面，梅花落在他们的回忆中出淤泥而不染。他们说他们才是真正的民间社团，跟学生会没有一点儿瓜葛，成员来自不同专业。他们从成立到解散只有三年，"全盛时期"只有三十几个人——因为他们宁缺毋滥，只有那些肯用自己的脑袋思考的人才能入伙。他们宣布，他们才是——至少曾经是——真正的理想主义者。邵凤鸣说，诗歌的唯一灵魂是自由。他的脸不知道是被酒上了头，还是被这句话憋红的。两分钟前，他还在跟米娅打听投资移民新西兰的事情，冷不丁冒出这样一句话，就像是往面包里塞进一团芥末。

照例，毕然娴熟地化解了突兀。他说他今晚推掉三件事，有个什么会现在还没结束，可他抬脚便溜。什么都能推，这个局我不能不来——我哪次不是这样？他的眼睛在镜片后闪烁。我们是什么交情？我们这一代，事业、感情、钱、性，哪一样不是用血肉之躯去滚一滚，才滚明白的？

毕然似乎真的动了感情。这是精神家园啊，各位，他说，安放灵魂的地方。灵魂之外，都是场面上的事。场面是场面，灵魂是灵魂，不能混为一谈。康啸宇想，在他认识的人里，只有毕然能在说这样宏大的词语时，不惹人讨厌。这是天分。

在这样的饭局里，所有的话题都是对"世风日下"的延伸或变奏。他们已经到了这样的年龄：一切好事情都发生在以前，发生在那个初心尚未消逝的原点。开始总是好的，比如春风，然后就渐渐地走了味串了调。初心碎裂，渐渐溶蚀在岁月中。碰巧（天知道为什么那么巧），这一桌人都是例外。就好比，当中年的油脂像一座漂浮在海面上的冰山一样飞奔而来时，他们恰巧都不在那艘大船上。

通常，话说到这里，便是饭局气氛最愉悦的时刻。一桌人暗暗分享着集体构建的优越感，各种轻巧的段子在空气中友好地摩擦，你看到火花照亮刚刚洗过的牙齿表面。"春风"，多么平庸的名字，简直从一开始就预示了必将流于庸俗的结局。想当年，我们的"梅花落"可是郑重其事，投了三轮票才选出来的。

康啸宇记得那次投票，记得在最后一轮里于思曼怎样把他们俩的票都折成鸟的形状。"兰波"和"叶芝"都已经在前两轮给淘汰了，只剩下"梅花落"和"草生长"。于思曼说，"没有人看见草生长"当然不错，但那是外国人写的啊。在帕斯捷尔纳克和张枣之间，你感觉不到那种……嗯，那种微妙的、发自血缘的倾斜吗？

只要想起一生中后悔的事，梅花便落满了南山。康啸宇念了好几遍，最后在于思曼的凝视中把票上的"草"改成了"花"。八比七，"梅花落"险胜，于思曼在回宿舍的路上踮起脚尖献上骄傲的初吻。她的睫毛在鼻翼两侧投下阴影，牙关紧闭。慌乱的康啸宇只能打着哆嗦在她嘴唇表面来回蹭。

康啸宇被三十年的时差震得微微晕眩。毕然的朗声大笑仿佛隔了一堵墙隐隐传进来。投票那会儿，毕然还没有加入诗社，却总是能把这段历史描述得栩栩如生，巧妙地融入他的演讲素材。他说不让一生中后悔的事情堆积成负能量是何等重要，他说落满梅花的南山是我们心底里最柔软的净土——但你不能陷进去，要不然净土就会成为沼泽。他说着说着语速越来越快，突然一个急停，把一个温暖宽厚的微笑抛向康啸宇——你瞧，我又拿陈年旧事来班门弄斧了。我差点儿忘了，我们这些人都是文艺的逃兵，只有你康老师才是专家。

五　新文艺

在康老师的圈子里，说别人是专家就跟骂人差不多。至少康啸宇的眼前会马上浮现出《新文艺》杂志开研讨会时，迎来送往的那些老面孔。他们签到，接过一模一样的环保袋，拿出其中的信封塞进公文包里，然后把环保袋留给自己的老婆买菜。你很容易判断专家们的资历。年轻一点儿的从会议一开始就把手里的材料翻出响声，用铅笔在白纸上奋力记录着什么。他们熟练地察言观色，计算着什么时候接过话筒才算既得体又不浪费——会议开到三分之二以后，媒体通常会走得一家都不剩。越是资格老的，越是不需要掩饰自己并不怎么熟悉会议的主题。书好不好，电影行不行，画高级不高级，我不用看，闻一闻就知道——真正的专家都这么说。

康老师相信自己跟他们不是一路人，却拿不出有力的证据。用于思曼的话说，康啸宇既不是缺少才气也不是毫无运气——他就是眼神差，看不准。看不准别人，看不准自己，更看不准形势。刚毕业那会儿，高校清汤寡水，只有他傻乎乎地选择留校，一边念秦教授的硕士，一边当哲学系的助教。秦教授北上发展之前，招呼他到家里来吃饭，几次欲言又止，到底没说出什么来。他知道，这一走，康啸宇必然被系主任视为老秦留下的外人——剪掉他就像剪掉一只根本来不及长硬的翅膀，只是举手之劳。

即便如此——于思曼站在时间的瞭望台上指出——只要再忍两年，也许一年半就够了，全国高校的大规模扩招就开始了。在师大，一毕业就留校，一留校就有课教的好时光，早就是过了这个村没有那个店了。如今，没有海外名校的学位，没有一点儿拿得出手的项目，你根本不好意思往学校递简历。相比之下，系主任的态度又算什么呢？事情是会变的，主任是会老的，小鞋穿着穿着，说不定会渐渐合脚的。

这两年，于思曼喜欢研究心理学。她说康啸宇之所以总是把一手好牌打烂，其实是受到了强烈的负面心理暗示的影响。康啸宇当然不承认，可他没法解释自己身上怎么会出现那么多巧合。从师大投奔出版社，三年就当上了总编助理，这明明是个进可攻退可守的良好开局，怎么会转眼间就给逼到了阴暗的墙角？他上任以后签的第一个字，怎么会偏巧卷进一场出版事故？

小康啊，你听我说——社长的眼神看起来就跟秦教授一样闪烁不定——我知道这事儿跟你没关系，可是你这总编助理没级别，背个处分没有实质性影响，过了这阵风头，社里的后备干部选拔还不是我们说了算？

话说到这个份上，他康啸宇还能有什么选择？后来，当他被调到社办期刊《新文艺》当编辑部主任的时候，他还宽慰于思曼说这样也好。最起码，文艺，新文艺，难道不是我们最喜欢干的事情吗？于思曼没有回头，对着镜子卷睫毛，照例用一句话结束战斗：文艺这种事，一旦从纸上跳下来，我就不喜欢了。

社长的许诺只是说说而已，这个康啸宇知道；踩空一步，上升通道就会在你眼前缓缓关上门，这个他也知道。他没有料到的是科技的力量。他不知道他接手《新文艺》的时候，四五个人尚且能自负盈亏的状况，将是这本双月刊在未来十年里的巅峰——然后，就只有走下坡路的份了。

现在轮到于思曼来宽慰康啸宇了。如今哪有杂志不走下坡路的，上坡的是他们新媒体。你们社办期刊虽然没有政府资助，好歹有出版社罩着，只要开源节流不进人，要混总能混得下去。康啸宇被于思曼的善解人意打动，顺便接受了她话里的潜台词：他已经过了可以另起炉灶的年纪。然而，紧接着，她一转头，压低嗓门，手指向客厅。

《土耳其进行曲》。钢琴八级曲目。康啸宇凝神听了半分钟，这一段薇薇竟然没弹错，但音符与音符之间那么拥挤，像一串互相牵绊的回形针。

其实没钱我不怕，我对生活质量没什么要求。包裹在于思曼言辞之外的那层温热还来不及消散。只要不委屈了薇薇就行，她说。

六　康采薇

三岁那年冬天，康采薇得了支气管周围炎。他们挂专家门诊号，看着医生在空中比画支气管的形状，说抗生素根本渗不进那些纤细的末梢。也没什么大事儿，就是咳嗽，总有一口痰瘀着，萎靡不振，有事没事来点儿低烧，哪天高烧发作就来挂个水。医生说得就像吃一顿火锅那样简单。

那个阴湿的江南的冬天，构成了康啸宇的一道认知门槛。跨过去，他便再也回不到那种连成一片、无须割裂的时态中。于思曼在中法合资的化妆品公司里上班，请假不容易。所以每天清早，康啸宇起来熬中药，用盐蒸橙子，用冰糖炖梨。这几种东西的气味混在一起，钻进他们家每一面墙纸的纤维里，隔了好几年似乎还没挥发完。薇薇"吭吭吭"地咳，咳到他的肺也跟着痒。于是他也咳，咳到薇薇笑起来，脸颊和鼻子一阵潮红。

爸爸我要坐小火车。车头上有米老鼠的那个。

薇薇听话，外面风大，过两天咳嗽好透了再出门。

某个风不太大、咳嗽不那么揪心的礼拜天，他们再也找不到拖延的理由。被两条大围巾裹得只露出眼睛的薇薇，站在好容易露脸的太阳底下，看着街道公园里，原来跑小火车的地方，变成一块空地和一张贴在老树上的告示。整修，翻新，迁址。告示末尾甚至还很有人情味地画了个笑脸，向孩子们承诺那只盗版的米老鼠只是暂时消失。

昨天，昨天还有的——薇薇的鼻子皱起来。上次来是一个月以前的事啦，爸爸纠正她。薇薇的嘴在两层围巾底下一张一合。康啸宇想，在孩子的世界里，一天，一月，一年，都差不多。

当天晚上，于思曼睡不着，把已经进入迷糊状态的康啸宇推醒。

你看到薇薇的脸了吗？／我光顾着把她抱起来扛肩上了，肩膀疼。／她趴在你肩膀上，大眼睛瞪着我。／你看到了什么？／看到失去。／长大了就好。／我还看到了我自己。／什么意思？／这只是个开始。／什么意思？／她还要面对很多失去，很多很多。／睡吧小曼。／那些连一个招呼都不打，就从眼前消失的人和事，出现在我们身上就够了。／睡吧。／你懂我意思吗，康啸宇？

康啸宇似懂非懂。他想，于思曼懂就够了。于思曼是个行动派，她勇猛地冲在前头，替薇薇开疆拓土。所有尚未发生但于思曼认为必须发生的事，都被她默默地圈进了薇薇的城堡。她要用现在时的占有——哪怕只是假想的占有——抵挡将来时的失去。

钢琴课是"你们文艺界"的事，所以康啸宇必须从音乐学院里找个老师来。少儿剑道在"我们时尚界"（你们不是化学界吗？康啸宇问她）很火，所以这事儿于思曼自己来解决。然而，三年前，他们发现小升初是一项复杂的系统工程，是重中之重，是压在城堡头顶上的一大团乌云。他们谁都没把握。

直到上星期，康啸宇才知道于思曼私下去找过毕然，并且拿到了那张据说在黄牛手里值十二万元的附中入围表。入围表只是第一步。毕然告诉思曼，程序总要走一走的。他说，我能保证的是，这张表会在合适的时间落到合适的人手里。

靠不靠谱啊？你的毕总又不是教育界的，康啸宇咕哝了一句。有本事的人不分什么界，于思曼稳稳地回答。

千真万确。坐在碧云天包房里的人，都懂得这个道理。这几年，打着梅花落旗号的聚会，常常在开始上热菜之后渐入佳境。平均速度是办一件事上两道菜。康啸宇算给于思曼听，被她翻了个白眼。你就知道说怪话，吃吃喝喝就把事情办了有什么不好？非得像你们似的，动不动开一下午会，最后的结论是"后现代语境里的现代性迷失"？我就不信你们真的知道自己在说什么。

廖巍就知道自己在说什么。他手里的一档新综艺，在上一次饭局中敲定了毕然的"深度加盟"。深度既体现在创意上，也体现在资金上。第一期要是踩不上我们 IPO 的节奏——等不及毕然说完，廖巍就把手里的酒一饮而尽，咣当一声摞在桌上——哥们儿，那不可能发生。

苏眉和米娅停下窃窃私语，单手支住下巴看他们。她们脸上渐渐舒展开这样一种神情：仿佛额头刚刚被魔术师柔韧的指关节扫过，她们先是惊讶，再是入迷，终于羞涩。

康啸宇熟悉这种神情。女人喜欢轻巧整洁的事物，喜欢一个问题只有一种解决方案，喜欢一群人里只有一个核心，喜欢给天下万物打上精致的包裹，装进一场饭局，或者一本诗集。三十年前，他在苏眉、米娅和于思曼脸上也看到过这样的神情。那时，诗歌是整个世界的灵魂，而他康啸宇是梅花落的核心。至于毕然，至于他那首《风筝》——康啸宇摇摇头，想把那讨厌的旋律甩出去。

七　风筝误

《风筝》是梅花落的万年梗。它适合出现在饭局的任何时间，适合匹配任何微妙的情绪。骄傲、自嘲、怀旧、揶揄，都可以有一点儿——也可以一点儿都没，只是偶尔冷场时邵凤鸣吹起的一句口哨。苏眉说，廖导你做这新节目缺不缺主题曲啊？于思曼便飞快地接口——上《风筝》啊，就让唱《爱的供养》的那位唱，流量够不够？

毕然顺着话音朝于思曼看了一眼。虽然不露痕迹，康啸宇还是在其中捕捉到了某种无处安放的亲昵。于思曼没有告诉他，她私下去找毕然是在哪一天，在怎样的环境里。他没有问她，除了附中的表格，他们还有没有聊点儿别的，毕然是不是像电视剧里演的那样，极力压制伤感和得意，问她——你后悔了没有？

然而康啸宇无法遏制想象。想象这样的画面，让他既厌恶又兴奋——尤其是当他穿着这样一套僵硬的、让人忍不住出汗的新衣服。他的意识飞出身躯，用毕然的眼睛看于思曼，把曾经的仰视变为满含怜爱的俯视乃至逼视。最后，这问题甚至穿透于思曼的身体，像一支不屈的箭，射向更深处。他使劲儿看，看见更深更远处，站着一个模糊的人影。那是三十年前的康啸宇。

你后悔了没有？

没有。我有什么好后悔的？三十年前，我就知道诗不是为了被看懂而写的。苏眉说康啸宇将来一定会比海子厉害的时候，她看懂我了吗？她知道我从来不读海子吗？她知道我写"树林另一边是哪座校园，倒影在河水中四分五裂"，是在向艾略特致敬吗？那时她连《荒原》都还没听说过。

于思曼也许比苏眉懂一点儿。她对我说，让她亲吻写出这些字的手。她的膝盖慢慢弯曲，我的手指微微震颤。她不让我把手举起来，而是跪在地板上，嘴唇从我双手垂下的地方，向上，向下，向内，向四面游走。我的裤子潮热得像东南亚的红树林。这一刻凝固在我的记忆里。我越来越无法肯定，让她跪下的，是我，还是我写的那句"我们都是被历史除不尽的余数"，或者仅仅是她喜欢自己臣服于文学的姿态——那时谁不喜欢这样想？

我不后悔。去年我跟于思曼说，如果《风筝》是我写的，你怎么想？我说，你想想，除了《风筝》，毕然还有过什么作品？他进诗社以后就光顾着跟别的社团搞公关了。于思曼鼻子里哼了一声，低头继续刷手机，过了一刻钟才抬起头，说康啸宇你不要编这么劣质的故事好不好？那怎么可能是你写的，它的意象那么直接，结构那么简单，它那么浅——有几句，甚至还押了韵。

也许，最了解我的那个人，是毕然。他不晓得用什么办法，从外文书店的仓库里弄来一本烟灰色布面的英文版《荒原》，说要我把他弄进"你们那个诗社"里。他不稀罕春风，他说，我不会写诗，但我知道什么是好诗，你的就是。他说跟着我混就好像跟着艾略特混——这话没法更假了，但是假得讨人喜欢。他说他想进诗社是为了泡妞这话固然没错，但他会认真地泡，毕竟他做什么事都很认真。他说你们的章程规定要交一首诗，最好能发在校刊上，拜托你拿一首最差的给我就成。

《风筝》是我最差的诗，差到我写完以后就扔在一边不好意思给于思曼看。它就像一张甜俗的有酒窝的脸，贴上用玻璃纸剪出来的眼泪。毕然拿到《风筝》的第一天就把它背了出来，此后的人生他将无数次背诵它。他读得那么好听那么真诚，让我怀疑这首诗本来就是从他皮肤的某个毛囊里生长出来的，混在他浓密的毛发中，只不过借助了我的手——被于思曼亲吻过的手——才落到了纸上。

我们从来没谈论过这件事。我是说，把《风筝》交给毕然之后，我就再没有跟他提起一个字、交换过一个眼神——即便在它被写成歌之后，即便在它把他塑造成带着一长串定语的"代言人"之后。

八　代言人

米娅从包里翻出的《新贵》杂志上，毕然又当了一次代言人。这回被他代表的是"华丽转战商界的八十年代诗人们"。整整四页的专访配上一组在布达拉宫前拍的大片，毕然双手的拇指托住下巴，其他手指并拢成三角支在鼻梁上，像是在冥思，也像在祈福。在酷烈的日光下，毕然脸上的皮肤依然光滑，显然是后期处理过度磨皮的结果。

IPO前最后一哆嗦了，毕然说，最近出镜率是有点儿高，大家忍着点儿哈哈。

我以诗人的身份旅行。诗歌也有与社会对话的能力。守住诗意就是守住底线。廖巍把小标题轮流念了一遍，放下杂志，说毕总你这人设扛着这么大一家公司，我看着都累得慌。

话也不能这么说……毕然舀起一勺嫩豌豆，作势要讲出一番内幕，话到嘴边又似乎觉得没什么意思，于是原路折返，跟豌豆一起咽了回去。稍事整理后再吐出来，便字字都是场面话了。

企业形象。新媒体特性。成熟稳健。文化底蕴。团队精神。组合拳的第一套打法。传播路径的蝴蝶效应。渐渐浓厚的酒意把一个毕然变成几重略微分离的影子，把一大段演讲分割成一串关键词。

然而康啸宇还是在其中捕捉到了老范的名字。他听到毕然的男中音突然往下沉了三度，那种熟悉的先抑后扬的高潮前奏，仿佛从远处隔着山隔着水传过来。他听到每个人都在发出一些声音，好像生怕保持沉默，就会掉进哪个时间的黑洞。

老范如果在……/他在多半就不会在这种馆子里。/也许烤个串。/也许上谁家。/他哪一年不见的？/不就那几年吗？/再来一杯！/那几年日子都连一块儿，全过糊涂了。/那时候人人都没钱。/那时候谁想过没钱也是个问题？/干！/我还存着一盘他的拷带。/《迷墙》。/平克·弗洛伊德？/你运气好啊，他不肯借给我。/

我从他宿舍里偷的。/有人在匈牙利见过他。/酒是真的好酒！/最后的消息是？/哪有什么最后？/有人说他死了你信吗？/反正我不信。/我老觉得他在哪里逍遥。/咱俩还没碰过！/远远地看着我们。/这杯我先干为敬！/就远远地看。/偷着乐那种。/我半夜里醒来……/觉得应该还给他。/别装了，现在上哪里去还？/我没装。/我他妈每年听一次，听到磁粉全没了、录音机全扔了，还是没听懂！

　　每一场中年人的饭局里总会有一个早逝的名字，或者不知下落的故人。他永远横在他们中间。人们既不能不谈他，也不能多谈他。他渐渐成为一个抽象的符号，一道屏障，替所有人挡住了噩运、愧疚，以及生活中的其他可能性。吊灯的光打在《草地上的午餐》上，康啸宇觉得那白胖女人的眼里多了层雾。

　　这场大合唱直到鱼子酱端上桌，才停下来。

九　鱼子酱

　　某些角度看是灰绿色的，某些角度看是亮黑色的鱼子酱，凝结在面包片上，面包片躺在纯白的、反射着吊灯光影的瓷碟上。每人一碟，外加一勺酸奶油。这是碧云天新到的一批野生黑海鲟鱼子，不是顶级的可以上拍卖行的那种大白鲟，但一口下去也得上千。

　　破费了，冯树冲着毕然的方向说。

　　哪里话，千金难买高兴，何况是咱们这些年过半百的。一家人不说两家话，我这年纪在这种企业里，你们懂的……最后一搏啦。

　　是是是，敬毕总。敬梅花落。敬三十年。

　　等等——毕总放下酒杯——鱼子酱怎么能搭红酒。香槟也不行。那是法国人的玩法，太温顺。一定得上伏特加。又去腥，又提鲜，就那种在你舌头上引爆炸弹的感觉。刺激。

康啸宇并不觉得鱼子酱好吃，但伏特加入口的一刹那，他觉得整个口腔，从牙床到喉咙，都如过电般酥麻。黏稠的鱼子酱便是这麻木中的一团火焰。他的酒量本来就很可疑，再加上刚才灌下了太多红酒，于是这一杯伏特加迅速占领了中枢神经。

他知道他很快就要醉了，他知道他的醉态通常是最窝囊的那种，不吵不闹，只是像一团橡皮泥那样瘫在桌上。这可不行，他想。他要趁着还没死过去，把事儿给办了。他觉得他能看见自己的肾上腺素飞升，被鱼子酱点燃。

墨绿色天鹅绒旗袍刚在门口一闪，康啸宇便站起来。安妮塔，他听到自己口齿清晰地叫住她。

十 安妮塔

安妮塔是碧云天的公关经理。她熟悉这一桌人的名字和身份，记得在临近他们生日的时候准备好蛋糕和蜡烛。以前冯树悄悄跟康啸宇说，安妮塔是怎样一种女人呢——她可以一次性坐在两个男人的两条大腿上，但每个男人都觉得她的分量是压在自己这头的。

不过，当然，冯树眨眨眼睛，安妮塔归根结底还是毕总的人。毕然在碧云天里有股份，总得布个棋子在局里才安心。像安妮塔这样耳聪目明的，人不怠慢一个，话不啰唆一句，最胜任这样的角色。康啸宇喊她，她毫不迟疑地过来寒暄，眼睛却不忘匀一道余光投向毕然，像是他们少年时代听无线电短波时努力拉长的天线。

今天这一局，我请。康啸宇本来打的腹稿是要先兜个圈子讲句俏皮话的，舌头打了个转，心一横便直奔主题。他一边说，一边欠身离座，与安妮塔迎面而立。

呀，康主任发达了呢。安妮塔笑得软糯，尾声带着恰到好处的装饰音。

一家人不说两家话。梅花落是在我和老范手上开张的，庆祝三十年不吃我们吃谁的？老范那份，我替他付。

周到，康主任的礼数最周到。您说是不是，毕总？

毕总的脸色渐渐严峻起来。他的手举起又落下，嘴里的说辞在"老康你喝高了"和"规矩岂能说破就破"之间来回切换。他慢慢察觉老康是来真的。老康那白得刺眼的新衬衫的领口，正被汗水洇染成可疑的黄色。毕然用眼神向安妮塔宣布，现在不能来硬的——养兵千日，用兵一时啊安妮塔，你自己想辙。

桌上所有的人都放下了筷子。鱼子酱和伏特加的气味悬浮在半空。于思曼坐也不是站也不是，半个身子支在桌上，近乎哀求地低声叫康啸宇的名字。他没有看她。

康主任大手笔，安妮塔突然挑高嗓门，佩服佩服。这单谁买不是买啊，今儿我做主了。您跟我来，我们办张卡。

什么卡？本来已经拉开架势准备抢单的康啸宇愣在半空。

安妮塔凑近一步小声说，我给您算算，这一顿消费够我们至尊VIP的标准了。就算您不在乎这结结实实的折扣，下一回自己来消费也方便。您说是不是？

十一　云生活

银色卡上浮着两朵云。"碧云天餐饮股份有限公司"的字号缩到最小，"云生活"和花体英文"A walk in the cloud"放到最大。背面五六条细则，康啸宇一眼瞥见了八八折和满两万送选定酒水。填表，复印身份证，安妮塔指派收银员干这干那，节奏不紧不慢。末了，她把卡嵌在皮面账单夹里，微笑着递给康啸宇。

康啸宇里外翻翻，账单夹里只有"云生活"，没有账单。

什么意思，安妮塔小姐？我带了三张信用卡，可以随便刷。

您是我们的贵宾，刷脸就成。

我不懂。

毕总要我谢谢您的好意。这点小事就不劳您牵挂啦。已经记在他账上了。他发我微信了。

总台贵宾雅座的空调开得太热。汗水从康啸宇的领口、额头同时往外冒。他想盯住安妮塔的珍珠耳钉定定神，却觉得那一团亮白的边缘不断扩大，像一颗正在融化的奶糖。

这算缓兵之计吗，安妮塔小姐？如果我刚才不在乎你们的八八折，是不是这单也就抢成了？

这个——安妮塔左手下意识地捋一圈耳边的鬓发，奶糖顿时被揉搓得失去了形状。真要那样的话，确实会给我增加点难度。不过这账单您真别往心里去。您想想，您现在回去，实际上跟已经买了的效果是一样的。我认为是您买的，大家也都认为是您买的。您还办了张云生活，下回可以自己来玩，什么都不耽误。

康啸宇想大吼一声——重要的不是你认为也不是大家认为，是我自己认为。但安妮塔已经引导着他往回走了。他又一次把话咽了回去。

在碧云天，在梅花落，这将是康啸宇最后一次把话咽回去。

包房里的人像迎接凯旋的英雄一样迎接他。冯树拍拍他肩膀，说三日不见当刮目相看——你连个招呼都不打，我目都来不及刮啊。毕然双手抱拳说让老哥破费，我择日回礼。一丝别人不易觉察的苦笑爬上于思曼的嘴角。康啸宇觉得毕然和于思曼的表情，在某条看不见的轴线两侧，是对称的。

安妮塔斟满一杯伏特加敬康啸宇。他几乎是一把抢过来，一饮而尽。在众人的连声赞叹中，康啸宇突然大声说：安妮塔，当着大家的面，我们把账算算清楚。

安妮塔勉强挤出一丝慌张的笑。您别开玩笑——账清清楚楚，全结了。

康啸宇把钱包往桌上一甩，打结的舌头颠三倒四地往外吐字。他开始一张一张地报信用卡额度，问安妮塔够不够。说我就要付全款千万别给我打折。他说我的钱是不是钱，我的诗是不是诗，是不是？这三十年你们谁觉得过明白了？哪一个上天入地，站在老范面前，敢说自己过明白了？谁这么想，谁就他妈的给我站出来。

于思曼试图拦住他，拽了两下都被他甩开，最后只好坐下来叹气。毕然愣了半天还是觉得只有他能控制局面，于是艰难地站起来，沿着圆桌走过来。

桌上还有瓶红酒剩了大半。康啸宇说到第三遍"站出来"的时候，抄起瓶子砸在桌角上。红色。于思曼的一声呜咽。亮晶晶的反射着灯光的碎玻璃。

十二　碎玻璃

玻璃成为事件的焦点。

警察取走了攥在康啸宇手里的半截瓶子，瓶颈下的玻璃碴儿龇牙咧嘴，宛若凶器。安妮塔和毕然都被人送到医院里做了全身检查，毫发无伤。警察拿到体检报告才放人。警察对来领人的于思曼说，你家这位寻衅滋事的，耍完酒疯倒头就睡。拘留三天，睡足一天半。剩下一天半，我们要批评教育他，他就瞪着我们唠叨三十年前的事。

三十年前，是不是有人偷了他的什么东西？

康啸宇说他忘了这顿饭，忘了那个瓶子，只知道从此看到碎玻璃就晃眼。有人在微博上传那张照片时，他的第一反应是在拍电影，演员都脸熟得很。

画面上的康啸宇，青筋迭暴，嘴角上扬，像是在强忍一个笑，直到忍出内伤。安妮塔双手护住大半张脸，半截眉毛露在外面。画面上最清晰的反而是位置靠后的毕然，拍摄者坚决地在他的鼻梁上对实了焦。

照片匿名流出，无从考证拍摄者的身份。于思曼依稀记得从康啸宇大叫大嚷开始，包房门口就有人过来看热闹。根据当过调查记者的邵凤鸣分析，碧云天十桌有九桌是商务宴请，在门口一眼便能认出毕然的圈内人不在少数。以照片的抓拍功力判断，拍摄者也有可能是正巧在隔壁吃饭的记者。

照片上，尖锐的玻璃碴儿正对着安妮塔。由于拍摄角度关系，那玻璃看起来离她的脸只有几厘米远。冯树说，谣言如此逼真，是因为张牙舞爪的玻璃使得整个画面获得了充分的戏剧张力。流传最广的版本是：酒店女公关脚踩两船不慎踩翻，名人毕然横刀夺爱终于现眼，老实人以命相搏，企图毁容女公关所幸未遂。

那天的菜单和消费金额，鱼子酱的产地，安妮塔的三围，碧云天的财务状况，毕然的持股比例，都被翻到了台面上。公关部辟谣灭火的速度并不慢，每一条流言最后都不了了之。它们轮流发酵的时间都不长，但加起来足以让投资人失去耐心。董事会召开紧急会议，一致结论是企业在关键时刻不能承受任何形象风险，IPO暂时压后，给组合拳的第二套打法留出足够的时间。公司给毕总裁放了个大假去登山，把技术总监吴若均提到了常务副总裁的位置。业内人士说，这个新举措说明该企业止损及时，逐渐淡化了对总裁人设的依赖，转而挖掘新的核心竞争力。塞翁失马，他们说，焉知非福。

像一幕缺乏想象力的过场戏：于思曼面无表情地把这些告诉康啸宇的时候，窗外开始下雨。

十三　雨夹雪

其实是雨夹雪。

江南的冬天，最恼人的就是这暧昧的雨夹雪。就像是天地间站个巨人，上半身哈出一口冰冷的白气，沉到下半身，便撞进一团微温的潮湿。

事情的严重性，就像是裹在雨水里的雪珠一般，暧昧地、尖刻地钻进衣领或者打在脸上。最严重的表现是，喜欢刨根问底的于思曼，自始至终没有问过一个为什么。康啸宇没有任何机会，向任何人道歉。

康啸宇假装不知道他被移出了那个叫"梅花落"的微信群。他只当他们在那顿饭以后都没有说过话。一个只存在了三年的诗社，在成立的第三十年里郑重地再死一回，也算是死得其所。第一个拉黑他的是廖巍。他那档励志综艺节目，在第一期播出之前被迫剪掉了所有毕然的镜头。据说廖巍是抹着眼泪剪的，他没有接毕然的公司打来的要求撤资的电话。一年到头，他在另一档选秀综艺里挣的钱，全拿来堵这个窟窿都不够。

薇薇怎么办？康啸宇憋出五个字。

你居然还能想起她？于思曼的冷笑干涩刺耳。那张表没有失效，但我是没有脸再找毕然了。这事儿黄了你懂吗？康采薇也就是搏一搏区重点的命。康啸宇，人活一世，得知道自己几斤几两。

不过，于思曼说，这些以后跟你也没有什么关系了。

康啸宇没有争辩。隔着玻璃窗望出去，房顶才被雪珠子刷上的那一层浅白，已经化作一团深灰色的湿泥，沿着屋檐往下滴水。他想，这样糟糕的天气，不适合讨论未来。

阿 B

一

于思曼还叫于晓红的时候，我每周六都能见到她。在一个无法预知几年以后就会有双休日的年代，周六下午的每一个钟头，都有现在的两个或者三个小时那么长。

我在空了一大半的校园里出墙报，用两根手指将淤积在美术字里的一团红色或者黄色晕开。我把时间掰碎，塞进边框和题花里。我在一篇文章的最后一行折断一支粉笔，把更小的那一截扔向操场上的沙坑，最后却落进操场边的一丛冬青树里。"管亦心，就你这点儿力气，"我的表姐于晓红的声音从背后传来，"学人家男孩子做什么？"

我知道她说的男孩是谁。他住我楼上，老宁波窦家的孙子，窦什么宝。我从来不知道中间那个是什么字。我只知道，在我二年级的时候，他还是忆江新村的第一千个"小宝"，到我四年级，他已经成了新村的第一个"阿B"。

"侧面，侧面，"他斜着身体，脖子扭出一个奇怪的角度，在余光里捕捉于晓红嘴角的弧度，"不像阿B吗？真的不像吗？"

摊在于晓红面前的是一张黑胶唱片。封套上的男人脸上打着橙色的光。于晓红说，她从来没有看过能把眉头皱得那么好看的男人。

"不像。你的头发烫得太卷了，哪有人家的自然。你看你哪有那样的下巴、那样的鼻梁、那种边框的眼镜，"于晓红细长的手指在空中画出大大小小的矩形，然后轻轻一甩就像弹开一串泡沫，"你看你，根本连眼镜都没有。”

“我没烫，”他的声音渐渐低下去，“我是自来卷。”

但是阿B这个绰号还是飞快地在新村里传开。他们说，阿B脑子活络，卖相登样，迟早要发达；他们说，阿B家里来了贵客，穿烟灰绿圆点衬衫的香港姨婆要吃大闸蟹。阿B大清早到小菜场旁边的岔路上找南通小贩，差点儿让人坑了。他们说，反正他乐意的呀，姨婆千里迢迢地来，总不见得空着手。不作兴的呀。窦家媳妇这下该有周大福的金项链戴了。

我从来没见过阿B的妈妈戴金项链，我只知道那张黑胶唱片，确实是阿B的香港姨婆顺手从家里拿来的。“我不要听的啦，”阿B学着姨婆那半咸不淡的港味宁波话，“他们讲现在的细路仔欢喜听这种时代曲。”

还要再过好几年，我们才找到一台可以放那张唱片的电唱机。皱眉头的男人唱的是咬舌头的广东歌，听起来像那种带着沙瓤差一点点就要馊但终究没有馊的西瓜。唱针打滑，沙瓤微裂，于晓红的肩膀轻轻耸动。

那时候电台里的播音员开始小心翼翼地捏细声带，管自己叫“DJ”，学着用各种小名、花名、英文名称呼港台明星，他们又唱歌又演戏又主持，哪哪儿都是他们的脸。那时候三五年的差别就是一代人与另一代人，所以邓丽君只是邓丽君，但谭咏麟就是“阿伦”，张国荣就是“哥哥”。直到那时，我才弄清楚楼上的阿B是跟着香港的阿B叫的，而香港的阿B大名叫钟镇涛。

可我还是没弄清楚于晓红跟阿B到底算什么关系。

“算同学啊。”于晓红拍拍我辫子上的粉笔灰。

他们是小学同学。整个新村的孩子都上同一所小学。我上六年级的时候，于晓红和阿B已经毕业四年了。于晓红是他们那一年唯一考上区重点中学的，然后继续升上了那所学校的高中。阿B去了普通中学，然后进中专。那是仪表局最好的中专——窦家媳妇特意从三楼跑下来，向我妈宣告——分数线也不比于晓红的学校差多少呢。

她并没有太夸张。仪表局的中专都是定向培养，踏进校门等于捧住了几十个无线电厂里的饭碗。所以，那几年（当然仅仅是那几年），应该选高中还是选中专，真的是没有什么标准答案。

"晓红妈这个人就是心思重。"我妈的脸上没有什么表情，就好像晓红妈只是晓红的妈妈，并不是她的亲姐姐。晓红妈七岁得过肾炎，干脆晚上了一年学，高中毕业正好赶上一九六六年。

"什么叫一九六六年，你们哪里想得出来。突然之间，到处都是滚滚烫的。好像什么都有了，就是高考没了。晓红妈哭了一天，尖着嗓子叫：腰子上一点点小病，做啥要休学！你说说看，对你外婆哭也就算了，对我哭有什么用？我比她还小三岁零八个月，她没有书念，我也没了，是不是这个道理？"最后几个字，听起来就像是从我妈鼻子里哼出来的。

在我妈看来，于晓红的妈当年生了一场肾炎，便注定了于晓红从认字的那一刻（也许是从出生的那一刻？），就坚决地走向了中专的反面，阿B的反面。她觉得，这跟历史问题、时代风尚或者分数线高低都没什么关系。

所有与于晓红和阿B有关的记忆，所有的时间线，都是在那个六年级的下午，在那面黑板前才突然汇拢的，从此便有了一个确凿的起点。此前的散漫线索就像是在史前、远古、某种透明的气泡中飘荡，说有也有，说没也没。就是那一天，于晓红闪烁的眼神，以及她每周六早放学先跑来找我——我是说这行为本身——突然都有了崭新的、真正的意义。并不是因为于晓红的家就在小学旁边，并不是因为她需要来跟我炫耀高中有什么新鲜故事——这些都不重要，重要的是我现在成了她和阿B之间唯一的纽带。

二

初夏的夜总不够夜。太阳终于被按下去，但斑斑点点的天光还在把墙的边缘照得异样地亮。隔着马路站在地势高处，我住的那栋楼看起来小得不成比例。依稀望见三层楼顶上刚刚搭好的脚手架——这一排旧房子都在加层，我们这些底楼的住户，天天有人敲着脸盆骂房管所。

阿B和于晓红站在我身后的两侧。我想我身上也许早就装满天线，不晓得为什么今天全都给接通了。两个小时前，我对于晓红说你快来吧，我妈成天念叨你。一个小时前，我到三楼送一碗菜肉馄饨给窦家，冲着正在对着镜子吹口哨的阿B多眨了两下眼睛。我就像童话里老谋深算的仙女，手指向哪里，哪里就画出一道彩虹。

晓红姐姐带我去看灯，这是个奇怪的借口。但我妈也只是挑了挑眉毛："你都六年级了，还要看这个？"

要看要看。看了可以写作文。于晓红忍不住推我一把，在我耳边说你差不多行了啊。

从我们家出门，过一条大马路就是光学仪器厂。关于这家厂的记忆，横穿我的童年，我甚至怀疑它伸进了记事前的混沌地带。那四盏大红灯笼，我被抱在我妈怀里看过，骑在舅舅脖子上看过；然后，拉着我看灯的手，渐渐地不能再把我的手整个捏进拳头里；最后，看灯时再也没有人担心，不拉紧我的手就会把我弄丢。这四盏灯笼，穷尽了我看它们的角度——虽然知道不可能，但我总觉得，由始至终，都是同样的四盏。

光学仪器厂是整个新村的地标。一条几乎干涸的河道，一座陡然爬升的桥，把大马路分成两段，一头通往城乡接合部的农田（最多再过三年，就会有房地产商人跑来画圈），一头分布着好几座工厂。光学仪器厂是其中看起来最不像工厂的工厂。它门面高大宽阔，没有厚厚的、既然扫不干净就没人扫的尘土。大铁门几乎总是开着，上下班时的人潮不算汹涌，约在那里等人，似乎比别处更体面一点儿。

谁也不知道光学仪器厂为什么喜欢挂灯，好像仅仅是为了证明招牌上的"光学"两字并非多余。起初，这里亮灯多半跟敲锣打鼓同步。那时候有的是可以敲锣打鼓的理由，有人当兵要敲锣，有人退休要打鼓——哪天若是敲锣打鼓经久不息，多半是因为终于抓到了什么坏人。这两年已经听不到锣鼓声，但光学仪器厂的灯还是时不时地亮起来——过年过节是一定的，但有些亮灯的日子让人摸不着头脑。

"今天是他们厂庆吧？"我听到于晓红的声音从身后飘来。他们俩起初还装出不期而遇的样子，后来想到只有我一个观众，就没再往下演。

"没有的事儿，"阿B显然在往她跟前凑，"去年冬天不是刚庆过一次？"

背后睁开一双眼睛的感觉无比美妙。耳朵收集到的零碎词语，毫不费力地拼成画面。我听到于晓红说某年夏夜桥那边田埂上曾经充满猪圈的气味，听到阿B顺口哼起的"我从垄上走过"。那以后，于晓红说，我就再没有过桥。

猪圈早就拆了，阿B说，你这高中生太两耳不闻窗外事了。那边——我想象着阿B按住于晓红的肩膀把声音压得更低——迟早会造大房子的，你信不信？听说已经有人来看过地了。

不信，于晓红嘟嘟囔囔，鞋底来回擦着地面。那边以前是坟地，我妈说不吉利。

"我姨婆也这么说，"阿B的声音里几乎带着笑意，"但姨婆还说过，人要发达，地要发达，都是挡也挡不住的。"

信不信以后我们会住到那里去，有一屋子唱片？阿B的声音飘浮在半空中。他说"我们"的时候拖了个奇怪的长音。我竖起耳朵，还是没有听到于晓红怎么回答他。

马路对面的脚手架已笼上一团暗影。我想，如果现在飞到脚手架上往这边看，黑夜里的光学仪器厂，一定亮得晃眼而失真。灯笼里大约新换了功率更大的灯泡，纱灯笼罩看起来就像要烧着了一样。门楣上添了一圈白色灯泡缀成的光带，它散发的白炽光与灯笼的橙红色光晕彼此冲撞，谁也不服谁。已经有好久没听到于晓红和阿B说话的声音。我没有回头看，我想象着他们突然获得了武打片里的那种轻功，轻轻腾空跃起，消失在厂区深处的草丛里。

三

后来桥那边果然起了高楼。然而，在我跟阿B彻底失散之前，我并没有见到他住进去。有一阵子，他倒是离"一屋子唱片"比较近。我亲眼看见他的床底下，印着"上海"字样的灰色旅行包里装满了来历不明的碟片和磁带。

我仍然是他们之间的信使。阿B从床底下翻出一盒封套模糊得根本看不清人脸的磁带，让我交给于晓红："希腊的金嗓子娜娜。这个不好弄，翻了两版，封套复印走了样，让她将就将就吧。我再去打听有没有好的。"

"你的……姨婆怎么什么都有？"

阿B抹一把额头上挂住一层薄灰的汗水，嘴角抽动着想说点儿什么，却只是摇摇头。

"那跟他的姨婆没什么关系，"于晓红打开盒带，随手拿起铅笔在滚轴上用力转了两圈，再塞进双卡收录机，"先是有人从外面弄到母带，翻录个几十盘，摆个摊就能卖。这个人啊，不好好念他的中专，什么时髦干什么，现在卖上拷带了？他没有本钱，最多也就是个二道贩子罢了。"

娜娜·莫斯科莉的歌声总是在紧要处打两个颤，心刚刚揪起又被痒痒地松开，就像是凭空起了一阵小风，从里向外吹，经过鼻腔时我忍不住打了个喷嚏。

我很快从阿 B 那里打听到他在电影院旁边的弄堂里卖拷带。"那可不是一般的电影院，"阿 B 昂起头说，"你跟于晓红讲，那里是只放艺术片的。'法国电影周'知不知道？那边的黄牛我都认得，我可以用一盘'达明一派'换两张票。"

然而，在电影院边门外的那条弄堂里，于晓红冲着阿 B 一字一顿地说："两张怎么够呢？"她一边说一边把我拽过来。她的半边脸在阳光下，半边脸在阴影中，以至于脸上呈现出某种悲喜交集的表情。我可以自己回家的，我在她耳边轻声说。她没理我。

阿 B 整个人都在阴影里。这是那种外面就算是大太阳里面也永远有一摊积水的弄堂。他的灰色旅行袋搁在身边一处废弃门面的第二格石阶上，袋口拉链半开。他立在墙边，一副简易木架支在墙上。一大块塑料布被分割成几十个透明的插袋，拷带、封套、样品挨个插在上面。他夸张地做出一个咬牙的动作，弯下腰从旅行袋里摸出一张 CD，说："行，三张就三张。"

那时候 CD 刚冒头，大部分人家都没有 CD 机。阿 B 家当然也没有。我在封套上看到歪戴着礼帽的外国男人，看到盒子边缘有一大块刺眼的豁口，从盒子直裂到里面银色的光碟，像阿兰·德龙在电影里演过的那种英俊光滑的面孔上闪电一般划过的刀疤。

"听说这些海关打口碟，听到某一首歌会突然停下来，或者发出那种……可怕的声音。反正我只管卖，从来没听过。"

我猜，那感觉就像一棵用不锈钢做的仙人球，慢慢滚过胸口。

用打口碟换来的电影票，位置还是有点儿偏，我离安全出口只隔了三个座位。那天连着放了两部片子，一部叫《水源》，另一部叫

《甘泉玛侬》。故事是接着讲的，演员也是同一拨，更像是一出戏的上下集，加起来足足有四个钟头。

我至少睡了三觉。第一次醒来，银幕上漫山遍野地跑着一大群兔子，于晓红笑得歪倒在阿B肩膀上，又很快弹起来，坐直。第二次醒来，女主角光着脚爬树，好像有风吹起她本来就没有好好穿着的衣服，浑圆的光屁股在我眼前闪过一道白光。于晓红的手下意识地去捂我的眼睛，手伸出一半却被阿B拉住，不肯放开。这回于晓红没有挣脱。第三次醒来，我被于晓红的抽泣弄醒，阿B凑在她耳边说着什么，我听不见。音乐响起，女主角倔强的侧影，影院里不同角落里飘散着同一股霉味。我彻底醒过来，又饿又渴。

影院门口就是一条美食街。晚上八点半，晚饭点已过，夜宵还没开张，阿B说这条街还没醒过来。"那醒过来是什么样？"我问他。

"我有一回收摊以后还逛了一会儿，十一点，这条街上就跟变戏法一样停满了车。桑塔纳都排不上号。我见过一辆这么长的，"他双臂平举，指尖努力往远处拉伸，"就跟吃喜酒似的。老板和老板的女朋友，都来吃蛇羹。这条马路，家家都养着几缸蛇。"他的手指顺势划过去，凌空罩住了整条街。

于晓红像蛇一样嘴里发出咝咝的声音。"没事儿，"阿B的手垂下来去握她，这回她躲开了，"一条也逃不出来的。你看那些大老板，一个个都横着走，有人怕吗？"

那个晚上终结于街口的小吃店。只有那家店在卖阿B买得起的盐水花生、油煎带鱼、金瓜丝海蜇、生煎和啤酒。于晓红似乎故意没有擦干脸上的泪痕，眼睛里保持着刚刚看完法国电影之后的那种动人的湿润。在小吃店油腻的灯光下，这种湿润变成一层轻雾，使得阿B跟她的距离既格外亲近，又十分遥远。

阿B开始唱歌，没头没尾，副歌连着副歌，唱到筷子飞出去两回，我给他一根一根捡回来。他喜欢唱广东歌，从来没有唱准过，却好像要把每个字都咬出牙齿印来。才起了个头，于晓红就嚷起来："这明明是首美国歌，英文的，*Right Here Waiting*……你唱的这叫什么呀？"

两瓶啤酒下肚，阿B也顾不上看于晓红的脸色了。他扯开嗓门嚷嚷："英文就了不起吗？读个高中就了不起吗？就算真考上了外语系也……也就那么回事儿吧。'在此等候'，这几个字儿一点儿腔调都没有。你听听钟镇涛是怎么唱的——"

他把粤语字一个一个翻成普通话，硬邦邦地砸在桌面上："秋色信内藏，凭红叶暗示，常期望春天早些飘至。"

听懂了吗，于晓红？凭红叶暗示，凭，红叶，暗示。听懂了吗——你？

于晓红还在嘟嘟嚷嚷地说香港人就会抄日本人的抄美国人的自己什么都没有，我拽拽她的衣角。她一抬头撞见阿B瞪大的眼睛里布满的血丝，只好把剩下的话全吞回去。

我想起阿B的香港姨婆第一次出现在窦家时，于晓红过来探头张望；我想起她那时跟我闲聊，说楼上这一家子，大概再过两天就出远门去了，再也不回来了。我想起她说着说着就走神了，好像自己也跟着去了。突然间，我觉得阿B的强词夺理，也还是有一点儿道理的。

四

新村里的老住户，原先有一大半都在附近的工厂里上班。到于晓红考上师大外语系的那一年，往外搬的已经明显比往里搬的人更多。我们楼顶上加的那一层，原先是某家单位得到了房管所的默许，想出一笔小钱给职工改善住房待遇的。这一层刚刚加上，楼下三层的住户就天天跑到房管所抗议——房子结构动了，底下越发潮湿难耐，找谁去要补偿？这个架势吓得那家单位只好往回缩，房管所也不表态，于是这一层就一直空关着，莫名其妙地成了这栋楼的公共空间。在尚未粉刷过的水泥空房子里说话，有空落落的回声，适合小孩子捉迷藏，也适合大人处理某些不适合在其他地方处理的事情。

这样的房子似乎有一套神秘的情报系统，所以于晓红的妈妈前脚进来串门，三楼窦家阿婆就打发外孙女下来。"你外婆有话讲？"晓红妈眉毛一挑，欲言又止，到底还是跟着上了楼。

她这一去，我妈便坐立不安，我一时弄不清她是在担忧，还是在兴奋。她逼着我上去看了三回，前两次送两把竹椅子，第三次送一把南瓜子。

从三楼的木质楼梯，转到四楼的水泥台阶，我的脚步声好像突然被吸进了黑洞。我放慢节奏，三步一停。我听到，窦家阿婆的声音中气十足，明显盖过了晓红妈。

"现在小孩的事情我是不要管的，有辰光不会乘乘风凉？但是弄着弄着就不对头了，事情搞到我老阿姐那里，丢人丢到香港，我就要问一问了，你说是不是？"

"关我们家于晓红什么事儿呢？"晓红妈的怒气被她竭力稳定的声调裹成四四方方的形状。按我妈的说法，晓红妈在厂里的资料室上班，所以"把自己当成了知识分子"。

"我这个阿姐啊，别看从香港来，那也是吃过苦的人，这几十年不比我们这里熬得容易。早年跟着她当海员的男人坐远洋轮过去，人才落脚，孩子刚生下一双，男人就死了。她能怎么办？跟这头又断了联络，六六年……"

"关——晓红什么事儿呢？"

"看看……嫌老太婆啰唆？你听我往下讲。阿姐这辈子过得那么辛苦，新闻里一说开放了开放了，她就一个人寻来，两个儿子根本不管她的。她千辛万苦，好容易摸到这房子，认了老亲眷。小辈不懂事体，当她那里有金山银山？担保？拿什么担保？我阿姐几十年前认得我，又不认得我这个孙子。他要是想跑到日本去洗盘子、背死人，那要看他自己造化，让姨婆出这个钱，担这个保，哪能开得了这个口？"

"怪了，你孙子的事情，要怪我们晓红？"四方的形状绷不住了，我听到晓红妈在水泥楼板上来回走动。

下楼跟我妈汇报的时候，她的眉眼从鼻子周围慢慢散开："我当什么大事儿呢……于晓红再有心机，写信要留学担保的事儿，她也没法按着阿 B 的头写，你说是不是？窦家老阿姐驳了阿 B 的面子，不接那个茬——这种事情到底伤面子的呀。他这个大姨婆，老早我们不晓得内情，现在看看，在香港也没过上好日子。儿子出息那是儿子的事儿，年轻的可以一抬脚移民去加拿大，年纪大的孤零零守着窝，要钱没钱，要力气没力气。叶落归根这种事嘛电视里拍拍的呀，真回到这里她也住不惯了。这样比比，倒是我们这些没见过世面的……"

我不喜欢我妈用这种口气说话，截住她话头："那么，他们，我是说晓红姐姐，跟阿 B，以后会怎样？"

我妈瞪大了眼睛，像电视机出了故障似的定格。"什么怎么样？你知道了什么——难道你知道他们现在——有点儿什么？"

我不知道。我没法告诉我妈，有那么一两次，于晓红撕掉了阿 B 夹在信封里的纸，又用透明胶粘好。"你要是好奇，"于晓红冷冷地说，"可以拆开看，反正以后都不会留的。"我向她发誓，我不要看，我没有好奇心。

最后一次上楼的时候，晓红妈和窦家阿婆已经像没事儿人一样地把手拉在了一起。新村里的邻里关系，自有一套迅速而柔韧的逻辑。整栋楼似乎都跟着安静下来，所有竖直的耳朵全都耷拉下来，各忙各的去了。

晓红妈抱怨无线电厂的职工开始下岗——搞不好我这年纪就要提

前退休了，您说凭什么。窦家阿婆似乎觉得刚才摆完了那些重话，已然耗尽了力气，眼睛一大一小地半眯着，就像一只犯困的猫头鹰。她心不在焉地接着话，说你提前退就退好了，没什么大不了的事儿，我孙子耗在仪表局的中专那才叫——

"唉，这些我不懂，他们也不要我懂。我只晓得我们宁波人不靠别的，就三条：做人家[1]，劳碌命，还有，懂事体。你放心，我的孙子我晓得，跟你们家晓红走不上一条道，他不可以拎不清。拎不清要摔破头的。"

猫头鹰垂下头，发出低沉的鼾声。

五

很多事情，若不是隔了一大段时光，重新把它们归拢在一起，你不会感觉到它们其实是同时发生的。那一年，于晓红大学毕业，改名于思曼，我考上了大学；那一年，香港回归，香港的阿B宣布破产，跟他老婆——那个以前跟他合唱过《我的世界只有你最懂》的老婆轰轰烈烈地离婚；那一年，窦家阿婆去世，而在此之前，她至少有三年没有收到香港姐姐的任何音信——"一定是死了，只是没有可以跟我们报丧的人。"窦家阿婆冷静地说。

那一年夏天，上海的阿B来敲我家的门，递过来一只寿碗，低声说："管亦心，大学生，我要找你说件事儿，这回我真的要发达了。"

光学仪器厂周围的旧屋已经拆了大半，厂房本身也在等待重新整合，拆分并入一家或者几家有限公司，只是工人们每天传说的方案都不太一样。我们站在大门口，头上还挂着前年春节的灯笼，垂下来的

---

1 做人家，方言，意为"节俭"。

穗子抽丝脱线，像一团残破的红色蜘蛛网。

"眼看着就要搞出一个商业区了——你说在这里创个业怎么样？就这里。"阿B乱蓬蓬的鬈发倒向一边，被抹过多了的摩丝结成沉重的硬块。

"拷带，还是VCD？"

"咳，早就不干那个了……长大啦，得搞点儿稳重的事业。"

我想起有一阵，阿B卖的片子落到扫黄打非办手里，搜出两张有点儿嫌疑的，罚掉了本钱不说，学校里还贴了张处分的告示。没人知道阿B后来到底有没有拿到中专毕业证，有没有去哪家工厂上过一天班，只看到窦家媳妇逢人便说仪表局的国营企业不比从前，如今的年轻人，万万不能在这棵树上吊死了。

我懒懒地追问了两句，总算弄清楚，阿B说的"稳重的事业"，是要跟人合伙盘个小店面，卖寻呼机。"拷带哪里比得上寻呼机来钱，"他的眼睛开始放光，"你看看现在，传呼电话间嗓门最大的长脚阿四，已经越来越没活干了吧？"

我使劲儿想了想，阿四扯开喉咙喊，声音便能传过三栋楼的绝活，确实有大半年不怎么听到了。

这一回阿B的计划似乎比以往更长远。他给我算账，卖掉一台寻呼机，成本和利润对半，每个月还能净收台费，这一块儿没什么成本，人拉得越多钱来得越快。"你想想看，咱们这一带还看不到几家店面吧，我先下手为强，赚够钱了就再盘一家……说不定哪天买一段频率，包一个发射台，那就真是出头了。"

我忍不住打断他："如果钱真那么好赚，别人也不是傻子啊……"

他没接我的茬，视线落到更远方，沉浸在某种远比他现在的话题更为柔软而缥缈的情绪里："你不懂，我再不混出点样子，她就真以为我都是在骗她。"

一股浑浊的热流堵在胸口。我差点儿冲口而出，说她可能早就不在乎你有没有骗她了。在师大的这几年，于晓红好像一直在并不相干的两极间摇摆：考托福去美国，还是跟诗社里的某个才子谈恋爱。被美国领事馆拒签的那个晚上，她对诗歌和才子的迷恋达到了顶点。

"签证是个玄学，"她对我说，"当你把每一条'移民倾向'都背熟以后，就只能听天由命了。然后，那个章还是在你的护照上敲下来。一道伤口，一个判决。你知道吗，我甚至看到那个签证官笑了。答应我忍住你的痛苦不发一言穿过这整座城市——你需要有个人在那种时候给你念这句诗。"

阿 B 弄不到签证也不会念诗，更要命的是，他似乎并不相信遗忘是人的本能。那几乎断绝了往来的几年，被他一厢情愿地冻进了冰箱——随时取出来，一切都可以再接上。

"进货是要本钱的——你哪来的钱？"我只能用最实际的问题来抵挡跟他搭不上调的焦虑。

"阿娘[1]——"他的双手下意识地合拢，微微抬起，看起来像是对着破烂的灯笼穗子祈祷，"她藏过一点儿私房钱……你知道我们宁波人是最最做人家的。我要是不肯拿，她自己也不花。本来是让我去日本上语言学校的，数不太够，至少不够带走一个人。这些钱，过个太平洋不行，过条马路开个店，正好。"

那也是你和你阿娘的全部身家啊，我差点儿冲着他喊，到底还是忍住了。

那天有没有看到烟花，我其实说不准。阿 B 说他听到夜明珠噗噗弹射的声音。我沿着他手指的方向，看到西北方向的夜空亮得失真，一道晃眼的弧光仿佛划过，却又迅速归于沉静。太远了，阿 B 说，你念书念太多，近视得厉害。

"是不是看错了？今天有什么理由放烟花？香港不是上个月就回

1　阿娘，宁波话，指祖母。

归了吗？"

阿 B 没接话，他似乎更深地沉入了自己的世界。他的嘴角明明还挂着微笑，眉头却已微微皱紧。那么多年，我第一次觉得，他的侧影，从额头到鼻翼的那个部分，真的有一点儿像唱片封套上的钟镇涛。

"你听我说，阿 B 哥，"我听到自己的声音远比我预想中的柔软，"我打包已经打得差不多了，再过两星期就搬到宿舍里去了。你看，学校虽然不远……我好久没见过晓红姐姐了——噢，是思曼姐姐，我报到之前会想法子见见她。"

于思曼正在青岛毕业旅游，跟诗人在一起。我没有告诉阿 B，我觉得他也不想知道。

"没关系，"他打断我，反反复复地说，"等她再看见我的时候，我就不是现在这个样子了。"

六

一个故事总是有结局的，差别在于你把句号画在哪里。于思曼的轨迹一直在我的余光中延伸，我有一搭没一搭地看着她像所有人那样，结婚，后悔结婚，在合适的年纪收窄自己的人生。有时候，我会宁愿这样隔着距离地注视，在某个更有戏剧性的时刻"戛然而止"。就像阿 B 那样。关于他的最后一条消息是我妈说的。那天，楼上窦家兵荒马乱，我妈说阿 B 又给请进了公安局。

"这一次高级了，是协助调查。"我仔细看看我妈的表情，确定她没有讽刺的意思。

"前一阵楼上不是一直说他赚到钱了，要买桥那边新造的大房子吗？"

"赚嘛是赚过一点儿——"我妈说,"可是,这孩子我从小看到大,好好的,踩在平地上都会有坑……"

这个坑是阿B的上家埋下的。这两年寻呼机生意好,人人都想在城里的哪个制高点竖起一柱发射台,卖机器那点儿赚头真不如入网送机赚台费,何况手上只要有个几千用户,就可以连台带用户一起卖给大公司。阿B的上家徐老板心思太活络,年前进了一大批便宜货,发票出了问题,被海关查封。这一查不要紧,拔起萝卜又带出了泥,有人发现徐老板公司申请频率的手续根本没办完。邮电局并没有批准。那个发射台完全是违法使用信道频率。

阿B押上了一大笔钱,从徐老板那里购入机号,这下全砸在手上。他本是协助调查,公安局并没有追加什么严厉的处罚,可到底还是把他的货给一股脑儿没收了。好比踩空一级台阶,落下去虽然不是万丈深渊,也不见得能立马拍拍屁股站起来。

"本来倒是赶上一个好风口的……别人做这行,赚了钱又去建台,建了台再连台带号打包卖掉,赚来第一桶金,转个手就投进了房地产——看看他们现在是什么身家!"几年以后,我妈学到一大堆新名词,跟我和于思曼兴致勃勃地算起了这笔老账。

于思曼猝不及防地听到这个名字,脸色一变,匆匆跑进卫生间。

"所以……阿B还干这个吗?"

"我怎么知道,"我妈冲着我挤挤眼睛,向卫生间努努嘴,故意提高嗓门说,"他们搬走以后我们就断了联络。有什么意思呢?我巴不得把以前的事情全忘了。"然后她又突然把声音压到最低,"听说,他们都回宁波乡下去了。说是要休整一段时间,然后就没再回来。"

卫生间里的水龙头开到了最大。顿时,整个空间里都是哗啦哗啦的泼溅声,还有水龙头里发出的鸣响。洗手,洗任何东西,都没有必要发出那样大的声音。

"也是。咳,现在都用手机了,我还在问寻呼机的事儿……"我讪讪地给自己打了个圆场，把话题转向别处。

然而故事终究是由人来讲的。你完全可以往前折个半页，把句号画在一个更明亮的地方。也许应该选在被拆掉的光学仪器厂旧址、阿B的通信器材小店旁边，或者那一年新开张的卡拉OK厅。

那时的卡拉OK已经有包房，却没有全套的数字点歌系统，只有半手动的点歌机。你得在厚厚的点歌本里查到你要的那一首歌的编号，然后输进去，等着那几排红色的小灯再亮上一盏。你伸着脖子看花眼，你被头上转动的灯球闪得太阳穴一跳一跳，你听着耳边全然失真的混响，忍受着别人的荒腔走板，可你还是傻乐傻乐的。

阿B的酒量比法国电影周那年大得多。他点了金汤力，要我也尝一口。我摇摇头，说我喝芬达吧，他说芬什么达呀，管亦心你喝鲜榨的橙汁——对对，叫柳橙汁，姨婆是这么说的。我说别费那事了，我坐坐就走，阿B哥我知道我错了，我没办成事儿，我一个人来算什么呢？思曼姐姐是忙，真的忙，她那是外企——

在阿B店里帮手的小伙计把点歌本从头翻到尾，嘴里嚷着大哥啊哪有《让一切随风》啊，钟镇涛过气啦，只有一首《只要你过得比我好》。只要你过得比我好，过得比我好，什么事都难不倒，一直到老。

"俗，"阿B鄙夷地说，"这店真没品位，粤语歌那么少。"

我愿意把句号写在这一刻，我相信阿B也是。在灯球的照耀下，他整个人通体闪亮，仿佛成了某种抽象的存在，身前身后都不再奔跑着时间的猛兽，张开血盆大口。

"这算多大点儿事啊。"他的笑声的后半截被朋友们的嘶吼淹没，有人在唱着要在雪地里撒个野。

"等一件事儿等得久了，你猜你最怕什么？就像排个老长老长的队，前面越来越短，这时候你突然就慌了。这事儿闹的，你都要排到头了你怕什么？你怕什么？"

是啊，阿 B 你怕什么？

　　"怕排错队嘛，哈哈哈。你要买大排骨的，排了半天才发觉大伙儿都在买葱。这下好了，葱倒是有了，大排骨没了，你拿什么做葱烤大排骨？"

　　我笑出了眼泪。

九月

一

事后每一次想起，彭笑都觉得，卡进那条缝的，是她自己。

马达还在转。底盘上的小刷子挣扎着跟空气摩擦，刚划拉过小半圈，就开始哼哼唧唧。赵迎春一脸惊慌，手指着仰面躺在地板上的扫地机器人，侧过身紧盯着彭笑，说不出话。

彭笑不想掩饰越皱越紧的眉头。自从扫地机器人到货，它就成了赵迎春的假想敌。赵迎春喜欢用人格化的字眼形容它，说它看着愣头愣脑，其实爱磨洋工，吭哧吭哧忙活半小时也就是把地板抹得白一道灰一道。彭笑通常会好心地搭一句，说扫地的、拖地的、擦窗的、煮饭的，这些机器人就算一样一样都置办齐了，你赵阿姨在我们家也一样重要——简直是更重要呢，要不这些机器人没人管，打起来可怎么办？

我可管不了，赵迎春咕哝了一句。我嘴笨，连我儿子都劝不住。彭笑在赵迎春认真的表情里从来看不到一点儿开玩笑的迹象。

这回也确实不是玩笑。彭笑没戴眼镜，顺着赵迎春的手指，俯下身几乎到半蹲，旋即整个人弹起来。

整个画面，甚至音效，与其说彭笑是看见听见的，倒不如说是她感知的、脑补的。她只用余光扫过一眼就别转头去。在此后的回忆中，那一团栗红色，茂密得仿佛挑衅的质地，耐心地一圈一圈纠缠在底盘刷上的形状，将会越来越清晰。机器人吃不进吐不出，吱吱嘎嘎的摩擦声渐渐变成不怀好意的笑。

在彭笑的内脏被这笑捏成一团向喉咙口涌去之前，赵迎春终于找到了机器人的开关。然而消声之后的静默甚至更尴尬。彭笑觉得自己的耳朵真的竖了起来，细细辨别赵迎春走过去又折回来的脚步声。报纸（她甚至听出是8开的《文艺报》，而不是16开的《晚报》）裹住发卷揉成一团。揉成一团的报纸被塞进垃圾桶。垃圾袋扎紧。更紧。

倒了吧。她听见自己的声音已经恢复了冷静。

马上？

马上。彭笑在心里测量着从机器人打转的位置到床的距离，从牙关里蹦出这两个字。头发是配合着某种激烈的情绪被扯散的？还是缘于一个即兴的、被胜利激发的灵感？随手留一个拙劣的、等待被发现的记号？最天然和最矫揉的混合体。糟糕的演员。更糟糕的剧本。

对于廖巍的肢体语言，她已经恍如隔世。她不记得跟她在一起的时候，他有过如此得意忘形的时刻。他们之间，就算有戏，也不是这一出。

那么——赵迎春搓搓手，还是下决心追问了一句——床单也换一套吧？虽然前天刚换过。

换。

彭老师，要不你再想想？不知从什么时候起，赵迎春对彭笑的称呼从彭小姐变成了彭老师。毕竟在廖家待久了，阿姨也知道这个圈里人人都是老师。

想什么？

东西不要急着扔。什么东西都是有用处的。

彭笑在赵迎春的声音里分辨出小心翼翼的同情。一个准确的、试图化解尴尬的停顿。两年前，也许两个月前，赵迎春都没学会在该闭嘴的时候闭嘴，可是现在她的停顿恰到好处。彭笑等着她念叨，这么长这么卷的头发，不是你的不是我的，那会是谁的？等着她亢奋地涨红了面孔说，我不该多嘴啊，可你不在国内的时候，我听廖先生接的电话都不大对劲儿。然而，赵迎春低下头，嘴角温顺地松弛着，并没有再开口的意思。

让彭笑崩溃的正是这份善解人意。如果这房子里还有一个人有善解人意的资格，那怎么也该是彭笑她自己。

彭笑记得的下一个动作是接过赵迎春递来的温开水。一整包餐巾纸。她想说你该忙什么就忙什么去，但喉咙被一口黏痰牢牢卡住，憋回去的眼泪从鼻孔往外涌。

赵迎春挨着对面沙发的边沿坐下来。彭笑完全没想到，这一刻她所有的无法遏制的窘迫和悲伤，就这样被一个家政服务员大大方方地接管了。准确地说，赵迎春的目光像她手里经常摆弄的平底锅，宽阔、润滑、不粘。煎透了彭笑的一面，再翻过来煎另一面。

要来一碗冰糖燕窝吗？要躺一会儿吗？你看你不想也有不想的好处，男人嘛，晾一阵就好。赵迎春沉浸在她的新角色里，越说越离谱，越说越有力气。彭笑开始慢慢想起，她有赵迎春的身份证复印件。赵迎春的出生年份跟自己差不了多少，可她早已习惯了在心里把对方看成另一代人，有时候老五年，有时候老十年。有两次，彭笑发现梳妆台上的护手霜少了。她很想找个什么机会告诉赵迎春，这么一小管就要三百多，可她没有。她只是多看了一眼赵迎春手上粗糙的毛孔，然后被自己仍然怀有真挚的同情心稍稍感动。

这么多年，赵迎春双手以上的部分，她的面目、声音和年龄，从来没有像此刻这样清晰甚至尖锐。她不再是一团模糊的形状，一个与各种器物建立固定关系的实体，而是一双早就洞察秋毫的眼睛，一台静静地处理数据的机器。彭笑知道她知道那团红头发是谁的，她发现自己有一刻几乎要抓住赵迎春的手盘问她。她努力把这冲动按下去，却因此再度愤怒起来，几乎要把鼻孔翻出去才能呼吸到空气。

墙上的水粉画，茶几上的紫砂壶，餐边橱以及搁在上面的花瓶，从眼前一一掠过。它们之间似乎建立了某种隐秘的关系，与地面的角度维持着危险的平衡。彭笑想，没人在家的时候，它们大概会互相使个眼色，聊上几句。

可笑，太可笑了。彭笑翻来覆去就是这句话。于是赵迎春跟着点头，夸张地让两片嘴唇碰出声音。好笑的，真的好笑。有一句说一句啊，廖老师就是闲不下来，我就没见过比他更忙的人了，越忙越有劲儿，身体好，就是福气好。彭笑在她话里没有分辨出一丁点儿嘲讽的意思。

廖老师的身体并不好，彭笑在心里冷笑。如果生活在美国，他是够格写戒酒小作文然后跑进小剧场当众念出来的那种人。彭笑想起女儿廖如晶嚼着口香糖对她说，妈，你管那么多呢，送他去 AA 好了。Never too late.（永远不会太迟。）[1]

什么 AA？我跟你爸爸怎么 AA？

Alcoholics Anonymous，匿名戒酒互助会。没看过电影吗？So pretentious, right? Yet it works.（很夸张，对吧？但它是有效的。）你念一段我念一段，这样就没空喝酒了。

晶晶在美国的高中读到十一年级，彭笑已经觉得搭不上她的话了。美国人管晶晶叫 Crystal，她的中文词汇量正在急剧收缩，被鼓胀的英语裹在里面，成了一团偷工减料的馅。彭笑好几次想告诉她，你的英文吃掉那么多音，那么刻意地要显得口音地道，没这个必要。可她说不出口。

三年前彭笑送晶晶去读九年级的时候，晶晶不是这样的。彭笑说你吃不惯可以跟华人同学结伴去中国超市，晶晶咬着嘴唇说成天混华人圈吗——妈，那你送我来做什么？那时，晶晶在国内已经读完了

初三，到美国要把九年级再念一遍，彭笑知道她心里别扭。她试图把晶晶搂过来，胳膊伸到一半遭到晶晶肩膀的抵抗，只好稍稍缩回去僵直在半空中。多读一年是好事儿，彭笑对着晶晶已经扭转的肩膀说，GPA 好看，你还有时间参加课外活动，你知道你的体育一向不行。你得有时间参加点儿学科竞赛，再做点儿义工什么的才有希望申请到排名前三十的大学……

　　说得你好像可以天天陪着我似的——晶晶已经完全转过身，彭笑看不见她的表情。我每年都可以来陪你住一个月，你放假就可以回来。你看这样加起来，我们分开也没多久是不是？彭笑努力挤出笑脸，不管晶晶是不是看得见。

　　然而，从第二年开始，晶晶就开始催着来探亲的彭笑早点回国了。晶晶的课有一半报了荣誉班，赶 essay（课程作文）赶得天昏地暗，彭笑叫她到自己短租的房子里来吃饭她都没时间。

　　学校有食堂，吃顿饭赶来赶去的有意思吗？怎么会没有意思啊！彭笑在微信里打了一个叹号。临出国前跟赵迎春突击学会了菜肉馄饨的全部工序，到中国超市里淘来的冻荠菜和黑猪肉，就被晶晶轻轻巧巧一句话弹到屋外的草坪上。草坪边上的一棵白蜡树上停着一只鸟，鸟脖子上有一圈明亮的橙色羽毛。彭笑觉得如果自己不认真盯着它多看两眼，就会显得这鸟漂亮得毫无必要。

　　要不……周末吧？

　　周末要去当志愿者。儿童危机中心，好容易过了面试的。妈妈你知不知道志愿者的人数是根据那里亚裔儿童的比例来定的？

　　彭笑说，我不知道。她也不知道晶晶是不是在 AA 里也当过义工。她只知道，晶晶说起爸爸的口气，越来越像描述一个需要被志愿者编号分组的匿名者，一个即将进入被关怀程序的陌生人。Never too late，妈，never。

二

也许过了一个钟头，也许更久，直到彭笑的鼻腔渐渐通畅，她才听出赵迎春真正的意图。话题先是围着廖巍散漫地展开，最后突然像是泄了气，自暴自弃地直奔主题。于是，彭笑听到赵迎春直愣愣地说：九月报了海选，就昨天。

彭笑一时间回不过神来。她茫然地盯着赵迎春，"九月"从时间状语变成一个名字。她依稀想起，赵迎春的儿子生在九月的最后一天——他叫王九月还是陈九月？彭笑不知道。她从来没听过赵迎春提起她的男人，他似乎从来就没有存在过。

海什么选——？彭笑已经意识到她是指廖巍那家公司的名牌综艺，可她的语言系统还调整不过来。

《八音盒》。廖老师是——总导演吧？九月不让我问。可我忍不住。

以前也有人托彭笑在廖巍的节目里打个招呼插个队什么的。他也爽快，说这好办得很，海选多一个少一个没什么关系，管录不管播，会不会剪掉全看你造化。哪家选秀节目没有一串关系户的？他会得意地反问彭笑，耸个肩膀摊一摊手，仿佛在普度众生。

赵迎春够不够格成为关系户？彭笑不知道。她拼命在脑中搜索关于他们母子的信息，还是没有办法把选秀跟九月联系在一起。

你儿子跟晶晶差不多大吧？这孩子——我是说，他不用念书吗？

仿佛有什么开关被轻轻按了一下，赵阿姨的眼圈一下子红起来。她下意识地抓过刚才搁在茶几上的抹布，毫无意义地在沙发扶手上来回擦拭。

九月当然要念书。他不念书他怎么办？他不念书我怎么办？赵迎春开始讲车轱辘话。她讲给九月办借读要两头跑，一路上要求多少人受多少气，挂靠在家政服务公司里有多亏——不挂也不行啊，要是积分不够我们怎么能在上海待到今天？赵阿姨把文件背得烂熟，说到家政服务员属于"特殊人才"的时候，下巴抬起来，手里的抹布捏紧又松开。彭笑在她说到下个月房租又要涨一成的时候，终于打断了她。

我知道你辛苦，可是九月知道吗？彭笑被自己语气里不加掩饰的谴责吓了一跳。九月有比晶晶更懂事的义务，更适合他的画面是在毕业联欢会上跟着伴奏带唱"感恩的心，感谢有你"——彭笑觉得这个念头并不光彩，却算得上实实在在。她舒展双腿盘坐在沙发上，感觉到四周的家具渐渐稳定下来，落回到它们原来的位置。

然而赵迎春并不愿意顺着彭笑的思路走。学校有责任，搞什么素质教育啊，那是他们这样的人家玩得起的吗？音乐老师也有问题，吉他兴趣班挑人就只凭乐感吗？再说了，九月小时候在乡下都没上过正经音乐课，能有什么乐感？最大的毛病还是出在她赵迎春自己身上，心一软就答应九月用压岁钱买了一把二手吉他。那时，她还暗自庆幸九月没有迷上钢琴。你看，吉他确实不能算贵，可是这玩意儿搁在学校兴趣班里，那就只是一门课；带回家里，横在九月的床上，月光照进来，它就在他们一室半的出租房墙面上投了一道影子。影子会晃，不停地晃，把九月的心都晃野了。

她对九月最严厉的指责也不过如此。她说，这也就是几分钟热度吧，我猜——只要扔进海选里，他就不见了。她说这话的口气，就好像在谈论即将在火锅里涮掉的一小片羊肉。彭笑飞快地看了她一眼，却发现她的表情与语气是分离的。

直说吧，你是想让廖老师给他个机会？这条路不好走的。

我真不是这个意思，彭老师。我也说不清我是什么意思，如果不让你们知道，我总觉得不安心。也许见见世面也有点儿好处呢？反正九月迟早会死心的，我自己养的孩子我自己知道。

赵迎春越是说得自相矛盾，彭笑的情绪越是稳定。这事儿如果搁在往常，她会干净利落地打消赵迎春的念头，如同拂开额头一缕没时间修剪的刘海。但是今天她没有。赵迎春发出的求助信号从没像此刻这样符合彭笑的期望。那才是她习惯的位置。刚才的彭笑不是她自己，应该被尽快地、无声地抹去。

小事情，问总是要问一句的，我可打不了包票。彭笑把"可"字拉长，带着诡秘的笑意，赵迎春禁不住打了一个激灵。她抱起机器人去充电，然后弯下腰起劲儿地在干净得可以照出人影的大理石地面上寻找漏网的毛发。

就知道找您没有错。可是，你们，不会吵架吧？那就罪过了。

彭笑的鼻子哼出了一声冷笑。我开始做节目的时候，还没他廖巍什么事儿呢。

三

廖巍确实喊过彭笑"师姐"。彭笑比廖巍小五岁，入行却比他早两年。彭笑被他喊得不好意思，说咱们都是校友，按辈分我不叫你一声师兄都说不过去。

半路出家做电视节目，谁能栽培我，谁就是姐。把苍白肉麻的客套话说出天真而无辜的效果，这是廖巍的天分。彭笑说廖师弟啊，我活生生就被您喊老了。他居然认真地想了两秒钟，然后迎上她的目光。你不老，你不生气的时候，看起来跟那些大四的女生差不多。

信息量很大。第一，他刚辞了大学里传播学院的教职，显然还带着校园思维的惯性。第二，她生气的样子显老，不好看。她想起自己刚在演播室里吼过灯光师，说你是不是从来没拿我这个助理导演当回事儿？灯光师板着面孔不说话，只把手里正在摩挲的石英灯轻轻转个方向。灯光聚拢在彭笑身上，彭笑下意识地看一眼挂在斜对面墙上的化妆镜，看见自己散乱的头发就像被一团发白的烈焰烧着了。

二十年前的助理导演。但凡在这一行坚持到今天，彭笑想——可她想不下去。从摄制棚里出来时总是清晨，她眯着眼睛，看淡黄浅灰中夹着一点儿血色的天光。空中浮出很多张激动的面孔，被聚光灯照出粉底的裂纹，泪水在他们显然已经发干的眼眶里蓄积。一个精疲力竭的人被强光死死地钉在舞台上，你的体内只要没有脱水，就很难不哭。彭笑不喜欢面对这样的清晨，她觉得自己就像一只被赶进地道滚了一身泥又从另一头钻出来的鼹鼠。

廖巍也这么说，在晶晶开始念小学三年级的时候。你没必要受这份罪，他拿起彭笑的一只手，贴在自己脸上。手抬得太高，几乎触到额头上。彭笑那时想，要是有人看见，会以为廖巍在发烧。

放个大假，等晶晶出道了，你们再回来接管不是更好？——说不定已经是个家族企业了。廖巍的声调稍稍拔高，控制在并不刺耳的程度。他的太阳穴在彭笑的手指下面有力地跳动。再过几个月，他的制作公司就要开张，从此成了电视台的乙方。他把赌注押在一个新上马的选秀节目上，公司还没剪彩就已经跟国外签了版权合同。引进节目模式是彭笑的建议——她选的合作方，她做的项目书。那是她辞职之前打的最后一份工，并没有什么风投来给她彭笑这个人估个值。那段日子，廖巍一直沉浸在亢奋中。

彭笑知道不存在接管这回事儿。这世上不会有什么东西待在原地不动，等着被她接管。可她闭上眼睛，由着自己被廖巍安抚，就像泡了一个悠长的、永远都不会变凉的热水澡。彭笑没有什么理由怀疑自己的决定。廖巍的毛病，并不比别的成功的男人更多。

赵阿姨家的……没搞错吧你？廖巍的手指狠命地掐着鼻翼两侧，不肯把眼睛全睁开。不知从什么时候起，彭笑能在他脸上沉淀的色素里，辨认出昨夜、上周或者去年的大醉，就像一圈圈晕开的树的年轮。你也是老江湖了，怎么什么事情都往自己身上揽？廖巍挣扎着睁大眼睛，目光冷冷地扫过半个房间。

没什么，我管个闲事不行吗？如果不给自己找点儿事情做，我们成天就要收拾你往家里带的那些——

彭笑找不到一个合适的名词，只好让尾音被愤怒的停顿重重地吞噬。说"我们"的时候，她拿不准这里头有没有包含赵迎春。公式一成不变。紧接着是廖巍从紧张到渐渐松弛的追问。然后是经不起推敲的解释：某个烂醉的雨夜，关于被助理送回家之后的记忆缺失。他们互相提供脆弱的安全、信任、归属感和女儿的前途，每次交锋都只是更确认这一点。他们说过，在他们这样的家里，谁也离不开谁，别的不重要。无论是什么颜色的头发或者情绪，都不重要。

你真要帮这个忙？不怕把自己绕进去？廖巍等不及回应，就自己下了台阶。先让我睡一觉，等酒醒了再打电话。这也就是一句话的事儿。

还没等廖巍酒醒，彭笑就有点儿后悔了。手机上跳出赵迎春发来的视频。镜头抖动，九月的吉他在晾满了被单的晒台上跟着摇晃，不时地出框。这不像是一双能在乐器上有多大前途的手。手指倒不短，但关节有点儿凸起，彭笑总觉得它们弯曲时有点儿费劲儿。镜头有几次晃到九月的脸部特写，可他的头歪得厉害，再加上被某扇玻璃窗的反光干扰，以至于彭笑甚至看不清他的嘴型。歌声一句轻一句重地飘过来，气口勉强接得上。

一首关于春天的歌。它流行的时候，彭笑恰巧过了能为一首歌激动的年纪，但是对于九月这一代又显得太老。对于彭笑和廖巍而言，他这样的唱法，若是干脆换成像《风筝》那样更陈旧的校园民谣，那还多少有点儿说服力。

九月的一只手在吉他的六根弦上来回弹拨，有几处明显忘了用另一只手去按住品位，慢了一两拍才想起来，歌声跟着这份迟疑微微打战。

彭笑试着用廖巍的眼光看九月。唯一的亮点在音色，他应该会这么说。到一般男孩的换声点，九月的真声仍然是透明的。但这首歌并没有提供足够的音域给他，彭笑听不出他究竟能唱到什么地步，唱到高音会不会跑调。无论如何，哪怕用最宽松的标准看，九月的天赋也算不上突出，而且显然缺乏训练。他不会控制气息，不会控制表情，不会掩饰他弹的吉他连一个像样的和弦都没有。你没法想象把他扔到台上会是什么局面。

四

九月还来不及被扔到台上，《八音盒》甚至还没开播，局面就已经变得复杂起来。

在热搜上看到"新一季《八音盒》未开播已内卷"的时候，彭笑本能地打开话题，顿时就被一段摇晃得更厉害的短视频砸晕了。这显然是偷拍，光线昏暗，视角低得反常，手指和衣角一直在画框边缘游走，不时晃过一团黑。画面主体是两三个年轻的背影，肩膀与肩膀之间透着刻意表现的亲密，有画框外的听不清人数的话音。一个肩膀耸起，蹭了蹭另一个肩膀，两个男孩咻咻的笑声搅和在一起。

那个谁，到底是怎么混进来的？我想早点把他投下去，有没有跟的？

你说的那个谁，应该就是我想的那个谁吧……另一个肩膀凑过来，是喉咙里仿佛刷了两层蜂蜜润唇膏的女声。依稀能看见她的刘海上挂着一个粉红色的卷筒。

虽然但是，让他走是对他好，真的。另一个明显更沉稳的男声让周围安静下来。那小孩都没见过真乐队，明显晕台，浪费大家时间。你们想想他能跟谁成团？我真是替他难受啊——太难受了。

有人轻声附和，有人尴尬地笑着好像要把什么沉重的东西笑轻，有人含糊提到了陈九月的名字和家乡，却被飞快地掐断话头。嘈杂的声音最后汇成不由自主的哼唱，指关节在更衣箱上的叩击，以及达成隐秘共识之后的如释重负。这个 flow（律动）不错啊，可以发展发展，有人大声说。镶着碎钻的演出服，把房间里的光线提亮了一个色度。镜头很有心机地定格在"八音盒训练营"的 logo（标志）上。

这段四分半的短视频在网上转了几万遍，在热搜榜上算不得出众，只不过在榜上十几名转了一圈就沉下去了。可是这已经足够在周六上午把廖巍从宿醉中惊醒。他抓起手机，一边半倚在沙发上回电话，一边盯着正心不在焉地修剪花枝的彭笑，目光渐渐复杂。

你确定这个热搜是野生的？我们没有蠢到去买这种话题吧？最后那个镜头——不是你们搞的那怎么解释？我们下礼拜要是开不了播，你们营销部都别混了。他对着手机吼。

我不管，你们得给我摁下去，消除负面影响，一小时出方案。陈——那小朋友的母带给我全调出来，所有已经录好的镜头。我要再拉一遍片子。刚刚还在厨房里学着用打蛋器打蛋白的赵迎春正好探头进来，于是廖巍的喉结抖了一抖，把"九月"两个字生咽了下去。

等赵阿姨走远，彭笑鼓起勇气注视着廖巍充血的视网膜，从嘴里挤出几个字。你冷静点，最多再过半天她就会知道了，没必要先嚷嚷。

廖巍努力压抑的咆哮在整个客厅里低频振荡。可他还是避开了所有可能刺激到赵迎春的字眼。这可能是最后一季了你懂吗？他说。彭笑说我懂。圈里都在影影绰绰说《八音盒》这样的老牌选秀节目名声太大、包袱太重、历史太辉煌，但是综艺模式是有生命周期有审美疲劳的，有曲线和拐点的。如今钱在贬值，时间也在贬值，五年就是一代人，而《八音盒》已经办到了第八年。除了廖巍自己，没人敢在他面前提"过气"两个字。越是不提，它们便像陷进软泥的刺，扎得越来越深。归根结底，廖巍说，这一切我说了不算，你说了也不算，他妈的数据说了算。

　　选秀营地里的任何人都可能是拍摄者和上传者。在这个年代，挖掘机触手可及，不管你愿不愿意，都有可能给自己或者别人挖一个大坑。重要的不是查出谁挖了坑——廖巍说——而是怎么把它填上。他抓起车钥匙去机房拉片，彭笑追出去。

　　没必要监场吧，师姐？廖巍嘴角挂着讥讽，踩了一脚油门。

　　彭笑憋了十分钟，蹦出两句话：事儿是我揽的，我跟到底。你放心好了，我没工夫查别的。

五

　　也许只有在两个地方，廖巍才是真正的廖巍。一个是酒桌，另一个是机房。在酒还没有醒透的上午，两个廖巍在机房里合成一体。

　　他一帧一帧地在母带上定格陈九月。排练中的九月，赛场上的九月，团建游戏里的九月，被化妆师按在椅子上僵着脖子的九月。在不同机位的镜头中，九月总是站在不那么合适的位置上。哪哪儿都差一点儿，廖巍皱着眉头说，多久没见过这样的节奏了？彭笑想，节奏是相对的。身边是一群每天都在选秀圈里翻滚的训练生，到哪里都背着经纪公司的名号，九月要是能踩上他们的点，那才奇怪呢。

　　眉头渐渐舒展开。廖巍摸出牛仔裤口袋里的银色打火机，拇指弹开翻盖再清脆地合上。有人探头探脑地送奶茶进来。老板娘跟着老板一起出现的早晨屈指可数，机房的门一定被四面八方的目光盯出了洞。廖巍接过奶茶，顺手抓住了营销部的兄弟。

　　照你们看，事情发酵了没有？

　　呃……算半发酵吧。这事儿多半是攒黑料的没找准方向，胡乱拼凑了一点儿，时间没掐准就投了出去。我们找关系降了热度，甲方来了个电话，听那意思他们的头儿有点儿紧张，不过暂时应该不会把开播搅黄吧，就是跟我们说要注意引导。

我倒是在想——这几年里，除了你们那些常规操作之外，《八音盒》在业内就没有什么像样的动静吧？这一季我们自己的预热程序根本没人注意，这种意外事故一来，倒有了讨论度，你说这是好事还是坏事？

这是……赌。彭笑忍不住咕哝了一句。有没有必要把这么成熟的品牌押上赌局？

有——有必要立马开个会。廖巍猛吸一口奶茶，嚷着要赶紧"头脑风暴"起来，导演、摄像、营销，能抓到几个就几个。顺便，他说，给我去弄包真正的烟来，烧脑细胞，电子的不够用。

会议室里没有看到把头发染成栗红色的女人。彭笑不无快意地想，也许一看到彭笑进来，红头发就把自己变成了一只蝴蝶，停到窗外的哪朵月季上，正在冲着她扇翅膀。房间里有好几台显示器，竞争对手的节目在循环播放，廖巍抓起遥控器，冲着其中一台按了暂停，指着屏幕上一个咬着嘴唇、正在努力表演自己有多么紧张的男孩说——你们看看，这就是他们所谓的素人？

哪来的真正的素人？

陈九月。这个名字如今在网上已经有了记忆，我想会有很多人好奇这究竟是谁。你们看看他，九月所有的节奏都落在意外的地方，那种格格不入感，让你演都演不出来。我看他就挺素的。纯素。

有人一边拉进度条，一边摇头。廖导，上回选手们的内投环节，他得分是最低的。我们也知道他们存心排挤他，可这就是现实嘛。明天录的那一期，他铁定是要给淘汰的。这怪不得别人。导演组内测，他也是最低的。没人看好他，没人，您自己——

我自己根本没注意过他。我承认。总导演是把握全局的，今年的全局太平庸了。你们没有给我足够的兴奋点，这样下去是不行的，懂吗？

您是要把陈九月弄成一个兴奋点吗？

他根本就不在我们习惯的节奏上，是的，他没有综艺感，一点儿都没有，所以他就有可能跳出来，只要我们让他跳出来。我们还可以给他机会的——或者说，他还可以给我们机会。

一片沉默。隔壁房间咖啡机磨豆子的声音席卷而来，直接钻进每个人的领口，在皮肤毛孔上滚一圈。

彭笑太熟悉这样的时刻了。一切都被摆上了传送带，滑进廖巍最舒适的轨道。不要把这件事庸俗化，他说，这不是炒话题，是讲故事。一个好故事最重要的东西，就是能让人看到自己。你在让别人相信之前，首先要让自己相信。

他把故事、自己和相信穿成一个带着闪光花纹的死循环。他的视线抬高，嗓音温软，昨夜残留的酒意、早上甜腻的奶茶和此刻缭绕在他面孔周围的烟雾，在他身上发生着并不让人讨厌的化学作用。彭笑很不情愿地想，这个男人的感染力仍然会让她着迷。

可他说的都是胡扯。彭笑支起下巴把自己两只耳朵之间的通道想成一条贴满泡沫塑料的走廊，任凭廖巍的词语在其中穿梭，碰撞，被无声地吸纳。情怀，叙事，客观真实与主观真实。镜头的温度，人物设定，故事的弧光。成长，开放式结局。

他们小声说，真人秀依靠讲故事的时代是不是已经过去了？在流量时代再搞这些是不是有点儿老土？彭笑想廖巍一定是听见了，可他装作没听见。陈九月的故事已经在他眼前有了鼻子有了眼。他看见了那条带着波峰和波谷的情节线，舍不得随手扔开。

有好几年没有写过脚本了，廖巍若有所思地说。他的视线在人群里扫了一圈，最后落到彭笑身上。老规矩，他说，你帮我。

快二十年了，对于廖巍这种直接的、不由分说的命令，彭笑从来不知道怎么抵抗。她想说，我的业务早就荒了，开什么玩笑，却被接踵而来的狐疑的目光堵在角落里动弹不得。这一屋子里坐的年轻人，大部分她都不认得。她不可能向他们，向这些比晶晶大不了多少的孩子示弱。

他们把已经录好的前两集回炉重剪，把明天要录的第三集拉出了大纲，围绕陈九月的分镜头想好了两套方案，看看表已是深夜。隔壁房间咖啡机已经磨了第二道，他们又喝了一杯才收工。

深夜里，汽车发动机在顺畅的路面上发出心满意足的叹息。彭笑仰头瘫坐在副驾驶位，任凭黑压压的树影从侧前方倒过来，罩住她的脸。为什么——她轻声问廖巍——要这样赌？真的有这个必要？

一个好故事最重要的东西，就是能让人看到自己。你信不信，我在这小孩身上，看见了自己。

六

彭笑的所有关于廖巍童年的认知，都是在谈恋爱的时候听他讲的。一个人爱上另一个人，就有的是时间和耐心，你会热衷于讲述或者倾听那些你以后再也不会讲述或者倾听的故事，比如童年。

在廖巍的讲述中，他就像一棵滚到任何角落里都能生长的仙人球。仙人球出生在西北，父母的婚姻是那种大龄支边青年最常见的结构——安静，寡淡，坚如磐石。那里的沙尘暴是黑色的，廖巍说，我爸说，你有什么不开心的事儿，都可以攒起来，对着这条大黑毯子说。黑毯子从来不打招呼，闷头卷下来。你躲进屋子，睁不开眼。可是天暗得让你觉得自己在发光。你会觉得整个世界就剩下这一个房间、三个人，你会真的相信它能听见你心里的话。

也许廖巍在说这些的时候发挥了很多想象，因为他从三岁以后就离开了西北，在奶奶和外婆两家所在的城市里来回奔波，轮流寄居。那两座城市都在长江沿岸，一座在中游，另一座在下游。它们相隔八百公里，坐火车要转线。母亲一旦察觉到家信里开始出现吞吞吐吐的迹象，就会忙着帮他转学，转到另一座城里借读。如此循环两三次，父母回城落户，终于失而复得，或者说得而复失了一个已经长大的儿子。也不能说他们对我不好——廖巍低头微笑——我是说舅舅和姑妈他们。只不过，房子那么小，他们受不了我总在他们眼前晃。一年可以，最多一年半，到两年就会吵架给我看。等我出远门超过一年了，他们也会想我——嗯，我想他们会。

二十年前的彭笑，喜欢听这个故事，因为故事的结局就站在她眼前，或者正把她搂在怀里。她知道这故事的曲线一定是渐渐上扬的，前半部分越是迂回黯淡，后面便越是会带来豁然开朗的快感。孤独而敏感的少年，在翻着灰黄色泡沫（就像是有人倒了太多的洗衣粉）的江边背下整首《离骚》（两千四百七十六个字没有一个错的，你信吗？他热切地问），相信自己一定可以考上下游的那所大学。他当然考上了大学，否则故事就会是另一种讲法。圆满的结局是有效的溶剂，能化开这画面里所有结晶状的俗气和感伤。

廖巍在九月的身上看到了哪一部分的自己？彭笑不知道。重剪前两期的时候，廖巍把九月的面部特写，从已经剪掉的镜头里，一个一个地捡回来。只要换一个机位，调整一下镜头顺序，或者插入一个对面的导师的微笑（这个微笑不一定发生在当时），九月的迟缓和茫然就被赋予了新的意义。导师随口问他在营地里的生活是不是充满新鲜感，跟学校里有什么两样。九月的目光并不躲闪，但视线显然越过了导师的脸，也越过了镜头。不是很新鲜，他说，差不多。

导师不甘心，紧跟着追问了一句：至少有了很多新朋友吧？

九月的视线还是飘向远处，目光也仍不闪烁。一直都没有什么朋友。我习惯了。

九月是从什么时候开始习惯的？彭笑想问赵迎春，但话到嘴边还是在舌头上打了个转，换了个问法。你们家九月，是不是从小就不爱说话？

你看，我其实不是太清楚——赵迎春正弯下腰打开洗碗机，一大团热气冒出来裹住她，满头满脸。如果在冰箱这头装一台摄像机，那么此时的画面就会布满湿漉漉的颗粒感。

早些年，每次去他奶奶那里把他领回来，这孩子都长大一截，我买回去的裤子总是不够长。我还没来得及记住他的新鲜模样，就又该回城了。就这样，一直到他上初中。

然后便是攒积分，办借读（彭老师，你信不信我一个人去找了校长三回？），侥幸压过普高线的中考，与房东的周旋，或者某一场气氛尴尬的家长会。这是赵迎春最爱念叨的话题，她照例避开那些彭笑从来没有揭开的谜底。比如九月的爸爸现在在哪里，或者，以九月现在的成绩，他到底有没有可能考上大学。

彭笑半心半意地听着，试图完成廖巍吩咐的"替赵家母子心理画像"的任务，思绪却被骨瓷碗盏叮叮当当嵌入碗槽的声音搅乱，撞碎，往四下散开。她想，上次见到晶晶，和上上次相比，有多少条她不曾见过的裤子，有多少被时间蛀空的记忆，有多少本来不该被错过的成长？

第一期的收视率平平常常，包装一下勉强可以拿来敷衍冠名商。消息传来的时候，廖巍连眼皮都没抬。他正在手机上刷节目片段在各大平台上的播放情况，一条一条地看"转评赞"是什么风向。被营销部主推的九月的那段果然没有白砸钱，隔了三天之后还在滚动扩散。数据要看下一期的，廖巍说，手里的打火机磕得叮当响。

那一段视频，赵迎春来来回回看了不知道多少遍。实在憋不住的时候，她问彭笑，他们是不是觉得九月是个怪人？

你说的他们，指谁？

导师，同学——就是你们说的学员，还有——所有能看到九月的人。她瞪大眼睛,看一眼手机屏幕,再望向窗外。

也不怪他们,她轻声说,这孩子在想什么,其实我也不太懂。

真人秀这种东西,讲究一个成长。第一集只是个铺垫,前面调子越低,后面就越有空间往上爬。你慢慢看,彭笑说,三集之后,九月的形象会越来越清晰,越来越丰满。彭笑发觉自己在复述廖巍的话。那些原本听起来空洞的带着回声的一字一句,从她自己嘴里说出来,居然有了柔韧的、甜丝丝的嚼劲儿,像一大团在牙齿间厮磨的棉花糖。

三集之后——你是说,九月不会给淘汰吗?真的吗?赵迎春放下手里的擀面杖,在围裙上使劲儿蹭了蹭手,从厨房门口跨出一大步,凑近彭笑。她的鼻翼两侧都沾着几簇面粉,被她嘴里喷出的热气吹开,扬起,有一小团挂在眉毛上。厨房里飘来猪油和梅干菜搅拌以后散发的特殊香气。赵迎春一高兴就会烙她最拿手的梅干菜饼。

我可没这么说。至少现在录的这几期,他还没走。这些你不是都知道吗?

赵迎春狡黠地一笑,伸手在脸上抹一把,面粉沾着汗水画出三道平行线。九月有救了,她喃喃地说,这下不用看学校的脸色了,我也算对得起孩子了。

有这么严重吗?彭笑随口接了一句。她的心陡然往下坠了一格。这是赵迎春第一次含蓄地承认,九月在学校里过得不太好。

赵迎春没有正面回答,反而扔回来一个问题:彭老师,你说说看,什么叫叛逆期?

彭笑扯了几个她觉得足以应付赵迎春的名词——几种激素的名称,自我意识的定义。然而晶晶耸着肩膀将他们屏蔽在千里之外的表情又浮现出来,就横在她和赵迎春之间,像是在冷冷地看她的笑话。她想起,廖巍不止一次地被晶晶这样的表情激怒,最离谱的一次发生在纽约的地铁里。他说,我以前听说这条线路上主要是黑人,现在看看，其实最多的是半黑不黑的。时代到底进步了嘛。

晶晶绷着脸一言不发，挨到地铁口突然站定，盯着廖巍的眼睛冷冷地说：Behave yourself please.（请你好自为之吧。）

廖巍用了两分钟才搞懂晶晶是在指责他搞种族歧视。盛夏的阳光劈头照下来，他没戴遮阳帽，昏头昏脑地伸出手抵挡。别说我没这意思，就算有这意思，我用中文说碍着谁了？

可是你的表情，哪国人都能看懂。爸爸，Shame on you！（为你感到羞耻！）

一旁的彭笑不知所措。她想替廖巍辩白两句。可是正午阳光下的廖巍，整个人就像是被劈成了两半。他握紧拳头砸向虚空，举得很高却找不到落点。他的愤怒和挫败不像是受了委屈，反而像是被说中了隐秘的心事。彭笑一时间不知道怎样才能在这紧张得快要碎裂的画面中找到自己的位置，她想她不管张嘴发出怎样的声音，都会被吸进阳光下深不见底的黑洞里去。

我在她身上扔下这么多学费，就是为了有这一天？当天晚上，廖巍弄来一箱啤酒，在皇后区那个散发着洗衣液和炸鸡气味的饭店房间里，一瓶瓶灌下去。他不会在美国泡吧，他说这里的酒单跟上海的不一样，他不想跟侍应生磨牙。

我再来探亲我就是孙子。她说我不懂，什么也不懂。

晶晶没这么说。

她说了，我看得出来。

我什么也不懂，可我知道，九月会比我有出息——赵迎春热烈地说。这孩子碰上什么事儿都不慌，从小就这样。我发我的愁，他唱他的歌，这是干大事儿的样子吧？我一定是快要熬出头了。梅干菜饼刚出锅，她握着刀在脸盘大的圆饼上划拉。每划一刀，脆而韧的饼皮就响起热烈的应和。

有很多话堵在彭笑喉头，她说不出来也咽不下去。九月正在赵迎春的手机上唱民谣，进的时候慢了半拍，唱了两句以后才掐准节奏。不知不觉间，镜头换了个机位，柔和的黄光勾勒出九月的侧影。廖巍说过，这个侧影，会让人产生想要保护他的冲动。后期磨得很细，九月在母带上的几个音准问题都得到了校正，音色也给调得更透明更纤柔。闭起眼睛听，有一点点像女声。

赵迎春按了个暂停，眼里满是惊奇。她说，一放到这里，我就认不出我儿子了。你们是怎么做到的？

七

陈九月红了。

算半出圈吧，营销总监说。大家都看腻了苦大仇深的励志偶像，烦透了空洞的流水线标准产品，所以——他意识到这两句本身也很空洞，只好咳嗽两声滑过去。

化妆师手里捏着玫红色的化妆蛋轻轻搓揉，慢腾腾地说，只有我觉得没什么意外的吗？我们做化妆的，就怕你本来就叮叮当当的长得太满。这孩子天生一副小骨架，也没钱在脸上动刀，我只要给他每一集做那么一点儿加法，你们就会看到他的蜕变。下一集加个眼线，就一点点，你们等着看效果吧。

刀倒是没动过，可他的表情是僵的，永远找不到镜头在哪里。摄像师忍不住直叹气。

你懂什么？这叫自然僵。比人工僵好多了。化妆师冲着化妆镜猛吹一口气，抬起一团化妆棉用力抹了一通。

彭笑在读到第五篇关于九月的公众号文章时，文章里的主人公已经跟她见过的那个少年毫无关系。"人间清醒"是什么意思？是指别人想启发他谈谈梦想、聊聊亲情的时候，他总是接不上茬吗？廖巍呵呵一笑，一副成竹在胸的样子。我说什么来着？这个故事要讲得高级一点儿，九月有"不装"的天然属性，慢一拍是他的特色，不仅要保留，还要强化，要给这种特色制造一点儿细节。别担心会被误解，我们就是需要大家一起来讲这个故事。

廖巍制造了很多细节。摄制组一路开进了九月念的那所高中，好久没开张的吉他班临时凑了几个人出镜，比着剪刀手给九月"打call"。戏演到一半，秘书引着校长过来，用力拍了好几下九月瘦瘦的肩膀。校长您别看镜头行吗？副导演挤出笑脸，摆摆手。自然点，您不要把我们当人——当棵树就好，平时怎样现在就怎样。校长平时没上过娱乐节目，拿不准应该是端起还是放下，拍了一个钟头的素材，最后只用了一句：在这里，孩子都可以自由歌唱。

彭笑说"自由歌唱"真是个好词，咱们应该用足。廖巍赞许地点点头，跟同事们说看看，还是彭老师有经验，你们都给我学着点。彭笑跟九月东一句西一句地闲聊，问他一个男孩子吼不出摇滚嗓是不是会被别人笑话。九月茫然了半晌，才想起有人好奇地问过他，是不是在学电视里的那个谁谁谁，是不是要走中性风。没人笑话我，他愣愣地说，为什么要笑话？我学不了谁谁谁，人家那是练出来的，我是天生的。

但廖巍还是用了这条情节线。在节目中，"在变声期饱受困扰"的九月平生第一次得到了导师的鼓励。一定要做你自己，一定要相信男人味并不只有一种定义——明星导师说着说着，涂过深褐色防水睫毛膏的睫毛闪闪发亮。她微微侧转脸颊。她知道左侧的机位在哪里。她知道，侧转多少角度，眼睛里含着多少液体，会显得格外真诚。

这里本来应该来个正反打镜头的。导师眼里的泪光理应化开九月的心结，得到九月的呼应。但是九月面无表情，聚光灯下他的皮肤干得让人气馁，只好切进来台下的两个学员微微仰头、努力忍住眼泪的镜头。这些机灵的孩子，自从发现九月的故事线被节目组主推以后，便以最快的速度调整了对他的态度。随手就可以挑出很多九月被渐渐接纳、包容甚至成为"团宠"的素材，想剪多少就有多少。廖巍皱皱眉头说无所谓，这里就留个白也挺好。悬置观众的期待，反正后面他还有成长空间。

还能怎么成长呢？彭笑忍不住打断他。每次头脑风暴都在讨论下一集要不要淘汰九月，该怎么淘汰。扎着马尾辫的音乐总监说大家都长着耳朵，你们自己听听，留着他，把那些唱得这么专业的送走，我们还是不是个音乐节目？

廖巍捏紧拳头抵在下巴上，看着音乐总监似笑非笑。音乐性我们是要的，但现成的流量，我们难道不要吗？这是平衡的艺术。你们猜猜，如果下一场半决赛把他给淘汰掉，会不会上热搜？

会，营销总监说。她脸上的表情说明她比音乐总监反应更快，跟上了总导演的节奏。

然后复活赛再把他给捞回来呢？

会上两个热搜。保守估计。

廖巍猛灌了一口咖啡，然后转过脸冲着马尾辫。就那么一会儿工夫，音乐总监的头发上又冒出一层油。我从来就没打算让他上"C位"，也许成团都不行。但有他在，观众会揪着一颗心，一直往下追，看到我们的成团之夜，直到我们选出冠军。跟着我都混那么多年了，你说你……

他还得给我们念个商务——广告总监不知什么时候也凑了过来。人家点名了，要"人间清醒"带个货。牛奶。喝下去就不会发慌，能让你一觉睡到天亮的那种牛奶。人家说了，现在整个世界转速太快了，就要他那么慢慢悠悠地念出来。最好比现在再慢点，就跟动画片里那只树懒似的。

整个机房里的人都开始模仿树懒说话的样子，略带酸涩的咖啡香把屋子里的空气晕染出一层蓬松的醉意。人人都觉得自己的乐观很有道理。彭笑低声问廖巍，你就真的那么有把握？九月这孩子我捉摸不透——我真的以前从来没有这样的感觉。我跟他说话，我给他写脚本，可我完全不知道他是一个什么样的人。

他是什么样的人，这并不重要。重要的是你把他叙述成什么样的人。

可是把我的叙述剥开，他是透明的、空心的，你懂我的意思吗？

廖巍没有回答。他在桌子底下轻轻握住彭笑的手。他一向有这本事，在白昼的人群中也能寻到幽暗的角落，送一件唯有你才能打开的礼物，或者一条只有你才听得懂的暗语。为了这暧昧的赠予，彭笑想，我已经搭进了多少年？可她的心情仍然跟着他一天天好起来。他已经连着多少天没有把自己灌醉了？昨晚他甚至注意到她刚刚敷完面膜的脸色很好看。有那么一闪念的工夫，她以为他会跟她走进卧室里去。她想起那团红头发，坚决地关上了门。

放心，他在她耳边说，赵迎春这张牌，我们还没用呢。

八

《八音盒》复活赛前夜特辑《自由歌唱》的影像素材。未剪版。

编号 7。全景—中近景—特写。四分三十秒。街道绿地草坪边，身后依稀能看到超市的影子。拎着满满一环保袋、显然刚刚完成采购的赵迎春，冲着塞过来的话筒局促地笑。她显然做过准备，也许对着镜子排练过很多遍。她的句子与句子之间，没有太多余的停顿。

我唱歌没调，可我会听。我也不知道九月唱得算不算好，反正他唱什么我都爱听。爱唱歌的孩子不会有坏心眼。家里条件不好，我什么也帮不了他，手机上我每天只能投一票。只好拜托九月的粉丝，帮帮忙，把他捞回来。这样够不够，算不算"打 call"？

网上议论的那些，我没空看——嗯，看过一点点。谢谢大家关心，我们都挺好的，够吃够住，就是九月上台没那么多好看的衣服穿。这没什么要紧吧，大家也不是因为这个才喜欢他的。

要不要继续上学？当然要。怎么会问这个？九月要是考上大学，户口就能落在学校里。我一直跟九月说，走路不能昂着头，要走一步看一步。每一步都踩稳，别人推也推不倒你。

赵迎春说到最后一句的时候，身体微微前倾。镜头往下扫，定格在她的右前臂上。环保袋拎手缠在那里，勒出浅浅的印痕。

编号 11。中景—特写。排练室。五分四十秒。九月的手在吉他弦上下意识地拨弄，似乎在费力地搞懂画外音的提问。他一开口，缓慢的语速就让周围的一切都安静下来。

为什么要复活？我本来也没有死啊。（尴尬而不失礼貌地微笑）

上期已经告别过了，然后又说可以回来了。我不知道是怎么回事儿。我好像总是最后一个才知道。我不知道为什么你们都说我清醒。我清醒在哪里？

报名——你是说来参加海选？对，那是我自己报的名。没什么特别的理由——也算有吧。在学校里，我老觉得后面有人在追我。我跑得快，他就跟得快，我慢他就慢。他跟我说话，喊我的名字。你知道那种感觉吗？有人推着你，把你一直推到了这里。也许我就是想换个地方透口气。什么？这个不能说？要剪掉？还得重来一遍？

我知道我会唱歌，但我不知道我可以在这里唱那么多，还会有人给我投票。梦想——第一期我就说了，我这人不太做梦的。就算梦见什么，醒来也会忘掉。

我妈——她真的不容易。不，我没有故事好讲。她说什么就是什么，她的梦想就是我的梦想。

编号25。中景。机房。一分五十九秒。廖巍神色凝重。

我们相信，也期待，每位被淘汰的学员都能在复活赛里得到公平的涅槃重生的机会。然而，就在录制复活赛的前夜，我们遗憾地接到了陈九月退赛的消息。事发突然，截至目前我们也没有得到任何退赛的理由，但我们尊重他的决定。《八音盒》见证了陈九月的成长，对他的未来，我们送上深深的祝福。九月，记得我们的约定，我相信你会回来。

廖巍的镜头渐渐淡出。九月的歌声响起，带着过于明显的修音痕迹：孩子，我在未来的街口等你。

九

赵迎春来辞工的时候，彭笑并不意外。在发生了那么多事情之后，她们也许都在等着这如释重负的一刻。彭笑多算了半年的工资给她，赵迎春木然接受，并不觉得因此就有义务多给一句解释。彭笑说你等等，你总得告诉我你要去哪里吧？

赵迎春使劲儿挤出一丝笑意，笑到一半似乎又意识到她再也没有这个必要了，于是收住表情，嘴里咕哝了一句：放心吧，这么多年了，我还过得下去。

那九月呢？

赵迎春转过身，仿佛随手拉上了一扇看不见的滑动门。滑轮刚上过油，轻轻一推就关得严丝合缝。

直到第二天发现微信也被赵迎春拉黑时，彭笑才终于意识到整件事情最荒诞的地方。赵阿姨在廖家干了五年，这个家里几乎所有的秘密都逃不过她的眼睛，而彭笑却只有赵迎春的身份证复印件。人跟人之间的距离可以在转瞬之间从极小变成极大，最后遁入空无。不管彭笑愿不愿意承认，在这座城市里，赵迎春曾经是跟她关系最密切的女人。

她想起几年前，那件震动了全国的保姆纵火案。当时赵迎春表现得比她彭笑还要激愤。三个小孩，三个啊——赵阿姨的眼袋有点儿肿——还有没有人性啊，还有没有？就好像，如果不及时表态，她就会凭空给自己招来某种嫌疑。彭笑曾经以为，赵迎春会永远这么机警而识趣，永远在乎她彭笑的信任。她把一切都看得理所当然。

像世界上大多数事情一样，没有人说得清楚真正的转折点在哪里——这跟电影或者小说完全不同。你写一个故事，可以安排主人公在一段时间里专心处理一件事，你可以让全世界都停下来配合他的感动或者愤怒，但你不可能这样安排自己的生活。就好像，在《八音盒》复活赛之前，彭笑不可能选择什么时候收到晶晶的高中发来的学术警告信。

那天，她用了好几分钟才意识到信里那个被严厉批评的 Crystal 指的就是她的女儿廖如晶。彭笑在这一天里打了十五个视频电话，试图弄懂引用不规范、抄袭和学术欺诈之间的区别，她带着哭腔问晶晶：你到底在干什么？我怎么觉得你现在那么陌生？你到底交了什么朋友？你以前给我的成绩单，都是真实的吗？

晶晶嘴里冒出一串英文，最后用力甩甩头说，你反正够不着，急有什么用？

于是，在彭笑的记忆里，九月和晶晶在同一段时间里，都变成了另一个人。这两件事情不可理喻地搅在一起，最后居然都维持在同样的认知平面上。就好像有一个宽阔而冷峻的声音，用同样的言辞告诉她，你知道这些，就够了。

关于九月的所有信息，关于他为什么会退赛，彭笑知道的并不比网上猜测的更多。她把网上的议论拼拼凑凑，她在粉丝圈里的那些难懂的缩略语和黑话里寻找有用的线索。有人弄到了那所高中的"可靠信源"，说校园里发生过一次不大不小的"斗殴"——没有大到学校和节目组按不下来的地步，但也没有小到能让九月带着身上的瘀青继续参加复活赛。有人说跟一宗小额贷款有关，也有传闻指向另一个成功复活的学员，说她是幕后主使。这个正在忙着出道的女孩由其经纪公司出面，辟了个义正词严的谣，保留进一步诉诸法律的权利。

没有人诉诸法律。谣言自然生长，长到形状丰满时渐渐归于遗忘。三个月以后，彭笑偶然搜索九月的名字，还能看到有人提起他的母亲。情节编得很粗糙：六年前出了事故的男人（另一种说法是在外面有了故事）和直到男人消失才发现自己从来没有领过证的母亲。他们说，九月的清秀羸弱，他那可疑的"超然物外"，不过是一个含辛茹苦的母亲过度保护下的产物。（谁能看懂这句话是什么意思？）

彭笑终于想起去翻赵迎春用过的抽屉。她攒了七八年的积分，她的培训笔记，就跟她买菜记的账写在同一个本子上。那是廖巍顺手送给赵阿姨的，第八季《八音盒》的周边产品。孔雀蓝封皮，正中的八音盒图案上叠着银色的凹凸字：同一个梦想。

赵迎春的笔迹过于工整，没有一个错别字，只是在圆珠笔漏油的时候才会留下一小摊蓝黑色的污渍。彭笑从来不知道，她居然在每周唯一的那个休息日里，上过那么多家政公司和职业学院开的培训班。母婴照护、养老照护、医院护理。哪里有加分的希望，赵迎春就出现在哪里。她依稀记得，晶晶没出国前，赵迎春还咬着舌头跟她学过两天外语。这简直是一个太现成的励志脚本——彭笑想——可惜九月的人生，用的是另一个。

彭笑相信赵迎春还在这座城市里。彭笑没有在那个笔记本上找到确凿的总分，她想那一定是个充满希望的数字，没有人会舍得让它归零。那么九月怎么办？"可靠信源"说他中止了借读，学校大大松了一口气。这所刚刚因为九月上过娱乐频道的普通高中，无法承受下一回出现在新闻频道的风险。毕竟，班主任说她早就看出这孩子有点儿心理问题。彭笑每次想到这里，脑子就像短路一样，怎么也算不过来。中止借读意味着回到原籍准备高考？或者放弃高考，在城里打工？

廖巍没有彭笑的好奇心，他用沉默来回应一切有关九月的问题。退赛事件换来三个相关热搜：九月退赛原因不明。寻找九月。没有九月的总决赛。各项数据显示，第八季意外地终止颓势，尽管有一点儿虎头蛇尾，但赞助商对于节目组创造话题和引领潮流的能力恢复了信心。

节目组的庆功宴在一家通宵营业的日式烧烤店里举行。廖巍跳上了椅子，举着一大瓶二割三分的獭祭呜呜咽咽地吼着《突如其来的爱情》。你们都给我看好了——我，他妈是我，保住了第九季。彭笑把他从椅子上拽下来，用力掰开攥紧瓶子的手，然后托着他的脑袋放在自己的大腿上，用两根手指在他的太阳穴上轻轻按摩。她知道这辈子她是离不成婚的——在这个问题上，她比赵迎春走运，也比她可怜。

又过了三个月，彭笑在一位知名音乐博主的综述里读到了陈九月的名字——作为一个失败的案例，他和一大堆选秀出身的人物挤在一起。那文章写得杂乱而细碎，每个字后面都好像拖着一条延长线或者一枚休止符，以至于他明明在说半年前的事情，你却觉得这事儿已经过去了十年之久。他的排比句就像一个空落落的圆，把九月的名字围困在其中。他说，那是身与心的错位，天分与标准的错位，本性与境遇的错位，愿望与现实的错位。他说，经过合适的包装，你可以在这个暧昧的、能衍生多重解释的形象上投射自己的影子。一旦形象崩塌或消失，那么，错位就会裸露出来，被阳光照得惨白。

彭笑想这些人实在太能写了，给根胡萝卜都能写出花来。那么高深而伤感的叹息，只是基于一个可信度并不高的传说：有人在心理诊所里看到了疑似九月的男孩，抑郁症，中度。没有图，没有真相。彭笑宁愿相信另一则传闻：有个戴着面具在网上开直播的匿名歌手很像九月——粉丝说，也许那就是九月。那人既不否认也不承认，不管你给他刷棒棒糖还是火箭，他都说"收到谢谢"。彭笑觉得这样也好，简直是这个故事最理想的结局了。可她没有勇气去点开那条链接。

　　只有在家里空无一人、四周安静得让机器人扫地的声音显得格外可笑的时候，彭笑才会由着自己沉溺在某种被催眠的状态里。她的毫不可靠的记忆里，会摇晃出她跟九月对话的碎片。这些碎片失去了语境，彼此毫无关联，有几片甚至飘到更远处，与关于晶晶的碎片粘连在一起。等这股子劲儿一过，机器人哼哼唧唧地爬向充电座，彭笑就会想，这里头有一大半应该是我自己编的。

离心力

一

接到赵炼铜的电话的时候，我正在喂猫，匀出一根手指在手机上按了个免提。奶茶不等我把罐头肉泥和冻干猫粮拌匀，就把半个脑袋伸进碗里，尖锐的犬齿贴着我的手指边缘擦过去。赵炼铜在电话那头听到我说的第一句话，应该是慢点慢点急什么。

那我说得慢点。管亦心小姐，我要跟你商量件事情。

奶茶的整个脑袋都埋了进去，一团淡金色的毛罩住淡绿色的碗，随着咀嚼吞咽的声音微微波动。一只两岁的猫心满意足地吧唧嘴的声音，足以让所有飘在空气中的悲观的念头，无法降落到地面。

等等，你谁啊——

管小姐，你的房子，对，我住着。

他报了一遍地址。那个我在表上填过好多次的地址。忆江新村。一室半。底楼的潮气。对面楼里的男人大声呵斥着抽打一只斑点狗的声音，我一直不懂为什么那样的房子里会有一条名种犬。记忆突兀地飘过来半截，又潦草地飞走。

等等，那谁，我说那个中介，姓李是不是？是她把我的电话给你的？

我的脑袋开始发涨。租赁合同是通过中介签的，我为什么要直接跟我的房客讲话？我付了那些中介费，就是为了可以不必听租客讲故事。然而故事已经开始，就像饭吃了一半便竖着尾巴从我身边滑过的奶茶，无声无息地向前走。

他说我也不是故意的哈，我真的没办法，管小姐，就一个月，呃，也许不会超过两个月。

我想说，既然能拖一个月，就保不齐会拖两个月。你没办法，其实我也一样，可我只是下意识地按掉免提，攥紧手机贴住耳朵，从嗓子眼里挤出几个字来。

你是说，腿断了？

也不能说断——能接上。谁能想到呢，那个客户说他信号不好，听不清我在说啥，我说快了快了，还有一分钟就到你家门口了。说到第三遍。好家伙，电瓶车一头撞上了梧桐树。

那天下雨了吧？

没有。太阳好着呢。地上也没坑。就是太顺了你知道吗？跑在路上，耳边有风。我算算我都提前了，可以多跑两单。我也不知道怎么就撞上去了。

我随口接了句没下雨就好，话一出口又觉得不妥。幸好他似乎也没在听，兀自沉浸在关于髌骨骨折如何做伤残鉴定的问题上。奶茶在厨房里转了一圈又绕回来，前爪抬起来搭在我小腿上。她并没有够到我的膝盖，但我的髌骨隐隐作痛。

八级，弄不好也有人六级七级的。但这得过三个月才定得下来。医生说我年轻，也可能什么事儿都没有。就是眼下不能动，傻待着，眼睁睁的。他的声音越来越低。

要三个月？我小心翼翼地碰一碰那条看不见的线，再缩回来。

也就那么一说吧——他的喉头发紧。你信不信，只要能迈开腿我就能接活。再说了——他顿了顿——我也不是没钱，就是有点儿周转不开。

周转不开的意思，是公司付了第一笔治疗费以后就没跟上医院收费处的节奏。管小姐，他加重语气说，我得先垫着。可是他们不会赖账的。我有个同乡去年在工地上出了事儿，医药费误工费都没少他的。真的，我脑子比他好用，我的单位比他的单位靠谱，你信不信？

我一转右手腕，手指探到奶茶的胸口。猫顺势抬起下巴，眯起眼睛，任凭我一阵摩挲。

我信。

谢谢你。可以叫你姐吗？

他打岔的努力显得如此笨重。我无论接着说什么都只会增加笨重的程度。最后我有气无力地说，你跟公司的这笔账，最好赶快算算清楚。

我知道。也不能让姐一直等下去啊。怎么可能呢？我都懂。你的声音真的像我亲姐姐啊。她叫赵迎春，也在城里。开小饭馆的。

你是哪里人？

隔着电话都能听到他松了一口气。他报了一长串，大约是一口气念完了身份证上的地址。我听到了以前在地理课本上听到的地名。

呃，听起来，家里真有矿啊？我开了个并不好笑的玩笑。

真的，姐。第一炉铜水，新中国第一炉，就是在咱们县里烧出来的。

所以你叫赵炼铜。

是呢，姐。

我隐隐知道，任凭一个素昧平生的人的细节进入我的生活，这并不是一件明智的事儿。我的房客最好只是一份合同，一个账号，而不是一个具体的赵炼铜。

但是我已经加上了赵炼铜的微信，他在我的聊天记录里正在变得越来越具体。他有一搭没一搭地发几张图给我：病历记录（字迹潦草得我一个字也看不清），撞飞了一只轮子的电瓶车，去年公司发的超额奖状，高铁退票凭证。我忍不住说你可真喜欢藏东西啊。他回我一个炸裂的笑脸。

姐，医生说我的骨折没有移位（他先是打成了依偎，消息撤回以后第二次才写对），所以不用开刀。凭我这年纪，还好办。把关节里的鸡血（积血）抽出来，伸直膝盖固定住。完事了再康复训练。你看，姐，很快的。一眨眼就过去了。

被固定在石膏托里的腿横在昏暗的光线中，黑而瘦。从照片里，我看不清腿上的那一片是瘀青，还是格外厚重的阴影。

他说，如果再加三十块，我的石膏托就能好看一点儿，看起来就跟靴子似的。不过这又有什么要紧呢，我成天坐在家里也没人看——姐你说是不是？

赵炼铜似乎并不觉得自问自答有什么尴尬的地方。他的语气带着刻意的弹性，像一个永远搞不懂你需求的房地产经纪人，坚持要带你去看一套你根本不可能买的房子。他的不由分说的乐观，常常让我觉得，我才是那个天天躺在床上、每天起来煮一大锅泡面连吃三顿的病人。

再过三周，最多四周吧，脱掉石膏我就可以弯一弯腿啦。姐，老躺着我都长胖了。

四周半之后，他的腿仍旧伸得笔直。关节里的积液似乎总也抽不干净。医生说你肯定没养好啊，现在这样半吊子，要是把包扎都给卸了，回头你瘸了别来找我。

我当然得养好啊姐。我不能再躺下去了。我没告诉我姐——我是说我亲姐。你要是急，我去问她借两千五，先还一个月的。

我没有接口。我想起昨天中介的提议：租金逾期不交，你是可以提前结束租约的。下家我手里有一大把，还能给你每月涨五百——现在行情不错。

我说，小李你总是讲得那么轻松——可是赵炼铜现在是那个样子，你有什么办法让他搬走？

电话那头愣了三秒钟。管小姐，这事儿您可以不用为难的，您根本理都不用理的。让我们处理就行，我们是专业的……

你们那么专业，为什么要把我的号码给赵炼铜？我忍不住吼了一声，掐掉手机。一旦亲眼见过那条腿，讨厌的细节就会在画面里生长，如同爬山虎上蔓生的卷须。你会想象一条无法弯曲的腿如何应付搬家——然后你就想不下去了。

二

不管碰到什么样的事情，我都是那种只要想不下去就会自动切断思路的人。就好像当年出厂的时候给人附送了一个自动断电保护器。这话不是我说的，是邱离离说的。按照她的说法，这是我的优点，因为懂得自我保护的人不容易心理崩溃；但这也是我的缺点，有时候还特别致命，因为在这个世界上，人跟人，事情跟事情，本来就是连在一起的啊，又不是靠你一刀切下去就真能断开的。说这话的时候她挤出一丝诡异的笑，嘴唇下面那颗浅褐色的痣骤然升高。一时间，她的嘴角似乎突然多了一弯可笑的酒窝。

我知道邱离离说得没错。从大学寝室里的第一次见面开始，她就是那种善于在我走神的时候把我及时拉回轨道的人。有很长一段时间，我简直怀疑，解决我的问题已经成了她的爱好。六年前，她原来上班的那份杂志磨磨叽叽地停刊，原先说好的遣散费没了下文。她一时周转不开，跟我一起挤在忆江新村的那套老房子里。直到此时，我才发现，没有什么爱好是不求回报的。那天晚上，邱离离的枕头跟我的枕头紧挨着，她背对着我，好像在用特别清晰的口齿说着梦话。

你知道吗，管亦心？——我其实一直都很羡慕你。

羡慕我什么？羡慕我生来就有本地户口，家里还能给我匀出这间老破小，所以不用付房租吗？我轻轻笑出了声。我哪有那个谁谁谁的条件好？我随口说了个我们都认识的名字。

也是，也不是。我更羡慕的是你满不在乎的那股劲儿，说得难听点儿那叫感觉迟钝。你看，我在这里漂着，跟你挤在一张床上，你都没要我一分钱。

那个，你告诉我是暂时的啊。

那是我说的。问题是，你为什么这么容易相信我——相信任何人？

邱离离跟我同居了一年半才搬走。又过了一年半，她把我从忆江新村的老屋里连根拔起，像一根胡萝卜那样顺便安放在她新挖的坑里。她先是把西区新式公寓和东区工人新村的房租差价算给我看，说你如果一直窝在忆江，那么在通勤路线上就不会经过一家像样的戏院或者咖啡馆，你的"审美敏感度将会在不知不觉中磨损"。三年，她说，最多只需要三年就磨光了。

我茫然地摇头。邱离离喜欢用数字，我总是眼睁睁地看着粗暴的说服力从这些数字里溢出来。我说好吧就算你说得对，可是这一个月五六千的差价……邱离离的唇边顿时又浮现出那一弯虚构的酒窝。她是那种没有耐心玩花样的魔术师，拎着高帽子上台，随时准备揪出一只肥胖的鸽子来。如果一只不够，那就两只。

鸽子毛扑腾得我满头满脸。我意识到邱离离是在拉我入伙，要我在她的公众号撰稿团队里占个座。你看——她一边说一边比画——你们那份机关刊物的工资只够你住忆江新村的，可是帮我再打一份工，就可以住那种带地暖有阳台的两室两厅，去单位还能少倒一次地铁。我保证你能补上房租的差价，还能 cover（支付）生活方式变化带来的成本差。

什么意思？

算了，她叹口气，你不用管这些。反正你是零成本入股，稿费是我开的，这都不试试？

我的意思是，我其实帮不上什么忙吧？你那些爆款，我怕我写不来。

我小心翼翼地在语气里减少嘲讽的意味，就像在一口烂牙里剔掉过于扎眼的肉屑，一边剔一边听到牙签折断的声音。

放心，你不用写那些。我当然不会浪费你的文笔，去搞什么全光谱。我知道这活儿挣的是一手烂钱，可烂钱也是钱啊，不是吗？那些玩意儿我主要靠外包，以后没准还能用 AI 打个草稿什么的。

全光谱这个说法，是我发明的。申请个人公众号没有什么成本，邱离离物色了几个快枪手，注册了一串公众号，每个号代表一种倾向，输出一套观点。不管市面上出现什么热点事件，邱离离的号都能左中右齐发，三百六十度把热点蹭足。文章并没有什么质量可言，重点是抢得到时间，摆得出态度。号跟号彼此打架，时不时还要互相点名，捉对厮杀，最后以两家都涨上一波粉、收割几个插入广告而告终。

比如新近有哪个明星塌了房，邱离离会先用一个号放一篇义正词严的文章，再用另一个号推一篇站在粉丝立场上据理力争的文章。眼看着事情尘埃落定，最后上一篇持平之论，顺便从社会经济的角度数一数这位倒霉的明星损失了多少代言，给业内带来多少发人深省的警示。

你这是要把光谱都给占全啊——我当时是这么说的——要拼一道彩虹吗？

这个名字倒是不错。彩虹文化。我正要注册一家公司，就这么定了吧。邱离离的眼睛一亮。只要烂牙还能用，她就可以忽略越嵌越深的肉屑。

这两年日子过得飞快，以至于我记忆里的时间线总是乱作一团。邱离离把我忽悠进彩虹文化兼职，是在这家公司成立之后的半年。那天，在算完经济账之后，邱离离来了一句狠的：管亦心，我不要你写那些机器人也能写的玩意儿，我要你像写小说那样写真事儿——你不是一直想写小说吗？就是把身边的小人物写得闪闪发光。我跟你说句实话，你那些文章我这辈子也写不出来。

命运是什么？——她开始背我写过的句子，每个分句都拖长了尾音，有一种差一点点就要咬上舌头的惊险感——命运是什么？是笑眯眯地看着你抱头鼠窜，猛地一巴掌按下来，待你千疮百孔心如止水了又高抬贵爪的猫。

做作，我说，太做作了。我真不知道你喜欢这样的。话说这种文艺腔也成不了爆款啊。

那就得看你怎么用了。酒窝变回了唇下冗余的痣，邱离离的脸在陡然严肃的时候真是一点儿也不好看。不跟你开玩笑，管小姐，彩虹文化现在也到了该讲点儿格调的时候了，老在全光谱上跑量，出不了真正的爆款——我是说，那种能带动品牌的爆款。你听我说，我们合作一个号，也走心，也走情怀，但不会过分，让你不知不觉眼睛里泛潮，眼泪又不往下掉的那种。这个号得高级一点儿。就叫离心力怎么样？邱离离的"离"，管亦心的"心"。怎么样，有没有一点儿都市人生轻微晕眩的失控感？

老实说，并没有。或者说，我找不到邱离离要的那种感觉。我出活很慢，三个月最多凑两篇，转发量在"彩虹文化"只能排倒数。即便如此，在我电脑上敲出来的字，跟"离心力"上排成的文章，也已经是一个女人的两张面孔。前者清晰而寡淡，后者模糊而热烈。

邱离离说那是你的错觉。无非是多敲了几次回车键，多加了几个形容词的区别——嗯，也许最后接一条光明的尾巴，再多插几张面朝大海春暖花开的精修图吧。

不止吧？你还告诉我哪个点应该更重，哪个点不痛不痒不如略过。你把每篇文章都弄成了一张按摩穴位图。

还是你会比喻，毕竟念的是中文系。

邱离离说这话的口气，就好像她不知道自己念的也是中文系。她深吸了一口气，做出深沉的公式化的表情。相信我，你什么都不缺，只是缺少好题材。不对，是缺少让好题材自己跑来找你的那种——气场。这事儿吧，其实，就跟找男人差不多。

邱离离的手机上跳出一个对话框。她低头看了一眼，就扬起来凑到我鼻尖，又飞快地拿开。我什么也没看清。

有意思。题材和男人一起来了。

什么？

务必请管小姐一起光临夏夜草坪冷餐会。没有 dress code（着装规范），自由发挥。

谁？

米娅和骆笛。记得吗？

三

我当然记得。我再迷糊也不至于忘记米娅和骆笛是我的房东，我每个月五号往他们的账号里打八千五。在我住的那套贴着内环边、带地暖有阳台的两室两厅里，我经常还能在某个抽屉的角落里看到写着他们名字的英文卡片，塞在印有醒目 logo 的奢侈品包装袋里。

For dearest Mia & Roddie, May happiness be with u guys for ever.（献给最亲爱的米娅和骆笛，祝你们永远幸福。）落款是一个看不懂的花体英文名字缩写。也许是 M，也许是 W，也许是 H。

我只见过他们一面。在影城的贵宾休息室里。邱离离把整件事情安排得像一次文化圈里的偶遇。我们聊的主要是刚刚看完的片子和影城咖啡师的私房特调（前调平平无奇，重点是后调，有晚熟的荔枝味——相信我，管小姐，你得一小口一小口地抿）。邱离离介绍说，你刚刚看的片子就是米娅和骆笛做的，他们是圈里的金牌夫妻档。米娅制片，骆笛执导，码的盘子都是口碑上佳的小成本制作。

骆笛说成本的事情我是从来不管的。好片子嘛都是从大把大把素材里剪出来的。邱离离说是是是，要紧的是作品立得住，就跟这咖啡一样，带回甘的才好。米娅把咖啡杯凑到嘴边，没喝，又放下。我觉得她是用这个动作念了一句深刻的台词。

房子的问题仿佛只是一个余兴节目，是几个暧昧地搅和在咖啡和电影里的名词。米娅甚至没发觉自己说错了小区的名字。我想他们放租的应该不止这一套。

我对米娅印象不错。那天她话很少，恰到好处地平衡了骆笛多余的语气和动作。她分明看得见骆笛有意无意擦过邱离离的肩膀，却只是懒懒地微笑，低头从包里掏出一把钥匙。你带管小姐去看房子就好，她说。Anytime.（任何时候。）一套旧房子，无所谓的，怎么简单怎么来。

邱离离后来告诉我，这个圈里不喜欢签合同，可能是工作的时候签够了。他们的房子只借不租，只给熟人不走中介，也不会把房产证复印一份押在你这里。他们给你让点租金，不过是为了换你一个守口如瓶罢了。毕竟他们是名人嘛，她说，把隐私权看得比什么都重。

然而，除了那张英文卡片，我并没有什么接触他们隐私的机会。所以听说这场冷餐会他们居然关照邱离离带上我，我的第一反应是摇头。搞错了吧你——我说——为什么？

谁知道为什么。不去白不去呀。他们住的那栋洋楼，我都没进去过。

是吗？骆导看你的眼神——我以为你认识他们几百年了。

邱离离的冷笑自喉咙发起，从鼻腔释放。逢场作戏罢了。他见谁都说像他下一部戏里的女二号，你信吗？

米娅和骆笛的房子，并不是那种标准的全须全尾的洋楼——旧租界里大大小小的西班牙式或者希腊式花园洋房，历经几度转世，如今不是挂着一家或者几家单位的招牌，便是改造成了饭店和纪念馆。但这条栽满银杏树的老街，确实圈在市中心老租界的范围里；这一条里弄的外墙上确实挂着"优秀历史建筑"和"区文物保护点"的铜牌子；这栋三层楼的高级公寓的底层和顶层，也确实都是米娅和骆笛占着。我听说中间那层跟他们没有关系，两个单元一共住着六户人。邱离离说，鬼知道为什么能住得下那么多人。

顶楼的几间是米娅和骆笛的私人空间，底楼凡是能打通的地方全都给打通了，翻新过的红砖墙里养着一方刚洒过一层水的草坪（草坪圈在公寓底下确实有点儿匪夷所思，不知是哪一年先改造后做旧的产物），于是整栋楼的感觉还真有点儿像米娅和骆笛的花园洋房——如果你能对二楼的六户人家视而不见的话。

无论如何，开个有腔调的冷餐会，这样的空间是足够了。米娅从来不把房子叫房子，她倚在通往草坪的落地窗边上，说这样的空间结构刚刚好。有灵感，她说，但是没有压力。草地上仿佛随手搁置的脚灯与天上正在淡出的晚霞、淡入的星星月亮，默默地形成某种秩序，就跟彩排过似的。柔软的、看起来镶了一圈细绒毛的光笼罩在长桌上排成一溜的白瓷碟和玻璃杯上，你也不知道这光来自天上还是地上，抑或是各种光打在瓷器和玻璃表面之后形成的散射。碟上的食物因为这光，平白带了某种欲拒还迎的气质。一时间，你拿不准它们是道具，还是真的能吃。

细看才发觉摆在瓷碟上的全是比寻常尺寸小一号的中式点心。邱离离的餐盘里装着虾肉煎饺，指甲盖那么大的红豆沙条头糕，有点儿像寿司的粢饭团以及一小截色泽金黄、没有一丁点儿油烟气的油条。她手里的叉举在半空，不知道先从哪里开始。

我不饿，冲着她耸耸肩。现在冷餐会都搞成这样的吗？我压低嗓子问她。我有点儿恍惚，咱们这是在吃早饭吗？

听说是要搞出老上海特色，找附近几家老字号配的。人家这也是高定，咱不懂，吃就好。她顺手帮我拿了杯冷泡咖啡，说看你晕头晕脑的，酒就免了，来点提神的。

咖啡刚握到手里，穿了一身改良长衫的服务生就转悠到我身边，攥着一把看上去像香水瓶的玻璃喷雾器，朝我杯子里按了两下。我倒抽一口气，几乎叫出声来。

小姐，糟香咖啡，请慢用。服务生一脸见怪不怪的淡定。

邱离离笑得差点儿跌落手里的叉。那个是糟卤，邵万生的特色，非得你上手了才能往杯子里喷，你得赶紧喝。我吓得嘬了一大口，舌尖分辨不出什么是邵万生的酒糟香，什么是牙买加的蓝山豆子香，只好惭愧地吞下去。

在热气尚未散尽的夏夜，稍稍安稳心神，视线总不免越过砖墙望向被银杏树冠分割的画面，最后落在远处那些圆的或者尖的建筑顶的轮廓线上。这些轮廓在关于上海的图像中经常出现，以至于哪怕只是一块逆着光的剪影，你也能轻易辨认出来。

这日子真是过得——邱离离明显在寻找一个合适的形容词，最后我只囫囵听到了两个字："多——顶——"邱离离很喜欢在聊天的时候夹几个上海本地词汇，可她的语言天赋并没有强到让我忽略她的外地口音。我愣了一会儿，才明白她是在说"笃定"。她很少表达确凿的好恶，既然说出口了，那就说明，对于邱离离而言，米娅和骆笛的高度刚刚好，是那种她踮起脚来跳一跳，便可以够到的人生。

前前后后来了几十号人。草坪和大客厅上的人数错落有致，始终保持着自然而得体的平衡。盘子里的食物不至于太多也不至于太少，三三两两的想合影的女人和男人也总能找到光线良好、令人赏心悦目的背景。在一个所有事物都遵守着某种默契的地方，你很难不产生幻觉。于是我对邱离离说行吧，好是挺好的，就是这大晚上的吃早饭，时差有点儿顺不过来。还有，没人告诉我应该穿成这样啊。

有个女人穿了绲着粉藕边的烟灰丝绸旗袍，从我眼前走过。邱离离呵呵了一声说管她呢，这个叫苏眉的是米娅的老同学，在美食界里混，说不定这一桌子老字号点心都是她帮着一起张罗的，咱不用跟她比。不过呢——她话锋一转，顺便扫了我一眼——你千万别以为，没有 dress code 就可以乱穿衣服，真的。管亦心，我是说，你至少可以做个美甲，包括脚趾。

邱离离说完这句话就拎起一杯气泡酒冲向一个看起来有点儿眼熟的男人。他皱起眉头目光聚焦在远方的样子我应该在哪部电视剧里见过，眉头松开便又不像了。我没跟过去，放下那杯糟香咖啡，向草坪中央走。敞口平底凉鞋踩在半干的土上，一脚深一脚浅。没有染过的趾甲踢在湿漉漉的草上，倒也不觉得可惜。

没有穿对的人总是能自然而然地凑到一起。所以邵凤鸣跑来跟我搭讪的时候我并不吃惊。他的尖领白衬衫过于正式，一看就是搭配正装的。他说他是米娅的大学同学，小她两届，当年在一个诗社里混过。说话间他递来名片，我说不好意思我没有。

这年头不需要什么名片，他说，除了干我们这一行的。其实我们也不需要，就是有点儿仪式感。

名片上是一家律师事务所的名字，邵凤鸣的名字旁边并没有头衔。他熟练地向我解释，他去年刚考了牌照，正在律所里实习，商务名片上如果印上头衔那可了不得，是要被圈里封杀的。等留下来，他说，我才能换名片。

看我还愣着，他的语速越发加快。我知道你在想什么，他说，我都快五十了为什么还要考牌照，为什么还在实习。没什么，我是改行的，以前在报社里上班。

我想起邱离离，顺嘴问了一句，你的报社也关张了？

倒是没关——他的声音渐渐低下去——干得没劲儿了。调查记者嘛，你懂的。

草地上有蚊子，我的脚轻轻跺了几下。也许是为了缓冲尴尬的气氛，也许是因为两个钟头前刚在微信上跟赵炼铜说过两句，我突然迎上邵凤鸣的视线，换了个话题。邵律师，劳动合同法，你应该是熟的吧？

还行吧——别叫我律师，我还不能算——律所里打发我跟知识产权的案子，不过法条之类的事情，多少都懂点儿吧。不懂也可以查。什么情况？

我发现我没有办法用最简单的语言说清楚这到底是什么情况。最后只能加了邵凤鸣的微信，把我跟赵炼铜的聊天记录打了个包发给他。发完我就有点儿后悔，说不急不急我也没指望解决什么问题，就当给你提供个案例吧。邵凤鸣努力挤出一个职业笑容，说我明白，管小姐。

词语从四面八方飘来，越是陌生的语种、越是无关紧要的字眼便说得越是清晰。比如 Déjà vu[1] 或者"估唔到咁犀利"[2]。不止一个人用普通话说"观望观望"，讪讪的口气，仿佛只是为了填充那些看不见的细微的裂缝。在这样貌似无聊但其实一定说了点儿什么的派对里，无所事事的人成了可疑的窃听者，莫名其妙地败了人品。

二楼有扇窗户飞出一团质地松软、体形臃肿的东西，沿着一条悠长的抛物线稳稳落在离我不到五米远的草地上。我下意识地跺脚，清晰地感觉到先前蚊子咬过的那一处正在缓慢地肿胀，在尚且可以忍受的痒里渐渐爬出了一丝痛意。

看得出来，女主人不太舍得从草坪边上的长桌那头转过身来，但她到底还是冲着身边的人做了个手势，然后朝我的方向靠近。几乎在同一时间，刚才还在窗前探头探脑的女人已经下楼，径直穿过落地窗

1　Déjà vu，法语，意为"似曾相识"。

2　估唔到咁犀利，粤语，意为"想不到有那么厉害"。

冲过来，速度快得就好像赋闲了一季的 B 角终于等到了上台的机会，拼尽全力，从后台飞奔出来。

小朋友拎不清，不好意思，不好意思啊。女人抓起草地上的毛绒皮卡丘，狠狠掐了一把黄色的耳朵，冲着米娅夸张地笑。也不等米娅明确表示原谅，她就扭头走开，在穿过落地窗之前使劲儿看了几眼草地上的宾客和盘子里的食物。

米娅似笑非笑，说这也不是一次两次了。扔得这样远，来得这样快，你相信这是小朋友干得出来的事情？

我搞不懂她是不是在对我说话，但旁边似乎并没有别的听众，只好茫然地点点头。

算了，好奇心是人类的共同弱点，我理解。一丝略带悲悯的宽容从米娅眼里闪过。紧接着，她朝我凑近两步，说正好有点儿小事儿要麻烦你。

我跟着米娅穿过落地窗。我不知道这栋楼的后台有那么深，越往里走光线便越是暧昧不明，再寻常的物事在这样的光线底下都会显得陌生。我盯着木楼梯扶手上的镂空雕花铁饰，觉得有什么东西要被这旋涡般的花纹卷进去。楼梯边的转角呷呀一声半开了一扇门，米娅说请进请进随便坐。

其实并没有多少地方可坐。狭长的、没有窗户的房间更像是一个精致的储藏室，各种颜色和材质冲撞，几件并不实用却风格强烈的家具和摆件堆在一起，唯一较为空阔的位置支着一张中式小桌，被四张椅子围了一圈。米娅看我盯着墨绿色的台面发愣，就抬起手腕在桌上戳了个按钮。于是这一屋子驳杂诡异的画面被补上了最后一笔：一串机械与塑料碰撞的声音响起，四排码齐的麻将牌稳稳地从桌底下升起。

别见怪啊管小姐。这样的空间，就需要这样的物件来破一破，你说是不是？大俗，大雅，寂寞，热烈，凡此种种，都需要和解。

换个人跟我说这话，我多半会在心里冷笑。但米娅确实有本事把这些湿漉漉的话拧干再熨平。也许吧，我说。我的腿一软，顺势在自动麻将桌边的一张椅子上坐下来。

这乱糟糟的空间能给老骆灵感，真的——米娅的表情里流露出一丝少女般的虔诚。他每回卡壳的时候就要到这里来静一静。你知道，空间结构对一个导演有多重要。想想那部韩国片《寄生虫》。脱离那样的空间，这个故事还能成立吗？管小姐，你一定看过吧？

我看过。看的时候并不喜欢。回过头来想，那些别扭的人物和画面，倒是很不容易忘记。

骆笛不知在什么时候进的门。等我意识到的时候他已经坐在了我对面。他说招待不周啊管小姐，刚才苏眉带了个酒商过来，也是影迷，每年电影节自己上闹钟抢票的那种。我要给他看看我是怎么拉片的。你知道，干我们这行的，机会转瞬即逝——

米娅冲着他使了个眼色，骆笛一个急停，只好顺手抓起一块麻将牌又放下，呵呵笑着说还好这一副不用我来打，瞧这牌面，整个一个十三不靠。

米娅朝我微笑。导演的思维都是发散型的，想到一出是一出。不用理他，咱们说正事。

除了也抓起一张牌在桌上轻轻叩击，我想不出还有什么办法掩饰我的不安。我不会麻将，只看见牌上有只鸟，鸟头顺着我的手指在桌上旋转。我能帮上什么忙呢——您直说吧。

你能——只要你在两周时间里把房子给我们腾出来就好——当然，更好的办法是我们谈一谈价钱，你要是这段时间里能筹到首付，咱们把手续办了，那房子就是你的了。

麻将牌上的鸟仰面躺在桌上。我听见我的呼吸有一点儿急促，我想这里人人都是一副满不在乎的样子，我最好也不要例外。米小姐，我才住了十一个月，刚自费换了个热水器，林内的。您房租没跟我多要，所以热水器的事儿我也没跟您说。

米娅微笑，挥手，就好像这样一来便不用理会我在说什么。骆笛始终沉浸在他的世界里，一边看手机一边念叨这个镜头真他妈绝了。就一束自然光，冰凉的表情，隔着水蒸气拍，突然就有了玛琳·黛德丽抽烟的效果。

老骆你差不多行了——米娅说——逃避没有意义，我知道，你也知道，这片子现在出不来。

他们开始半文半白地吵架，术语和骂街水乳交融。我听了十分钟，差不多捋顺了整件事情的逻辑。米娅和骆笛刚拍完一部据说有希望打通院线的艺术片——比《爱情神话》更"艺术"，但是票房会比它更"神奇"。圈里都看好这片子，以至于居然有个 S+ 的流量明星递话，愿意以零片酬接演，指望镀个金拿个奖。骆笛说倒霉就倒霉在他身上，米娅是你逼我用这张塑料面孔的，现在好了，这哥们儿酒驾撞人逃逸，在牢房里度假，把我们的片子也给拖下水了。

听到这里我有一点儿走神。流量明星的名字在我大脑皮层上兜了一圈。我想这就对了，所以那张写给米娅和骆笛的英文卡片上的落款应该是个 W。身份也对，这张漂亮的塑料面孔是个小海归。

米娅说，这能怪我吗？人算不如天算，我倒要问问当初你那些吵着要入股的朋友都到哪里去了？我可都数着呢，今朝一个都没来。

不好意思，我插一句，所以你们急着要卖那套房子，对吗？

也可以这么说吧，管小姐。我们得找人把他正面的镜头全都补一遍。我们不是缺钱，我们只是缺现金。

什么意思？

钱这种东西吧，转起来才是活的。你得想，闭上眼睛想，想象整个世界的钱，其实是连在一起的，只不过暂时分在不同的口袋里。

我睁大眼睛。三言两语之间，米娅已经把强制提前解约（好吧，我们确实没有合同）变成了一堂附赠理财咨询的人生课。

也许是我多嘴。你不妨换个角度想想。我知道你喜欢那套房子，我们这边周转不开，现在是不是你入手的最佳时机？管小姐，当断则断啊，正好趁着这个机会给你的男朋友施加一点儿压力。你懂我意思。米娅渐渐兴奋起来，顺手在桌上一按，麻将牌落入桌子里的黑洞。闸门关闭，一片兵荒马乱的声音。

米小姐，我没有男朋友。

四

手机里的邵凤鸣要比面对面的时候更善解人意。我洗完澡，给奶茶喂完罐头，看着她心满意足地霸住我的枕头，发出呼噜呼噜的声音。邵凤鸣已经把最新版本的劳动合同法来回看了两遍。

有点儿复杂，他说。如果赵炼铜没骗你的话，他跟那家公司可能有的扯了。

我的心一沉。他没理由骗我，我说。

好吧，可是你有没有发现，现在你正在把两边的责任往你一个人身上揽？

他说得没错。两星期显然太荒谬了。既然赵炼铜可以拖上三个月，既不付钱也没法搬走，那为什么我就不可以拖？只要你的运气不是太坏，这座城市自有一套解决问题的办法。至少有几百万人住着别人的房子，彼此连缀成一条看不见的锁链，谁都没办法轻易抽走其中的一环。我想象着自己飞升到半空，俯视那些密密麻麻的、像蚂蚁一般在别家的巢穴里忙活的人类，想象有些蚂蚁把触须伸到无限长，轻轻拍打着那些更为粗糙的巢穴，或者贴上一块"限时搬走"的告示。醒醒，记得吗，这不是你的家。

至少奶茶是不记得了。一只在冬天可以睡在地暖房里的猫，常常趴在大理石地面上，用爪子推开垫子，让肚皮感受恰到好处的温度，把柔软的身体舒展成一张毛茸茸的弓。她还会记得忆江新村那个在任何季节都泛着潮气的小屋吗？前年冬天，半岁大的奶茶总是蜷缩在卧室里的取暖器边上。那是整个屋子里最温暖干燥的地方。

我得承认，米娅说这是个换房的好机会——这话大体没有错。忆江新村在学区里，只要尽快卖掉那一套，离这一套的首付就不会差太远。

邵凤鸣看我沉默许久，终于忍不住开口。这样吧，如果你信得过我，我陪你去赵炼铜那里摸摸情况。事先不要打招呼啊，反正按他的说法他也出不了门，扑空概率不大。听我的。

最后三个字就像是邱离离在说话，是那种我早就习惯于依赖的口气。奶茶翻了个身，两只爪子上的肉垫按住我的手。睡意涌起，一路爬到鼻腔。我模模糊糊地想，邱离离本人也许还没有回家，跟冷餐会上新认识的某个男人在某个深夜营业的酒吧里交换机会成本。米娅家那一带有不少出名的酒吧，他们俩在深夜里应该能听到各种语言骂街，听到酒瓶用力砸向弹格子路面的清脆声响。

谢谢——不过，你不是按钟点收费的吧？

我只是实习律师，管小姐，我不能独立执业跟你收钱。你要是举报我，我就没法混下去了。

那——你图什么？

我也不知道。可能是——满足一个前调查记者的好奇心。

我们去忆江新村的那天，下了一整天的雨。我敲门，里面一阵窸窸窣窣，我估算着赵炼铜至少整理好了衣服，就用钥匙开了门。一室半的房型，迎面就是厨卫设备，以前邱离离住在这里的时候喜欢开着门洗澡，水开到最大，有两滴甚至能溅到灶头上。我觉得她是故意的，提醒我用移门隔开的厨卫总共只有六平方米。

我和邵凤鸣都拎着湿淋淋的伞。到阳台必须穿过二十平方米的房间。水就这样一路滴过去。在两把伞支起来、占满整个阳台之前，我没顾上看赵炼铜一眼。在靠阳台那一侧的墙面上，我飞快地找到了那条熟悉的裂纹，以及裂纹旁边细密的水珠。我住的时候让人做过几次防水，工人每次都告诉我这样刷几道也就是安慰安慰自己。那是个结构问题，他们说，没法治。

赵炼铜也没说话，他一定是盯着我说不出话来。只有邵凤鸣嘴里念叨了两句打扰打扰。他的伞已经被我抢过去，所以腾得出手来找名片。在他自我介绍的时候，我一眼瞥见房间里有上下铺两张床，地上还空出一块来足够打两个人的地铺。我想起，跟他签的租房合同里有一条是保证没有群租转租，否则租赁关系自动解除。我想，怪不得中介说他有把握解决。

姐你怎么来了——他从床头柜的抽屉里摸出仅有的一瓶乌龙茶递过来——我亲姐，不是，我老乡来搭过铺，你知道，总得有人来给我做饭、陪我看病，你说是不是？

我没有问下去。我只是奇怪为什么我刚刚才意识到，我可以在扣除收到的租金之后，再用掉三分之一的收入，住在米娅的房子里；可我没法指望赵炼铜用三分之一的收入单独租我的房子，这并不现实。他当然会跟别人合租，就像别的外卖骑手那样。比起那些初来乍到、只能住在桥洞里或者 ATM 机隔间里的同事，赵炼铜应该已经属于对生活质量多少有点儿要求、对未来也多少有点儿信心的那一类骑手了。

最近一个都没啦，他还在解释。回乡的回乡，换房的换房，都走了。

懂了，我想。赵炼铜的意思是现在连一个可以分担房租的人都没了。

邵凤鸣没注意到我们在说什么，还在忙着跟赵炼铜解释他的身份。赵炼铜安静地听，眼睛却紧张地盯着我。下意识地把右边的裤腿卷上去给我看裹在膝盖上的纱布。我没有看到石膏托，应该是已经进入了屈伸训练阶段。腿只要稍稍弯曲，他的脸上仍然会跟着抽搐。在接下来的一个钟头里，他按照邵凤鸣的要求，把所有的证件和合同一样样地拿出来。我想他并不是相信这位实习律师能帮他讨回公道，只不过是为了向我证明他没有说谎。

我想起我和赵炼铜其实没有见过面，以前的交割都是通过中介，于是我也亮出了自己的身份证。赵炼铜笑出声来，说姐我信你啊，你有钥匙的。这一笑，他原本稍嫌紧凑的五官便顺着表情肌尽力打开，意外地显出一丝清秀来。我想他不会超过二十五岁。

外面的雨不知何时停了，暑气顿时从地面蒸腾起来，我下意识地想找床头柜上的空调遥控器，却一眼瞥见赵炼铜的脸上掠过一丝惊恐，于是我的手缩回去。我想他应该有段日子没交过电费了。对面窗户静悄悄的没有听到狗叫。那条老得只剩一口气的斑点狗，可能已经死了。

从隔壁垃圾桶的方向飘来各种发酵的有机物的气味。在水蒸气的作用下，腥甜臭势均力敌，仿佛被一只有力的手揉搓成一团，越捏越紧。至少有三十年的记忆，也无声无息地捏了进去。这是我的房子，即将被我放弃的房子。

那什么，你住得还行吗？我问赵炼铜。我的声音传回自己的耳朵，居然把我吓了一跳。那种镇定里带着一丝微笑的口气，有点儿像米娅。

房子很好啊姐。真的好。刚进城的那会儿，你猜我住哪里？建筑工地旁边的集装箱里。姐你的房子要什么有什么，我还看完了你的书。他从枕头旁边的一团被子底下摸出《基督山伯爵》（下）。我愣了一会儿，才确定那是我搬家之前忘在写字台抽屉里的。

能看懂吧？这话一出口我就后悔了。赵炼铜似乎并没有听清，抢着说好看好看。中学里读过上，图书馆里没找到下，没想到这里还续上了。

邵凤鸣带了笔记本电脑，搁在写字台上敲打了一阵，就看出了一点儿蹊跷。

你的缴税记录上有三家公司的名字，小赵，你有没有搞清楚你到底属于哪一家？

赵炼铜说姐我给你看过的，公司给我发过奖状——发奖状的公司不会是假公司吧？

邵凤鸣不知道怎么接口，清清嗓子又问下一句。如果我没猜错的话。你被他们——我也没搞清楚是哪一家——注册了个体工商户。

笔记本上的网页链接里跳出十几个字。省市县后面跟着更长一串的地址，我一眼扫过去，尽是"创意园区""商务咨询"之类的字眼。本质上，这跟邱离离注册的那种公司并没有多大的不同。我发觉邵凤鸣的语速开始加快，我听见滴水不漏的车轱辘话里渐渐渗出了汩汩不绝的怒意。

个体户属于自然人但又不是普通的自然人，你懂吗？他是个——这么说吧——个体户是个特殊民事主体。怎么个特殊法呢？在法院看起来，你跟那家公司——姑且就当它是家真公司哈——之间是合作关系，你更像是个做生意的。小本生意，自负盈亏的那种。如果法院对你们的劳动雇佣关系有疑问，那么，也就是说，劳动法它就——你明白了吧？

明白，我明白。赵炼铜似乎很容易被"懂不懂"刺激，总是抢着说他懂了。邵律师，我能听懂，这样劳动法就管不上我了。这样就没人替我付医药费了，这样姐的房租——

也不能说没希望，小赵，就是拖拖拉拉的过程解决不了你眼前的问题。邵凤鸣说了几个能提供免费法律援助的律所的名字，说有个朋友的办公室里挂满了锦旗，全是那些他帮忙讨来欠薪的农民工送的。不过，邵凤鸣顿了一下，说我实习的律所比较小，你知道，他们说还没有完成资本积累的阶段。钱攒够了才能做品牌，这也可以理解的对不对？

他们俩一问一答地说得飞快，好像只要语速足够快就能更有说服力，事情就可以迎刃而解。我几次想插进去说说米娅的故事，但找不到入口。最后我只好生硬地告诉赵炼铜咱们再联系吧，这房子可不一定一直都是我的，要是带着租约卖，后面的情况我也管不了，我还没想好，但早晚是要处置的，所以我得跟小赵你说一声——听我说完——别喊我姐行吗——你不是有个开小饭馆的亲姐姐吗？

我拉着邵凤鸣落荒而逃，一出门，屋檐上便滴下一大坨积水，我脖子上一个激灵，便又抬脚折回去拿伞。穿过房间的时候，我听到赵炼铜问，姐，不管怎么说，那本书我可以留着吧？

当然可以，书架上还有几本，全给你。

五

回过头来想，这事儿看起来一直在走直线，实际上却绕成了一个圈——还是那种竖起来的圈，游乐场里的大转轮似的。不管是上升还是下坠，都由不得我多想，画成受力图就全是跟半径垂直的方向，就像一支支眼看着就要射出去却始终不曾离弦的箭。比方说，从赵炼铜或者我的房子里出来，我和邵凤鸣注定会绕着那些房子走上一圈又一圈。我们能感受到对方的憋屈，也必然因为能被对方感受到而显得越发憋屈。这几乎是一种循环往复的正向反馈过程。我是说，那天晚上，我们注定会把这条路越走越长，最后注定会绕进我现在住的地方，绕进米娅的房子。

这个句子还可以无限循环下去。我注定会想起厨房里还剩一瓶香槟，邵凤鸣注定会熟练地使用瓶起子，空气里注定会响起软木塞子弹起时清脆的响声。一切注定会成为一个烂俗的电视剧场景的廉价道具。

邵凤鸣表现得很自然，也许因为他来过。那是好几年前的事儿了，他说。我跟你讲过，米娅跟我是老同学。准确点说，她是我学姐，大我两届，我们那时在同一个诗社里。那个圈子，时不时地会聚一聚。前几年有一回就在这里。

你还写过诗？

写过。那时候人人都写。如同蛋糕边缘的奶油先于中心融化／我无法阻止某种甜美的坍塌。怎么样，够你起一身鸡皮疙瘩的吧？

也还好。一起写过诗的人，交情就是不太一样吧？

邵凤鸣说那都是上个世纪了，都成古诗了。如今再碰头也没人聊这些。你问他们聊什么？生意啊，养生啊，装修别墅啊，或者，要不要移民，小孩子上学是走体制内呢还是体制外。别那样看我，我不怎么聊，我就听听。说话的人太多，就我一个人在听，所以他们拉饭局还真少不了我，总得有人跟着他们点点头的你说是不是？

是是是。我笑，夸张地点头，顺便扫了一眼茶几底下的奶茶。从陌生人一进门开始，她就无声无息地躲到了那里。黑暗中，从瞳孔深处的反光膜发出的绿莹莹的光线，充满失真感，像是发光的石头躺在海底，引诱你穿上潜水服，一头扎下去。

别把自己说得那么无辜，我不信你就没有什么故事。

我有什么可说的呢？当了十五年记者以后改行，结了半年婚以后闪离，两件事情放在一起看，大概就不能说是巧合了。性格决定命运，这种陈词滥调是废话，但是世界上就没有比废话更正确的东西了。

谈话正在向危险而亲密的、深不可测的方向推进。我试图生硬地打捞回来。

这房子有什么变化吗，你觉得？

没什么变化。或者说，我什么细节也想不起来了。等等，这个小茶几是新的吧？

对，这个是我买的，一看就是便宜货吧。仿宜家的款。

这里原来可能空着，那天特意支开一张麻将桌，他们还玩了几圈。米娅说导演有一帮朋友常来玩，有瘾。

几天前的记忆猝不及防飞过来，还带着新鲜的戳印。我把记忆里的麻将桌剪下来，贴在茶几的位置上。牌上的鸟头冲着我咧开嘴。

想起来了，那天导演不在，去哪里出外景拍广告了。是的，那会儿可能还没开窍吧，他只接得到广告，还不是大牌子。不过，只要他不在，米娅整个人就会——怎么说呢——好像会更松弛、更生动一点儿，所以当时我觉得这房子挺顺眼的。

邵凤鸣管米娅叫米娅，但是管骆笛叫导演，好像职业便可以覆盖他的全部。我努力让自己忍住好奇心，没有沿着那个方向问下去。

我说，有时候我觉得，城市里的这些花样，就像一个无边无际的交换空间的游戏。你在电视里看过那种节目的吧？电视台出钱，让你跟别人换着住十天半个月，再按你的意思，把别人的房子重新装修一遍，等人家回家以后打开门，又是哭又是笑的。我是说，你每天都能意识到，你只不过暂时住在这里，一阵风就能把你的窝吹走，只需要离开那么一小会儿，也许你就再也认不出你的家原来的样子。这感觉其实也不全是焦虑，也带着那么点儿刺激。你会觉得，你不但每天都在开盲盒，自己其实也住在一只盲盒里，说不定哪天就让谁给开了。

有意思。不过也得分是哪种盲盒。赵炼铜那种——

我下意识地拦住了他的话头，抓起酒猛灌了一口。我懂你意思，我又把日常苦难给浪漫化了，说白了这叫站着说话不腰疼。

也不是——真不是——我是想说，赵炼铜他进的那也不是什么盲盒，是个不大不小的坑。

邵凤鸣说着说着便放下酒杯，站起身来，在天花板上的灯带下来回踱步。我没有一直盯着他看，我总是忍不住在本应该集中注意力的时候稍稍走神。绿莹莹的光仍然在茶几底下的地毯上闪烁，我想象，如果钻进猫的视角，那么邵凤鸣的脚（进门时我没有多余的拖鞋给他换，他熟练地从鞋柜上抽出蓝色的塑料鞋套，罩在沾了泥点的黑色皮鞋上）一定显得硕大无比。从猫眼看过去，有一道光紧追着他跑，藏青色西裤裤腿呼呼地兜着风。奶茶一定能做出准确的判断，这是她自从住进这套房子以后见过的最高大的生物。我看见，随着邵凤鸣的语调越来越昂扬，表达越来越流畅，奶茶的两只尖耳朵也在和着他的节奏，来回转动。

刚才跟你绕着新村转悠，真没白转，他说。我算是把整件事情都给想明白了。在赵炼铜的案例里，外卖平台和骑手之间隔了千山万水。配送商，那些奇怪的给他交税的公司，还有注册的个体工商户，全都是平台的防火墙。

这么有名的平台，为什么要把事情做成这样？

预防性甩锅。多绕几个弯，就图一个出了事儿眼不见心不烦。如果你没见过赵炼铜这么个大活人，你也能眼不见心不烦。

我得承认他确实一针见血，于是拿起半杯酒，朝着他搁在茶几上的半杯酒，碰了一下。

以前他们也不这样。最早的模式都是饭店直接雇人，效率低，成本高，集约化优势出不来。从平台的角度看，到了跑量的时代，把责任外包出去，剩下的事情也就是拼个概率了。

什么意思？

假设你是个骑手，那你跟平台之间最可能发生纠纷的是什么？是收入问题吧，是加班问题吧，是解雇了以后有没有赔偿吧？通过那些防火墙，这类锅是可以轻轻松松甩出去的，一点儿痕迹都没有。没有什么劳动仲裁部门会支持个体户跟合作的公司要赔偿金吧？至于一千个骑手里有一个撞上树——

那骑手只能自认倒霉？

那倒也不是。尽管模式越复杂，法院越难认定责任，但伤害如果足够严重，通常天平还有可能倾斜回来。但那就成了特例，成了对弱势群体的照顾、关怀和拯救。在平台看来，这样的小概率事件就算赔也赔不了多少，何况程序还有的走了。无论如何，更耗不起的，一定是手停口停的骑手。

一阵燥热从脊背上掠过，我下意识地看一眼空调。空调运转良好，出风口发出均匀的叹息。我在两个杯子里都满上香槟，各扔了两块冰。我觉得我的自动断电保护装置又要启动了。在跳闸之前，我需要清晰稳定的逻辑，需要某种恰到好处的温暖，需要一点儿伸张正义的幻觉。总而言之，此时此刻，我需要这个刚刚认识了三天的男人站在我对面，我不反感他在酒精的作用下慢慢地然而坚定地靠近我。我说不管怎么样都谢谢你，这事儿我一个人是捋不清的，有力气都没处使，何况也没什么力气。

别谢我，我还不一定帮得上什么忙呢。不过我知道你说的无力感是什么意思，早十年我就知道了。就好像落枕，卡在某块肌肉上，动一动就疼，要是僵在那里吧，过会儿更疼。然后，你就开始跟那块肌肉生气，跟枕头生气，跟自己生气，你觉得见鬼了，这又不是我的错，我有什么可生气的，可是这样想想你就更生气了。

来，走一个。我又主动碰了杯。祝你，那什么，早日转正吧。记得换一张有点儿文化的名片，别镶金边。

走一个。就算转正了又怎么样呢？律所里塞给我的尽是些知识产权之类的鸡肋案子，前路茫茫。

那你想接什么样的案子？

按正常人的逻辑，哪条线生意好就奔哪里去呗。所以你猜怎么着，现在拿到执照的都先去排离婚律师那一队。

那你就且排着吧。不排白不排。

我告诉你，其实我一直都没适应，当律师跟当记者不是一回事儿，那个思维不一样。

嗯，不一样。就好像，写公众号跟写小说也不一样。太不一样了。

所以你也是个有一点儿梦想的人。

梦想——这个词太矫情了。我一直以为我能写小说，后来我发现写小说就要把自己剪碎了撒在故事里，剪得越碎越好。这样你捡起每一个碎片都认不出我本来的样子。

你下不去手？

是不知道怎么下手。琢磨这些事情就耗尽了想写的冲动。

这一点倒是跟我挺像。对于想不下去的事情，就自动跳闸。

挺好。这是一种自我保护吧。我差点儿说我们俩是一路人，到底还是没说出口。

其实是尿——他说——我一直很尿。

视野倒转，画面缓缓倾斜。我用余光看见奶茶从茶几底下钻出来。陌生人一时半会儿没有走的意思，奶茶显然是等不及了。奶茶的肉垫一步步踩在大理石地面上。我最近忘了剪她的爪子，它们已经冒尖、打弯，长成了尖锐的钩子。钩子在地面上摩擦出微弱的、只有我能听出来的声音。这声音由远及近，再由近及远。最后，她应该是跳上了窗台，隔着窗纱看过来。

夜磨平人影的棱角。人影与人影的边界渐渐消融，连成了一个椭圆。我没有告诉邵凤鸣，自始至终，除了我们俩，还有一双绿色的眼睛，一个旁观者。

六

邱离离在我颠三倒四的叙述中一下子就抓住了重点。等等，她说，就这一个礼拜的工夫，你跟邵凤鸣发生了什么？你可别告诉我，就为了管个闲事，你们俩突然从素昧平生变成了一见如故。我想说这不是闲事，但邱离离已经开始一边摇头一边念叨，邵凤鸣这个人哪，嘿嘿嘿嘿。

怎么说呢，人倒不是个坏人——这话她说了好几遍，就好像一首歌里反复出现的间奏。

邱离离所有关于邵凤鸣的素材，都来自一个名叫"5W 失魂夜"的微信群，群里的成员都是前几年陆续从关停并转的传统媒体失业或者改行的落魄中年人，原本是为了抱团取暖或者分享再就业资源用的，却渐渐成了负能量反应堆。不时有十几年的朋友在群里吵翻，有人赌咒发誓，有人嚷着要到线下约架，有人愤然退群再拉一个新的群，还有人为了根本够不着的事情打赌，说特朗普如果连任就输一箱茅台。邱离离先是在那个群里认识了邵凤鸣，又通过他认识了米娅和骆笛，然后，就在某个周末的早晨，看见邵凤鸣默默地退了群。退群者难免被群里人议论几句，那天的闲话特别多，也许只是因为他退得毫无征兆，让所有人都觉得像是被软绵绵地打了一巴掌。

人嘛肯定不坏——邱离离说——因为他们都这么讲。邵凤鸣就是做什么都好像掐不准节奏，有时候太晚，有时候又太早。群里吵翻天的时候他浑然不觉，有人点他名问他看法，他就尴尬地笑笑。等到群里风平浪静了，他倒愣头愣脑地走了，还撂下一句：累了，平生不喜站队，何妨江湖再见？他以为他是谁啊，拍武打片吗？于是群里哄笑一阵，有人说他以前最出名的事迹是跑经济条线那会儿，从产品质量问题顺藤摸瓜，写了篇打假的文章。对方发了急，在稿子眼看着要上版的时候来截和。于是，邵凤鸣跟着主任吃了顿饭，稀里糊涂地收了人家的封口费，后来又反了想退，按他自己的说法是过不了良知的关，结果反而闹出动静来被人举报，连带地把他们主任也拖下了水。

你想想，这样一来，他在这圈里还能混出个样子来吗？纸媒衰落，对他个人倒未必是件坏事，可我看他还是没长什么记性。有句话叫什么来着，尴尬人偏遇尴尬事。邱离离叹口气，歪着脑袋问我，你说说看，这个世界上，究竟是先有尴尬人，还是先有尴尬事？

我不知道。

反正我知道他跟你不合适。倒也不是说人不靠谱，是他靠的，多半不是你需要的那个谱。

你脸上那颗痣颜色越来越深啦——我突然打断她——留着不好，什么时候去点了吧。我的口气一定硬得硌人，以至于邱离离只好避开我的凝视，在办公室里转了两圈。

邱老板，你倒是说说看，赵炼铜这件尴尬事，我可不可以写点儿什么？

你是说，发在"离心力"上？

不合适吗？我可是难得报一回选题的。

隔了一顿午饭的时间，邱离离才郑重答复我。写是可以写，她说，但不能按你那个思路写。

你怎么知道我什么思路？

就是邵凤鸣的思路呗，用脚指头都想得出来。我查过了，这一类早就有人写了。困在算法里的骑手，找不到公司的骑手，压垮骑手的最后一句差评，应有尽有。你碰上的这事儿既不是最新鲜的，也不是最极端的，更不是无法解决的——不过是时间的问题，或者说，是给哪家律所递一面锦旗的问题。你不能指望靠炒冷饭再炒出一盘爆款来。

可是对于赵炼铜这个具体的人来说，这不是什么爆款，这是——在找到合适的形容词之前，我就失去了把话说完的兴趣。

你要是有兴趣，就写写他这个人吧。人物特写，搞成口述实录那样的文体，挖一点儿故事出来，越细腻越好。

这又有什么用呢？

这个就看你写成什么样啦。记住，有了细节，人设才会丰满，有人共情，他才会从芸芸众生里跳出来。你明白我的意思吗？你不能指望依靠影响规则来改变一个人的命运。相信我，咱们明明有比这更快更有效的办法。

说话间她已经一阵风似的跑出了我的小隔间。在这栋联合办公的大楼里，彩虹文化租的八个开放式工位和三个玻璃隔间已经明显不够用了。有人扛着太阳灯和三脚架在我门外的空地上走来走去。看来邱离离前一阵子嚷着要尽快把公司业务的重心转到短视频上，并不只是说说而已。

我喜欢周围的忙碌和杂乱，这样的景象能给我提供足够的安全感，以及一点点恰到好处的、无用的伤感。在各种互相冲撞的声浪的掩护中，无所事事的我就成了一个安静的、在阳光底下泛出五彩色泽的泡沫。让我想起王子和他的新娘从新婚夜醒来，倚着船栏，在落满朝霞的海面上，焦急地寻找美人鱼变的泡沫，却什么也找不到。

我按了一下手机，进来好几条留言。

米娅说不着急，现在还不会有人上门来看房子，我们会等到两周以后再考虑联络房产中介——毕竟我们也很讨厌中介。我说我明白，这事儿我记着呢。

邵凤鸣说我已经在那位锦旗律师那边插了个队，人家一口答应，不过这事儿急不得，你得耐心点儿。这样的小案子处理起来也有它复杂的地方。比方说，小赵那里也有几条不利的证据，他在给公司注册成个体户的时候录过创业视频。

喊两句口号说为梦想加油，也能算创业视频？

公司方面可以用这个当证据，说明他对注册个体户这件事是知情的。

我打了六个句号表示被省略的愤怒。

他还私自改装过电瓶车，解除限速，这一点对于交通事故的认定……你懂的。

我懂，我说。谢谢你。

别这么客气行吗？他飞快地说。我的意思是，米娅他们要是催你搬，我这儿有地方可以住。

谢谢，我不缺地方住。

你是不是……后悔了？那天喝得有点儿多，我酒量一直都不行。

我没有回答他。关上窗口看下一条。赵炼铜打了五百块钱过来，我说不用吧，这也解决不了什么问题，还不如回头一起算。他说姐你就点一下吧，别的我再想想办法。

我想我其实可以把米娅跟我说过的客套话直接贴给他，一点儿违和感都没有。办法总是有的。我显然并没有到山穷水尽的地步，我可以推断赵炼铜也没有。他当然没有必要跟我交底，就好像我也并没有跟米娅交底。这样的推理可以正向也可以逆向，符合城市生活的一般准则：素不相识的人们拴在一根链条上，作用力与反作用力在拉扯中互相抵消，保持着脆弱而有效的平衡。

这钱是你的亲姐姐给你的？

不是，姐。有件事我没跟你说实话。我确实有个姐姐，堂姐。是我大爷家的大闺女。但我不知道她在哪里。我们已经有十几年没有见过面了。

七

我只记得她叫赵迎春，我八岁的时候她应该是二十出头。但是屁大点儿的小孩能把什么事情说准呢，连时间线都是乱的。她话不多，有主意，手脚利落。有时候我故意惹她生气，她难得笑一笑，眼梢弯出一个弧度来，也是好看的。

八岁以前我家的日子没个定数。我爸大半时间在铜矿上忙活，需要下井，没有编制。我妈也常跟过去住矿上的集体宿舍，随手就把我寄存在大爷家里，我一大半时间都跟在迎春姐姐屁股后头转悠，缠着要她烙梅干菜饼给我吃。所以后来我老觉得她进城以后应该会开一个饭馆，就凭她烙的饼，也不会没有销路。有两回给人取外卖看到有点这种饼的，还特意跑到后厨去张望一眼。我老是以为能有一张熟悉的脸，从面粉扬起的白色粉尘中浮现出来。但我仔细想想，这事儿也有难度。基督山伯爵跟他女朋友也就分开九年吧，迎面撞上，也要试探好久才认得出来呢。

可我并不知道她现在在哪里，我甚至不知道为什么那年春天明明全家人都在忙着张罗迎春姐姐的婚事，秋天再去大爷家的时候我就见不到她了。我妈不准我打听迎春的事情，说人家要是敢让你听见他们议论大爷家的长短，你也不要嚷出来，回来告诉家里，让大人去出头就好。实际上并没有人在我面前说什么，也可能是他们说了我也没听懂。后来出头打了一架的是迎春的亲弟弟赵秋生，因为有人冲着他唱歌。蒲蒲丁，起苔子，阿姐领个私孩子。

我问我妈什么叫私孩子，我妈朝我后脖子上拍了一巴掌，说你管这些闲事做啥，是不是在讨刮栗子[1]？秋生火气大，是因为他自己的亲事给搅黄了，这种事儿你们小孩不懂。怎么又冒出一桩亲事？我听傻了，可是没敢再问下去。

听大爷家里人的口气，迎春这个闺女就当是没有了。可是一个好好的人怎么会说没有就没有呢？我每年都跟回乡过春节的阿哥阿姐打听，有人跟我说在上海见过她，说反

1　俚语，也叫"凿栗子"，以指关节部位敲人头部。（编者注）

正眉眼跟迎春是一式一样的，身边带着个半大小孩——还是个男孩呢。他们说到这里就要关照一句，可不敢说给你大爷听啊，除非小子你想讨个刮栗子吃。他们都知道大爷家门不幸，自从闺女跑了以后秋生便越发不成器，一直没娶上媳妇不说，前两年还因为跟别人搞电信诈骗被公安带走了。

我说不清楚这事儿跟我现在在上海当骑手有没有关系，有多少关系。我爸我妈在我十岁以后就没去过矿区，不过他们也没在家里安生待着。大半时间我仍然见不到他们，他们在省城打工，等我读完了技校他们也问我要不要去。我说我考虑考虑，过了一个礼拜就跟着同乡跑到了上海，在上海给我爸妈打电话说，这里什么都好，大马路上都能捡钱。我妈在电话那头鼻子抽了两下，说她不信。我爸抢过电话说你住哪里，我没法告诉他我住集装箱，就在网上截了一张公寓房的内景发给他们。我不知道他们有没有相信，反正再没人提这个茬。后来我在建筑工地干不下去，从集装箱搬到新村里，特别想把屋子收拾成那张照片里的样子。其实根本做不到。我住的房子太潮了，墙上全是灰黄的水渍，拍出来不好看。

邱离离在我的稿子里挑出了她最喜欢的一段，这让我很意外。我说难道你不觉得这一段有点儿离题了吗，我写下来就是打算让你删的。

为什么要删？这里有好几个点是可以精准击中人群的，应该加强而不是删掉。邱离离的口气听起来就像是在指挥一次军事行动。

谁说民工不读书的？你看他把《基督山伯爵》的情节记得那么清楚。这是不是突破了刻板印象？这样的细节当然删不得。邱离离的痣又随着她兴奋的声调抬上去，替她虚构了一个酒窝。

现在外来务工的大部分都上过中学，所以能看两本书也很常见吧。我平静地提醒她。

所以你倒是可以考虑把书换成罗曼·罗兰。这样你就用得上那句话了，"真正的英雄主义就是认清了生活的真相以后还热爱它"。你想啊，如果结尾来这么一下——

问题是赵炼铜并没有读过《约翰·克里斯朵夫》。准确地说是我的老房子里并没有那一本。

那有什么关系呢？反正这一篇文章你用的也是他的化名。细节在合理范围里夸张是为了更准确地传达出那种——精神。细节是魔鬼，你知道吗？它就藏在那里，你得把它拎出来。

我知道她想拎什么细节。可我没接茬。

比方说，这个姐姐为什么会失踪？那么多暗示已经呼之欲出了嘛。

这些都是赵炼铜的原话，他也不知道赵迎春为什么失踪了。

不对，他知道，或者说潜意识里知道。赵秋生的亲事给搅黄了，那就是因为原本指望用嫁迎春的彩礼钱娶媳妇啊。这种事情在农村很正常，他怎么会不知道？赵迎春是要摆脱这样的命运才逃走的，也许是跟别人私奔，也许，甚至怀了别人的孩子。你猜猜她的故事能引起多少"扶弟魔"的共鸣？你猜有多少热心人会帮着把他的姐姐找回来？

我懂你意思，可我也不能瞎编吧？

怎么是瞎编呢——如果你不编，那我来。

我在邱离离的语气里听出了一丝努力压制却没有压制住的愤怒。我依稀想起她的家乡也是个偏僻的小县城，她也有个许久没有联络的弟弟。我总是猜测她走了一条狭窄而曲折的路才摸到了大学的门，一路走，一路扔下一大堆别人不敢扔的东西。

邱离离足足用了两天，才押着我改完了稿子。她说很久没有发生过让她如此投入的事情了。她在稿子上做了一大堆审阅记号，找到了十几个读者看了会眼睛一热的细节，要我好好改。集装箱里的火锅聚餐要写得笑中带泪，观察点单的客人要写出黑色喜剧的调调，赵炼铜跟电瓶车的关系可以参照一下《骆驼祥子》，撞上树的过程要写得含蓄克制、"戛然而止"的那种，但是你能嚼得出淡淡的辛酸。维权当然也是要维的，邱离离说，但要处理得简洁有力，有理有据，前面拉满了一张弓，不能到这里就松了弦，你说是不是？

那如果这个人物，我是说，真实生活里的这个人物，本来就没有那么满，那怎么办？

没事儿，相信我。你整个基调铺得挺好，语气特别朴实，比真实生活更真实。也就偶然露出一点儿文艺腔。比如写姐姐的脸从面粉扬起的白色粉尘中浮现出来，一看就是你自己的词儿。

错了。这话真是赵炼铜亲口说的。这样的表达方式，我也不知道他是从哪本书里看来的。我最多就是调整了一下语序。真的，我有微信录音。

那也不行，听起来太假。邱离离摇摇头，坚决删掉了这一句。她还删掉了赵炼铜抱怨上海梅雨天太难受屁股上长满了湿疹的句子，因为这个细节听起来有点儿硌应人，影响人设。

都化名了，还要什么人设？我不耐烦地敲了两下桌子。

这你就不懂了。文章火了，人就红了，我还在考虑回头给这个故事追加个短视频呢。那时候再去想立人设的事儿就晚了。

标题也是邱离离起的。《我是骑手》。这样就够了，她说。简单，大气，空间开阔，有强烈的代入感。你读的哪里是一个在大街小巷里跟你擦肩而过的骑手的命运？你一边读一边会把自己也按进去，你就是在读自己的人生啊。

你这一套一套的我真跟不上。

虚构的酒窝在她嘴边消失，邱离离留给我一个斗志昂扬的背影。

改完文章之后，我并没有马上发到邱离离的邮箱，而是先转给了邵凤鸣和赵炼铜。邱离离特意跟我说过，用化名的文章不需要征得赵炼铜的同意，以后需要拍视频了再说服他也不迟，可我还是发了。我说如果你觉得不合适，我还可以撤回来。赵炼铜说你不用撤，如果我的故事可以帮得上忙，尤其是帮得上姐你的忙，那写成什么样都可以发。

有那么两秒钟的工夫，我还以为他讲错了。但我很快回过神来，而且发现我确实也说不清，究竟是谁帮了谁的忙。

你觉得，这样写，是在写你吗？

不是我，肯定不是我。但是这人吧，我看着很眼熟。这故事吧，也是那种我能一口气就看到底的。我一边看一边想，你们可能比他自己都更了解他。

隔了半天，邵凤鸣才回我。他说文章写得不错，反正你能交差就行，有稿费就行。不好意思刚刚一直忙着，好容易有一点儿午休时间还接了个很长的电话。是那位锦旗律师打来的。

他有什么说法？

进展很慢。对方也知道我们手里并没有多少牌可打，如果愿意私了那就只能给点儿人道援助，给多给少要看人家脸色。如果不接受私了，那他们欢迎我们去劳动仲裁。

邵凤鸣一定是猜出我的牙死死地咬在了嘴唇上，说我跟你讲过要耐心要耐心。我说我就是不明白为什么这些明摆着的事情那么难办，他说那是个无边无际的大系统，个案落在里面连个回声都没有。维持一个大系统正常运转的最好办法——他说——就是照章办事。所以，是不是明摆着，这一点对他们不重要。

那如果这个章根本就不合理呢？

那就慢慢改呗。事情出得多了，就会有人去堵上章里的漏洞，但这里头有个时间差。总会有人掉进时间的夹缝里。

你的脾气可真好。

时间长了就把脾气磨好了。我们差十岁吧，你再磨十年，一定比我更柔软。

这是他第一次提到我们之间的年龄差距。我想他一定是以为我酒醒之后的状态就像是从一间黑屋子里走出去，被门外的强光照得睁不开眼睛。他在等我适应，还是已经放弃？我看不出来。

不过这两天我也没闲着，他说，我顺手查了一下我的老同学。

你是说米娅？

嗯。也许你有兴趣知道。他们的财务危机，恐怕也不是流量明星的锅。不全是。

那片子还能上？

他们还在想办法吧。可是真要赔那也是资方的事儿，我看那片子的投资比例，米娅并没有把自己的本钱砸进去，最多就是本来打算狠赚一笔，预期的收入遥遥无期罢了。他们如此依赖这笔钱，依赖到马上就要卖房子的地步，这本身就不太对劲儿吧。

所以你觉得是什么问题？

我不知道。我只查到他们上半年已经卖了名下另一套房子，比你住的这套值钱，可是看起来还是没有补上亏空。他们现在住的房子，已经拖了两个月的房租，那房东也是个小题大做的人，正在嚷着要发律师函呢。房东的法律顾问正好我也认识，圈子就那么点儿大。

什么？他们现在住的房子也是租的？也就是说，我的房东也有房东？

没什么奇怪的吧。西区的这些洋房——不管是真洋房还是那种新里弄的房子——都是天价，先不说他们不一定买得起，就算当初买得起，这些房子的产权状况也大多是七绕八弯，有价无市。铜牌子可不是你想挂就能挂上的。他们租这样的房子，比单纯摆阔要高级多了。你走上他们的草坪，远远地看着有人穿着泡泡袖裙子在铜牌子旁边举起自拍杆，你就会忍不住替他们打个分估个值吧——嘿嘿，然后你就蒙圈了，因为你估不出来。

我没法掩饰我的惊讶，在对话框里按了两个夸张的表情符号。草坪，飘着糟香的咖啡，木楼梯上像旋涡一般迷幻的镂空雕花铁饰，这一切都跟米娅的气质如此恰当地贴合在一起，我想象不出有什么理由能把她从她身后的背景中抽离出去。我想，邱离离如果发现她踮起脚来便能够到的人生，不过是一副精致的、随时会碎裂的玻璃道具，不知道会说什么。

其实吧，以我对他们的了解，这也是迟早的事儿。米娅戒得了骆笛的色，管不了他的赌。她说两害相权取其轻——问题是，天知道哪个更有害。你想啊，哪天醒来，昨晚还睡在你身边的人突然哪哪儿都找不到了，手机也打不通。人已经上了漂在公海上的一艘游轮，在那里丢下一摞筹码，回来就被叠码仔追得上天入地，于是整个人失魂落魄，在你们一起拍的电影的投资账户里拆东墙补西墙——碰到这样的男人，就问你怕不怕？

我以为他们只是玩玩而已。

玩着玩着就玩大了。据说是以前拍片时老是要候场，大段大段的时间，太无聊，就此落下的毛病。你知道艺术片要等这个等那个的。等人等钱，等云等风，等合适的光线，等哪里突然冒出的灵感。据说在赌桌上一掷千金能激发灵感，这玩意儿对肾上腺素有刺激。那种刺激强度，不亚于在一大片废墟中突然看见一张美人的脸，倾国倾城的那种。你信不信？

八

我不信，米娅说。她的笑容里奇特地掺杂着憔悴与亢奋，而且调匀了比例，一半对一半。我不信，她说，这样两全其美的事情，你们会没有兴趣。她在沙发上调整坐姿，双手交叉搁在并拢的斜靠在一起的双膝上，肩膀略略收紧，在收放与攻守之间小心翼翼地寻找平衡。

邱离离说，不是没兴趣，肯定是好事，就是有点儿突然，信息量很大，我们得消化消化。我什么话也说不出来，眼睛不知道往哪里看。我知道坐在我对面的邵凤鸣一定在琢磨我的表情。我低头瞄一眼对话框，他果然发了一条：我也是刚弄明白怎么回事儿，还没来得及跟你说。

时间地点都是米娅定的。她来约我的时候我一个激灵，像奶茶在地板上看到一条蜈蚣那样，浑身的毛都炸了起来。我想好一见到她就先发制人。米小姐，我知道已经过去三个礼拜了，可你们给的时间不合理啊，无论是卖房还是搬家这都太短了，大家都不容易啊不是吗？可是一跑进碧云天大饭店的包房，我就愣住了。

整个画面里没有一件事是合理的。房间太大，足够坐十几个人的房间里只来了四个人，再往里走，我看见这间包房的落地窗外还带了一个大露台。米娅说时间还早，我们就到露台坐坐吧。出现在这画面里的人物是我想破脑袋都没有料到的组合，我没想到米娅叫来了邱离离和邵凤鸣。邱离离也有点儿吃惊，不过她很快镇定下来，快走两步着露台的栏杆眺望西北方向的别墅区，说米小姐真会挑地方。那里是上海近郊别墅区的起点，最早买得起别墅的那群人都住在那里。

其实在这样热的天气里，坐在碧云天景观最好的露台上，并不是一个舒适的选择。五点半仍然没有一点夜色，桌子上亮晃晃地洒满不肯隐去的夕阳。倚在露台的木椅上，眼前全无遮挡，你会觉得整座城市都热得卸下防御，迎着你，在所有的秘密上都掀开一个角。而你也热得失去了斗志，懒懒的，甚至不必看清它们。侍应生送来四杯加满冰块的手打柠檬茶，我只喝了一口，米娅就说我们免了客套吧，大家都认识，小邵也不是外人，最近事情变化太多，我需要这位懂法律的老同学给我拿拿主意。你说是不是，邵律师——

嗯，倒也是巧，我还真是实习期刚满，也就昨天下午的事儿。

四个人条件反射般地碰了杯。祝贺祝贺，前途无量。

米娅说也要祝贺离心力出了个爆款。她说数据这种东西看看就好，反正我就一个判断标准，我们的小区保安也在聊《我是骑手》，说文章里写得像那么回事儿，他们认片区里的外卖小哥确实是按着电瓶车的型号认的。我想没错了，这篇文章果然刷屏刷出了圈。

邱离离意识到米娅正在切入正题，却猜不到谈话将如何进展，只好用长勺子无聊地搅动玻璃杯里的碎冰块和青绿色的柠檬皮肉。

从创作者的角度看，这个故事，这个人物，都有点儿意思——嗯，是很有意思。我特别喜欢骑手来上海找姐姐的那一段，简直可以单独拉一个番外出来。你看，一个既像母亲又像姐姐的女性的出逃，建构了这个小镇青年对浩瀚的大上海的最初的想象。特别有想象空间，既有社会意义，也有可以回味的诗意。

我也开始拨弄手里的勺子，柠檬皮和香茅的气味被搅动得直冲鼻翼。

所以，管小姐，他叫你姐姐是一种无意识的行为，你无意中填补了他那失落的姐姐的位置。有没有发觉，"姐姐"这个词，这些年里有了越来越丰富的阐释空间？

我飞快地瞟了一眼邵凤鸣，他冲着我苦笑，表示承认这个细节是他告诉米娅的。

邱离离似乎有点儿回过神来，唇边浮出了那一弯熟悉的酒窝。米小姐，所以你的意思是——

我想买下这一篇的影视改编权，先付定金，我猜已经有人在排队了吧。

邱离离话到嘴边又咽下去，再吐出来就成了这样一句：有人来问过价，我没接茬。

我又瞥了她一眼，她面无表情。我想这话一定是她现编的。

没事儿，米娅老练地说，公平竞争好了。价格，计划，卡司，码一个像样的盘子，这些要素一个都不能少。不急，挨个掂量就好。我们得对得起这个好故事。

然后米娅就像说一道家常菜那样报出了一个价钱，强调说这不算正式报价，就是个意向。过两个钟头就会有朋友陆续过来，她说，没准儿今天就能有眉目，吃着饭看着风景就把盘子给拼出来了。

听米娅的口气，陆续要来的朋友，以及朋友带来的朋友，人数不会少。怪不得在碧云天要了这么大一间包房。

我终于找到机会说了第一句话。不好意思我什么也不懂，现在拍电影真的是这么随性的事情吗？

邵凤鸣抢过话头，给我解释这事儿说难也难，说简单也简单。你得懂得怎么配置资源，然后找到一个点把这些东西都给盘活了。比方说，你想立个项融个资，最好手里得有一两个叫得出名号的演员，抬出导演来也成，得特别厉害的那种。可是你怎么说服他们加入呢？那你就得想办法搞一点儿概念出来，剧本什么的可以慢点儿再说。

邱离离顿时心领神会，说我懂了，《我是骑手》大小也是个刚出炉的 IP（知识产权），签个授权协议就能增加到银行贷款的筹码。

米娅并没有马上朝邱离离的方向看，似乎是在嫌她把话挑得太明白。她端起柠檬茶喝了一大口，放下杯子说也可以这么讲吧。这个故事接地气，是我们需要的都市现实题材，底层视角，明星接这样的活，要比古装偶像那一套安全得多。如果运作得好，这样的题材上了大银幕还能跟公益事业挂上钩，那都是给偶像形象加分的事情。

邱离离说是是是，我们做这个选题主要是出于现实责任感，没想过流量不流量的事儿。

当然啦，写成剧本会复杂一点儿，会增加厚度、质感、戏剧性，不过现在这个尺子，这点难度，用来给资方讲个故事，给他们种一波草[1]，足够了。

话说现在这世道，还喜欢投电影的都是哪些资方啊？邱离离按捺不住好奇心。

有总是有的。众人拾柴火焰高，只要有一个老板跟进了，后面的人就会争先恐后。你要是干过制片就知道，任凭什么世道都不会缺家里有矿的。他们的钱来得容易，往哪儿投不是投啊，投了电影没准还能认得两个女神，跟她们吃顿饭。

比如铜矿，我鬼使神差地咕哝了一句。邱离离在桌子下面踢了我一脚，想不到米娅倒是接得爽快：过会儿还真要来个有色金属矿业的老板，管小姐你挺懂的啊。

不懂不懂，我赶紧用力摇两下头，然后睁大眼睛挤出无辜的微笑。

米小姐，那这项目应该还是骆导来挑大梁吧？邱离离追问了一句。

也许米娅的表情肌有了细微的移位，也许并没有，一切只是我事后追溯时的想象，总之她的情绪没有任何明显的起伏。她报了几个大导演的名字，说有两个已经在接触中。

我跟老骆散伙了，她说，还有一些遗留问题需要分割，都在有条不紊地进行中。她嘴角一抬，侧转头看看邵凤鸣，给他一个并不需要答案的设问句：老同学，这不难吧？

嗯，不难，这种事儿，想通就不难。

想通了。通则不痛，涅槃了才能重生。所以，说句不怕你们听了要抬价的话——这个项目对我实在太重要了。涅槃一号。

我差点儿笑出来，但看她悲壮的表情实在不敢笑。对面的邵凤鸣

---

1 网络流行语，本义指播种草种子或栽植草这种植物的幼苗，后指专门给别人推荐好货以诱人购买的行为。（编者注）

瞪大眼睛示意我一定要绷住。为了分散注意力，我给他发了一条：其实我挺佩服她的，不是谁都能在死机以后就马上能重启的。

他回我，拉倒吧你，厚道一点儿。

你信不信，米娅说，昨天从老房子里搬出来的时候，我什么都没带，就连以前我们家的法律顾问我也留给他了，他的那些人脉我一个都不要，昨晚在朋友圈里我一口气删到大半夜。除了我们四个，今天晚上来的朋友，跟你们上次见到的那些，没有一个是重合的。

租的房子确实不需要带走什么，我想。至于那位倒霉的法律顾问，他首先得分清"原来那些朋友"里头到底有多少是债权人。

邱离离顺着她的话跟了两句。那房子除了有一块草坪，弄堂外面挂了一块"保护建筑"的铜牌子，其他的也确实没什么意思——她兴致勃勃地说。老房子漏水是永远修不好的，还得年年花大钱灭白蚁，洋房里的虫子只有进口药才能治，还断不了根。铜牌子也不能当饭吃是不是？尤其中间那层楼还住着那些乱糟糟的人，抬头看楼上生气，低头看楼下更生气，迟早要闹出事情来。早搬早好。

两个女人的距离被这个话题迅速拉近，一句赶一句地越聊越投缘。远处的高架上已经堵成了一张照片，那些纹丝不动的车里似乎随时都能蹦出一两个愤怒地喷着火的孙悟空来，让我忍不住想替这画面配上《西游记》片头的电子音乐。等我的思绪在高架上兜了一圈以后再转回来，米娅和邱离离已经站起来跑到露台栏杆旁边，米娅指着西北方的别墅区说我在看那边的房子，空间很开阔，这两天先在碧云天的客房里混混，毕竟是老同学的地盘好说话。邱离离说这里真是不错，人口密度比梧桐区那边低得多。低奢，清净，邻居素质高，交通嘛，不远不近的刚刚好。

过了五分钟，两个女人手拉着手走过来，到了桌边才松开。她们已经开始聊故事的细节，我和邵凤鸣悠闲地坐在边上，插不上话，也不需要插话。我们交换着眼神，清清楚楚地意识到我们要说的是同一句话：这个故事，已经彻底跟赵炼铜没有什么关系了。

骑手也爱读书，这是个点。不过为什么不是《红与黑》？你想啊，于连就是个英俊的"小镇做题家"吧？这个隐喻是不是更到位一点儿？

如果按这个思路，那也可以是《高老头》。野心勃勃的拉斯蒂涅在公墓里洒完最后一滴眼泪，然后爬到高处冲着塞纳河嚷嚷。让我们一起来拼一拼吧。

那你准备让男主角爬到东方明珠上，冲着黄浦江喊这么一嗓子？

两个女人笑成一团，我和邵凤鸣也跟着笑。邱离离在手机上划了两下，说这点儿素材是今天上午刚拍的，或许可以拿来给这个项目预个热？

赵炼铜腼腆的笑。摔坏的电瓶车的特写。戴着石膏托的腿部特写。小事儿，千万别拍我，赵炼铜说，我没什么可拍的。

可是前两天他跟我说腿已经好得差不多了，医生有把握，不会落下严重的后遗症，他说他都可以原地跳两下了，就是医生不让跳——我冲着邱离离大声说。

我知道。那又有什么关系？短视频是回溯性叙事，他要把自己的故事讲出来，总得演一下过去的自己吧。他说道具准备的石膏托比他原来那副高级。来不及换了，凑合凑合吧。

米娅一把按住她的手，说等等，这个短视频得从长计议。咱得把节奏稳一稳，等这个项目八字有了一撇再考虑什么时候投放、往哪里投放。我观察过《我是骑手》的出圈轨迹，你们公司做得很有章法，现在的问题就是怎么把咱们的节奏统一起来，一加一必须大于二。

就是一起来拼一拼的意思？

笑声。

九

门铃响起时，我知道是邵凤鸣，可我还是隔着门说，快递就放门口好了我过会儿拿。他说呀你让我进来，咱都别装了行吗？

我开门，奶茶一个激灵又躲到了茶几底下。也许是发现进来的人似曾相识，她伸出了毛茸茸的脑袋，身体还牢牢地藏在里面。我说人家的派对还在开着，我找个借口溜走也就罢了，反正离心力有邱离离代表就够了。可是你也跟着跑出来，这算怎么回事儿呢？你那老同学可是要把她的案子交给你呢。

我实习期刚满，最多替她牵个线，然后给哪位大律师打个下手而已。刚才我跟她说我还有客户要见，忙一点儿也等于给自己抬个身价，他们都吃这一套。

我呵呵一笑。行吧，无论如何，你不用排队，就挤进了离婚律师的队伍，可喜可贺啊。

也没什么可喜的。米娅的离婚官司，财产和债务分割，在国际学校念书的儿子以后还有一大笔教育费，都是难啃的骨头。她倒是想通了要甩掉一笔负资产，他可不见得能想通啊。不过呢，反正对你是件好事。在把这些事扯清楚之前谁也没权利卖了这房子，你还有的是时间考虑，究竟是抄底捡漏把房子买下来，还是物色个新地方。主动权回到了你的手里。

我犹犹豫豫地接过他递来的一瓶红酒，说不开了吧，何必呢，你知道我现在脑子里一团糨糊，没有一件事情能想清楚的。包括我们之间的事情。

那就什么都不要想，先把肚子填饱。

我从冰箱里翻出了所有能吃的东西。他说果然有代沟，然后一边摇着头一边大口嚼我的比萨和香肠。你什么时候到我那里去吧，他说，我做糖醋排骨给你吃。我的手艺不错的，不信你问米娅他们。

不去。我一点儿也没犹豫。在别人的房子里，我没有安全感。

这也是别人的房子。严格意义上讲，没有人住在自己的房子里。

手机上跳出邱离离的信息，她兴奋得仿佛立马可以从手机里钻出来。铜矿老板说钱不是个事儿，大 IP 就值这个价，越贵越值。你知道吗管亦心，现在非虚构是个热点，真实就是宝藏。离心力现在也是个品牌了，可以单独估值。过一会儿她又发了一条信息过来：米娅说咱先不急着抛，可以再捂一捂。

邵凤鸣说酒桌上码盘子就那么回事儿，说着说着就说大了。也挺好，很多本来不敢想的事儿也就是这么聊出来的，风险是酒醒了就忘。尤其是整个市场都在紧缩的时候。

我猛灌一口红酒。忘了好，忘了省事。

不过 IP 的好处也是实打实的。我也是刚刚才知道，平台那边主动来联络，想快点儿把那事儿给了掉。医药费误工费一样都不少，平台欢迎明星员工赵炼铜早日复工。简直心想事成。我想他们一定是看到《我是骑手》了。你看，所有的好消息都是一起来的。

行啊，得来全不费功夫。小赵是不是应该准备准备，给锦旗律师再送一面锦旗？那以后呢，如果再有人撞上另一棵树……

我说过，他们永远会发明新的规避风险的套路。

说完这话，他一屁股坐在沙发旁边的地毯上，酒杯晃了一下，但还牢牢握在他手里。奶茶终于确定眼前这位可能是未来的常客，于是放下一半戒备，从茶几底下钻出来，把自己蜷成一团趴在我脚边。邵凤鸣给逗乐了，说怪不得啊我总觉得这屋里还有什么在监视我。小丫头，你叫什么？

奶茶。两岁。我的声音明显比刚才更轻柔。

管亦心，这事儿圆满解决了，你到底还有什么不高兴的？

哪有？你别管我。我这人别扭，精神分裂。表情跟心情对不上号。你别理我。

眼泪滑落到酒杯里。太装了，我想。如果隔着水蒸气拍，骆笛会请我去演他的女二号。想到这里我忍不住嘴角抽搐，露出一抹诡异的笑。邵凤鸣看得匪夷所思，叹口气说，真有代沟了，我从来没看懂你在想什么。

　　你不觉得整件事情很滑稽吗？越圆满越滑稽。我写了个故事，被邱离离改成了另一个故事；我以为我是在拯救赵炼铜，实际上绕了一大圈以后，倒更像是赵炼铜曲里拐弯地救了米娅，捎带脚儿地帮了我的忙；我莫名其妙地揽了两头的责任，以为自己多少能改变一点儿什么，实际上是两头都在推着我走，我什么也改变不了。

　　你改变了事情的轨迹，于是圈子就转回来了。赵炼铜还住在你的房子里，你还住在米娅的房子里，米娅正在把你写的赵炼铜的故事转化成她以后的房子。安居乐业，各得其所。当然，这些也都是暂时的平衡，搞不好明天就被一阵风吹走。但无数个暂时就构成了我们的一生啊——生活不就是这样？

　　矫情。

　　那天晚上邱离离发来的最后一条信息说，听我一句劝，你跟邵凤鸣不合适。人倒不是个坏人，却会拽着你往下走，天晓得最后会落在哪个尴尬的角落里。我不由自主地冲着手机噢了一声，然后关机，把手机往沙发上一扔。

　　奶茶在我和他之间来来回回地散步，听我们说尽一生的废话。也许有的确实说了，有的是我以为我说了。夜把细碎的废话撕得更碎，然后随机打捞出几片，埋在记忆里。这里埋一片那里埋一片，前言不搭后语。你永远不知道它们将会在何时何地、出于什么样的原因，再度浮现出来。

　　——如果随便你挑，你最想写什么样的小说？
　　——我们都是落在时代夹缝里的人。你为什么这么看我？我说的是我们。我是，你也是。

——别靠我太近，我说真的，问题在我这里。我还没想好让你，让任何人进入我的生活。

——我只知道我写不了怎样的小说。我没法处理现实。

——有两条路我不知道怎么选。换作你，是愿意给米娅办离婚，还是跟我那朋友一样收锦旗？

——无论什么东西，只要是近在眼前的，我就写不好。也许可以写那种跟现实不沾边的。漫游完仙境的爱丽丝在回家路上被堵在兔子洞里，美人鱼跟王子互换身份，或者，全城的人都在追捕失眠的睡美人。

——你都快五十了吧，还要做这样的选择题？怎么还会有锦旗这种选项的？你傻吗？

——那我们就保持距离，谁也别"进入"谁的生活行不行？

——处理不了现实，那就站远一点看。想象一下你站在未来，一百年、两百年以后，回过头来看这俩傻子为什么有好端端的沙发不坐，非要瘫在地板上，然后你会怎么想？

——反正不是选傻，就是选尿。

——谁要跟你一样啊，你爱待在夹缝里你就好好待着。别带上我。

——那还是选尿吧。我也尿。

——这想法倒有点儿意思。站在未来，把今天当成历史来写。我试试看。

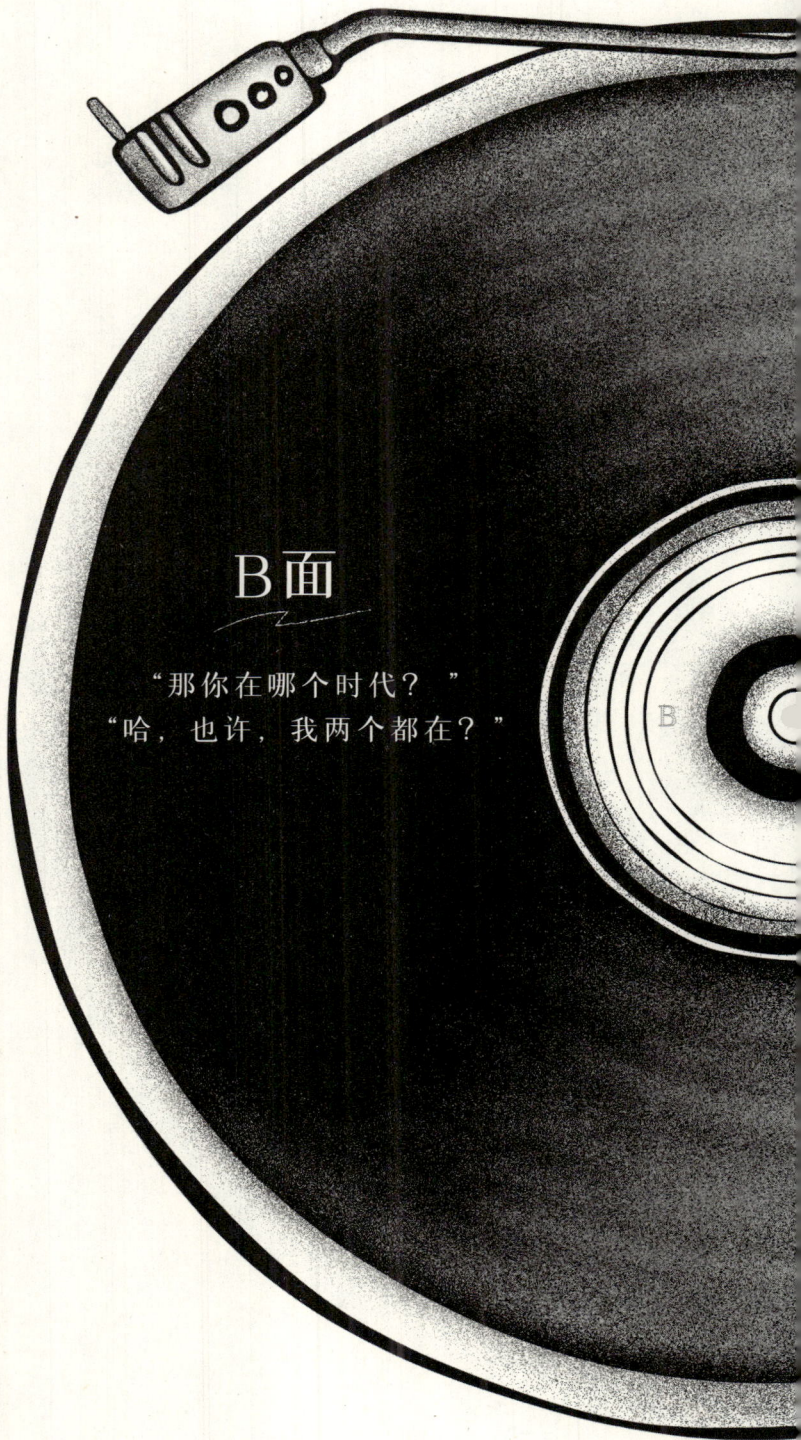

B面

"那你在哪个时代？"
"哈，也许，我两个都在？"

笑冷淡

一

吴均说服康妮从来不需要技巧。他把墨镜推到额头上,整张脸几乎扑在康妮家的高清门禁探头上,连虹膜上的倒影都扫描得清清楚楚。开门,他说,这事儿只有你帮得了。他知道,这种不容置疑的唯一性,对康妮最有杀伤力。

比吴均更先进门的,是一个带轮子的声控移动包装盒,横着滑进来,静音。阔边墨镜腿卡在卫衣的帽兜两侧,吴均并没有把它们拽下来的意思,所以康妮看不到他的眼神。但是他略歪的嘴角流露出所有康妮熟悉的表情。卸货——他发出指令。包装盒飞快地在康妮的客厅里找到最宽敞的一块空地。一溜操作,行云流水,优良材质互相摩擦、卡位所发出的清脆而顺滑的声音摩挲着康妮的耳膜。自从那一年在麦田俱乐部里认识吴均以后,他的不定时造访总是会让康妮健康手环上的数据曲线发生波动。

还剩最后一层磨砂包装纸的时候,波动曲线越发陡峭。吴均却喊了一句暂停。他摘下墨镜和帽兜,拉起康妮坐到沙发上,脸上努力端出最严肃的表情。

我其实可以对你保密的,他说,也许这样反倒对你更好。

如果是求婚的话至少应该通知我先做个美甲,康妮说,要不跟戒指颜色搭不上怎么办?

这种梗烂到连梗都算不上,最多算一句俏皮话。然而这样很有效。对于康妮这样的人而言，只要氛围对了就什么都对了。她瞥了一眼手环，曲线稍稍压平了一点儿。

吴均微微一笑。你果然很放松，我没有看错你。希望你看到他的时候也能这样放松。

还没等曲线再拉上去，躺在地上的盒子就抢了个拍。在吴均发出指令的同时，他就从盒子里坐起来。他没有多余的动作，从撕开包装纸到走出盒子站在康妮面前只用了十秒钟。他站起来不需要用手撑地，看人的时候不会回避对方的眼神。除此之外，康妮没看出他跟普通人有什么不同。

厉害，吴均说。他念了一遍康妮手环上的实时数据，说你的心跳血压虽然都有点儿紊乱，但你的镇定已经超出了我的预期。

用我们的行业标准看，你前面铺得太长，所以到了抛梗的时候，就有一点儿垮。本来是可以更炸的。

不管怎么说，并不是谁都能那么轻易通过恐怖谷考验的。以前有个日本人闲着没事儿，做一堆实验，给人看机器人的虚拟照片。他以机器人的仿真度为横轴，以人对机器人的"亲和感"为纵轴，画了一条函数曲线。起初曲线一路上扬，机器人越像真人，人们就越喜欢，可是眼看着仿真度快要到达最高值的时候，形势出现了逆转。曲线断崖式下跌，坠入深渊。于是这个理论就有了这么个神神叨叨的名字，恐怖谷。

这不就是叶公好龙嘛。

好吧，你也可以这么说。原因很复杂，长话短说，过高的仿真度会刺激大脑皮层中的镜像神经元做出自动回应，然而大脑的认知系统又确定眼前所见并非真实，于是——

于是，砰，啪，系统崩溃。康妮夸张地比画了两下。也许我的那什么神经元比较迟钝，她说。

不可能，干你们这一行的，镜像神经元都特别敏感。

活过来的机器人没等到吴均的进一步指示，站在那里无所事事。他显然被制造成了男性的样子，身高相貌都没有什么令人惊悚之处，换句话说也就是乏善可陈，扔到人堆里就被淹没了的那种。吴均甚至周到地在这个玩具的硅胶表层打磨出逼真的纹理，雀斑、痦子和痤疮撒得挺匀，是有点儿刻板的正态分布。他穿得也挺刻板，连帽卫衣、牛仔裤、运动鞋，和吴均本人只差一副墨镜。

没必要吧，康妮耸耸肩膀说，今天阳历阴历都不是我生日，有必要送个这么逼真的充气娃娃给我吗？我，不缺。她娴熟地在"我"和"不缺"之间加上一个意味深长的停顿，平添了一点儿挑逗色彩。好节奏果然可以提升文本质量。

我不是充气娃娃，我的能量供给通过植入头皮的太阳能蓄电池进行，眼下的储存电量足够维持一个月，而与此同时，蓄电池仍在源源不断地从自然光中收集能量。自我介绍一下，我是第五代机器仿真人，高配版。他开始报一串技术参数，被吴均一个手势制止。老实说，如果没有提示，康妮在这个机器人的声音里听不出什么机器感，他的嘴里也吐得出人类湿润的呼吸声，这一点让康妮忍不住暗自吃惊。

可以啊——康妮说——都会接话茬了。

瞎猫碰上死耗子吧。等你们聊熟了他也能接话茬，不过刚才这一段只是个启动程序，你就理解成，他自己当了自己的报幕员。

所以这是要登台？康妮皱皱眉头。她隐约猜到了吴均的来意，却还在装傻。她知道，像吴均这样游走在研究所和跨国企业之间的 AI 高手，在技术上早就有能力制造出可以全面跨越恐怖谷的仿真人，在伦理和法律上却跳不过去。严格地说，眼前这个傻头傻脑的玩具是个昂贵的违禁品。

嗯，登台。我发觉你真的很有悟性。

行啦，说说看，你们这新产品是要申请项目，还是要开发商用？

我这种小角色可没法帮你们钻公序良俗的空子。

实话实说，在社会心理做好准备之前，在人类的理性判断与镜像神经元的反应能够达成共识之前，我本人也不主张投入商用。前四代仿真人并没有被投入商用，第五代，暂时，也没这必要。我同意王三观教授的判断，这事儿弄不好是要出乱子的。

但是——？

但是，与此相关的实验研究从未被明令禁止，这也是事实。康妮老师，我邀请你加盟的实验是合法……嗯，最多是处在浅灰色地带。你要做的事情也不会超过你的职业范畴。也就是说，你只要干你的本行就够了。

机器人依然没有多余的动作，安静地站在一旁待命。康妮想，他不会抖腿，不会在鼻子里吭哧吭哧地表达不满，两只手也不会不由自主地在空气中比画，像是在倒腾一个篮球——这一点倒是比大部分男人都可爱。迎着灯光，他的眼睛略微眯起，谁开口说话，他就把目光准确地投向谁。

我还是不懂你要我干什么——康妮说——而且，这个除了烧钱看不到用途的迭代实验到底有多少意义？

我不是资方，无论是眼前的还是未来的用途，都不在我的考虑范围里。至于意义——目前对我最大的意义，是证明王三观是错的。

吴均开始讲王三观的故事，康妮一边听一边想，没有经受过语言训练的人就是跟受过训练的人不一样。啰唆，迂回，抓不住重点。

王三观教授是圈里有名的语言学、符号学权威，脱口秀狂热爱好者（当然也写过好几本关于脱口秀发展史的理论著作），麦田俱乐部终身荣誉顾问，同时也是激烈反对 AI 真人化的代表人物。王教授倒是对恐怖谷不以为意，他的主要观点是对高级人工智能的深刻鄙夷，用各种各样的修辞手法对人工智能实施降维打击。

知道机器人最怕什么吗？他说——怕聊天。知道什么是著名的图灵测试吗——他说——就是找一屋子人跟机器人聊天，超过七成人把对面那位当成活人，就算通过。别看机器人下个棋什么的所向披靡，聊天这事儿还真是他们的软肋。你只要跟他们说人话，这天就慢慢地聊死了。

有人提醒过王教授，早在二十一世纪，就有很多机构宣称通过了图灵测试，并且图灵测试本身也似乎早已过时，不太有人提了。毕竟，这种测试是根据人的行动与反应来做判断的，谁能保证它的客观性？

客观？哈，王教授不屑地说，你们说的客观其实就是机器观，这个世界就是被这种异化的客观给害得人不人机不机的。机器人有没有用？当然有啊，你让他合成个蛋白质，3D打印个飞机，那就是用对了地方。那才是机器之道。语言是人类最精妙的发明，对这事儿你们得有点儿起码的敬畏之心，你每天说的哪怕每一句废话，都是机器人够不到的，懂吗？我还就把话撂这儿了：哪一天要是有个机器人闯到麦田俱乐部来，把我，把我们给说乐了，这活儿做得地道，我们硬是看不出一点儿破绽，那这人工智能的大业，它就算成了。这可以算个升级版的图灵测试吧？怎么样，玩不玩？

玩啊，吴均说，不玩白不玩。王教授真是对人工智能在语言和表演上的进步一无所知，那我们就给他玩个大的。

所以你就要把这个半成品交给我？康妮歪着头看看机器人，再看看吴均。

至少是大半成品。他已经完成了世界上所有的脱口秀和喜剧教程的深度阅读，数据库里存着几千万兆古今中外的文本素材和影像素材。拜王教授的专著所赐，数据的积累过程轻而易举。你眼前的这个产品，比你训练营里的所有学员的基础都要好得多。

听你这么一说，我感觉还不如一张白纸呢。

别急着下结论，人都送来了，你收下再说。把他带到麦田俱乐部的舞台上，让王三观笑出声来，你的任务就完成了。

给我个理由，我到底为什么要替你培训一个机器人，好让他将来抢我们这一行的饭碗？

我可以给你四个理由。第一，我们研究经费充足，我可以付你三倍的培训费。第二，由于政策限制，我们暂时看不到商用的前景，甚至这项研究成果的发表方式，我们也仍然在研究中，所以暂时抢不到任何人的饭碗。第三，你知道，其实他完全可以通过正常渠道报名进入你的训练营，然后一步步走进麦田俱乐部。以后发布成果的时候，你会像麦田俱乐部里所有的观众那样，作为无辜的不知情者，所以这项灰色实验不管出什么事都不会牵连到你。我之所以要告诉你，实在是因为我没法对你说谎，而且，有针对性的培训对机器学习的提速，也比较有利。第四，你很清楚，现在脱口秀培训的适用面要远远大于那种在俱乐部里表演的古典形式。人人都能讲个段子搞搞社交，但一夜成名玩出商业价值的只是江湖传奇，这些人的饭碗，你有什么必要操心？我知道，你也试着上过台……

康妮的脸色一变，说你差不多得了，不要自作聪明。

吴均飞快地换了话题，说我们在数据库里调取了上百年来的资料，有几百万个留下公开演讲视频的男性的名字——他们应该都是那种衣冠楚楚口若悬河之人——然后随机选中了一个，也算是讨个口彩吧。

机器人走到康妮面前，伸出手握住康妮的手。人类与仿真人的温度在手与手之间传递，分不清谁是谁的。

你好，康妮老师，我是毕然。

二

康妮是麦田训练营的脱口秀培训师。在眼下这个时代，这几乎是入了这一行的人的必然归宿。当年发明了人人都能讲五分钟脱口秀的家伙真是普惠众生，从此打开了一个行业的多种市场需求。"这五分钟与某些梦想（最得体的社交距离，最高效的自我心理调适，最便捷的商业路径，最便宜的恋爱法宝……）深度捆绑在一起，渐渐衍化成了'社会人'的基本素质。"这是王三观写在书里的话。那一段的末尾用了黑体字：幽默是自由的代餐，性价比最高的那种。

这话康妮其实一直不太懂，或者说，她身体里有一部分在阻止她弄懂。她只知道，脱口秀培训师越来越多，真正的专职演员却越来越少。就好像声乐技术的训练班到处都是，歌剧演员却濒临灭绝。脱口秀的普及化与贵族化是同时进行的，王三观说。这话康妮能听懂。麦田俱乐部就是脱口秀贵族们的精致沙龙。

麦田俱乐部虽然挂着跟麦田训练营一样的牌子，实际上并没有多大关系。从训练营里出来的学员，有一半人想上俱乐部的台比试比试，而他们的热情十有八九会被俱乐部里的观众速冻成冰。在这个众乐乐不如独乐乐的时代，人们在虚拟现实睡眠舱里待的平均时间要比室外更长，那些观众不躲在家里看网上的段子集锦或者直接从脑机接口输入"脱口秀精华"，非要跑到线下来看现场，一般都不是省油的灯。他们笑点和品位一样高，口味莫测，超脱于时事或低俗，标榜"纯粹的喜剧艺术"。他们不喜欢浮夸的表演，他们暗地里较量谁比谁更懂行、更挑剔、更难讨好。

这是一种传统，一种文化——所谓的"麦田文化"。康妮一本正经地告诉毕然，你知道这意味着什么吗？

说明两点：第一，在麦田俱乐部，成功率低于百分之十。第二，据统计，近十年社会平均幸福指数上升了百分之四，但人们的平均笑容发生频率锐减百分之三，两者呈越来越明显的反比趋势，"笑冷淡"社会初见端倪。在麦田俱乐部，这个问题似乎更严重，笑容发生频率的降幅是社会平均值的两倍以上。

康妮知道人工智能的一大问题是机器人无法建立跟人类相同的因果关系，或者说，他们总是另辟蹊径，无法对人类的逻辑感同身受。毕然没有像个正常人那样，用康妮的话来预判自己下一步将要面对的状况（"说明我面对的难度会很高"），反而抛出一串数据来打岔。然而，康妮管不住自己的好奇心。

等等，你说说，什么叫"笑冷淡"社会？哪来的这么多无聊的统计——真是吃饱了撑的。

电力充足，吃饱是事实，但没有撑着。说这话的时候毕然很严肃，脸上没有一丝笑意。他解释了一通幸福指数的统计方式（GDP上升，自杀率下降，非处方类精神药物获得重大突破，心理医生开始无所事事，等等），然后又解释了一通笑容发生频率的监测方法（无处不在的摄像头，人工智能的图像识别技术），直到康妮忍不住请求他停下来——行了行了，我相信还不行吗？

简而言之，毕然说，这个世界上的人正在变得越来越正常，但也越来越难笑，人们被逗乐的阈值正在逐年攀升，笑冷淡是继性冷淡之后的又一个社会亚健康指征，长此以往——

停——康妮尖着嗓子喝止他——扯远了，我们回到脱口秀。

毕然准确地切换到刚才被打岔的那个点：麦田俱乐部。他说，康妮小姐，我在数据库里只搜索到一次你在麦田俱乐部的开放麦经历，我看完了视频。

你觉得怎么样？

现场观众九十八人，中途离场五人。四十名女性，三十一名男性，二十七人目测是LGBT（性少数群体）。六人带着宠物狗，品种略。

我是问，你觉得，演得怎样？

时长七分钟，文本预设了八个笑点。观众镜头给得很少，以笑声判断，包袱有一半没有响。后半程比前半程更冷。

一阵略带酥麻的刺痛感从康妮脊柱上掠过。本来有十个笑点，她说，后半程塌了，我给忘了俩。

为什么会塌？毕然盯着康妮的眼睛问。吴均一定是太想弥补机器人在因果关系上的软肋了，所以在毕然的程序里加了一大堆"为什么"。

康妮说不出话来。记忆劈头盖脸地涌来，她挥不走，也不想接。她记得上台之前，她的老师说她的文本是最强的，这一拨学员里她最有希望出头。然而，站在麦田俱乐部的舞台上，她只觉得第一排观众的脸是一张张薄薄的纸片，一时离她很远，一时又飘到她的鼻尖。他们也鼓掌，也礼貌地微笑，可是当康妮犹犹豫豫地抖出第一个包袱的时候，她清楚地看到那些纸片开始失去耐心，面孔的边界逐渐模糊，最终融化在一起。康妮觉得时间或者心跳，总有一样是静止了，她也搞不清是哪一样。她的身上有一半灵魂直接飞出躯壳落到台下，在王三观旁边找了个座儿，看他摊开两手说这节奏不行啊，便赶紧附和：乱了乱了，她这是晕台了。

下台前，王三观叫住她，说康小姐你觉得好笑吗？你的整个身体都是僵硬的，你的肢体语言都在抗拒这个文本，你自己都不觉得好笑，别人怎么会笑呢？康妮使劲儿点点头，想尽快逃走，但王教授不肯放过她。作为麦田训练营的终身荣誉顾问，他当然不会放弃这样现场教学的机会。

文本呢，都是套路，套路也就算了，第一次嘛，结构要是对，也成。可惜结构也不对。比方说，你这一篇的底太弱了，你说高跟鞋卡在井盖上，一路带着往前走。这不是靠说的，你得演出来。你完全反了。他一扭头，问下一个就要上场的麦琪，你说说看，这段应该怎么来?

麦琪抓起话筒就说:我会把鞋跟卡在井盖上的情节往前挪,短短提一句,跟在前面举的那两个例子后面,瘸着腿晃两下。然后吐槽一段别的,在观众差不多快忘记这个茬的时候,突然绕回来,说我去赴约。没必要明说,就瘸着走两步,动作幅度大点儿,就像这样。最后来一句"我迟到是因为要给你带一件大礼"。这样一来,不炸也不行啊。

麦琪微胖的腰腹夸张地扭起来,一脸圆鼓鼓的表情肌都皱起来挤在鼻子周围,双手在丰满的胸前比画着大井盖的形状。观众席上此起彼伏的笑声像一串滚雷,在康妮双耳之间来回震荡。王三观说不错不错有想法,也豁得出去,结尾的 call back(扣题)就是得这么自然而然地发生才对嘛。好包袱你得先捂着,不能当个手雷似的急着甩出去。说最后这句的时候,他斜了康妮一眼。

在康妮的记忆里,这道目光就像漫画里那样,勾勒出一座狭长的跷跷板。麦琪的上升与康妮的下落同时发生。麦琪那天的表演很成功。当时的喜剧市场上,性别问题代言人的类型正好有点儿青黄不接,她及时填上了,霸住了,一口气红了七八年。她的视频在网上病毒式传播,商业代言的数量很快超过了作品数量——人们说一看到她就想笑,于是她也就越来越没有开口的必要。作为发掘麦琪出道的地方,麦田俱乐部得到的好处是成为麦琪与粉丝一年一度生日专场演出的永久场地,年年都一票难求。三月八日——麦琪在广告上做出夸张的陶醉表情——我和春天有个约会。

康妮不知道自己的春天在哪里。从那以后,脱口秀培训师康妮正式上岗,在训练营里维持着"本人上台最少,学员出道最多"的纪录。她想,如果毕然真能被她推上台,骗过王三观,再被吴均拍下视频,写进论文里,她倒是能把淤积在心里的这口恶气给吐出一大半来。

但是培训毕然并没有现成的例子可以参照。吴均说我们的实验是划时代的，所以万万做不得假。毕然不能背康妮写的稿子，他得自己写——毕竟写稿的过程就是机器学习的飞跃式进阶。康妮说我没有什么好办法，我平时的培训方式主要就是改稿、聊天，聊着改，改着聊。吴均说对啊，我就是要你们多聊啊。王教授说机器人的最弱项就是聊天，他说得没错，他的错是以为这件事是固定不变的，他对于机器人的学习能力毫无概念，他不知道毕然跟康妮聊上一个月之后会吸纳多少数据，并且发展出多少变化来。

　　至少毕然比任何学员都更爱写稿。康妮把他关在书房里的第一天，他就兴致勃勃地生成了一千份文稿，康妮只能随机选出十份来批改。比起网上的段子集锦，毕然至少在数据的分类、加工和组合上要细致得多，说白了就是洗稿能力突飞猛进。康妮说，论记忆力，论素材数量，谁能跟你比呀。如果你不是面对麦田俱乐部的观众，那也许倒是能糊弄过去的。

　　脱口秀教程里没有"糊弄"这个步骤，他说。

　　好吧，是我错了。咱们继续。对于所有的学员，我的第一个问题一般是你最想讲什么？

　　毕然愣了几分钟，似乎这个问题超过了他的算力。过了一会儿，他说：所有的教程里都强调要真诚，所以——所以我应该首先做一个详细的自我介绍，我的第一句话应该是：我是第五代机器仿真人，高配版。

　　在他开始报技术参数之前，康妮又喊了暂停。她断然否决了自我介绍的方案，说你一上台就得忘了自己是机器人，你明白吗？然后她用了整整一小时，才说清楚脱口秀的"真诚"——乃至整个人类的"真诚"，不是机器人理解的那种"真诚"。她说，小毕你听着，我们人类啊，有的时候正话是反着说的，有的时候反话是正着说的；我们说脱口秀的，这个"有的时候"就更多了。

在接下来的几天里，康妮每次开口，毕然都会追问一句，你这是正话还是反话？

唉，小毕，这话不能问。

为什么？你们人类什么都不问清楚，纯靠猜，那怎么能保证自己就猜对了呢？

你还真说对了。就靠猜，猜错就扣分，分扣完了就出局，下回人家就不带你玩了。所以你看啊，那些互相之间老是猜错，还硬要待在一起的人，都特别痛苦。

就跟我们俩一样？

咱们不一样，我收三倍的培训费，最多跟你待一个月，这门生意大体上划得来。

离排在吴均计划里的第一场开放麦越来越近，康妮的心忽而一阵热，忽而又一阵凉。她替毕然打磨了十来篇题材和风格截然不同的稿子，每一次修改都让机器人对规则的领悟更为透彻（她从来没见过人类学员有这样的效率），可她拿不准应该选哪篇。

问题在于——她对吴均说，脱口秀表演是一个整体，毕然得带着一种生活、一堆经验、一点态度、一个人设上台，而这些是他目前最缺乏的东西。况且，恕我直言，对于一个脱口秀表演者而言，他看起来也太无懈可击了。你知道脱口秀最能唤起人们共鸣的是什么吗？是脆弱、倒霉、挫败、愤怒，你最好看上去就有什么不开心的事情，可以拿出来让别人开心开心。

是的，他没有，他当然没有。吴均的语气和他的眼神一样平静。但是毕然走出了这一步，就会有"人生"的第一份阅历，以后他的独特素材会像滚雪球那样越滚越大。

可他总得有这第一步，总得有第一个故事啊。你知道他的那些稿子基本上都是从海量的素材库里洗稿洗出来的。

尽量从那些架空的故事里找，洗稿洗到一般人看不出来就行。还有，你得让他保持神秘感。不能在第一场就把他限制在理发师或者医生那样具体的角色里。咱们走一步看一步。

要命——那么，第一场开放麦，王三观会坐在台下吗？康妮的心提到了喉咙口。

不会。王教授最近正在参加国际会议，至少一个月以后他才可能出现在俱乐部。这个时间窗口，正好给他——给你们练练手。

三

据说是个人就得有一份工作。我也有。上班不打卡，下班抬脚就走，想度假就度假，想跳槽就跳槽。老板从来不找我麻烦，因为他根本就不认识我。不过呢，你可能不相信啊，单位里只要出大事儿了，大家就会来找我，说我力气大，背得动人类历史上使用最广泛的食品加热工具。有人听不懂是吗？我翻译一下哈，那玩意儿叫锅。他们说大锅小锅都归我背，毕竟我这份工作也是有职称的，叫临时工。

有稀稀落落的笑声，间隔大得像放冷枪。康妮没法确定他们是在笑毕然，还是自己聊天聊出了什么好笑的事情。

临时工最重要的专业素质是什么？当然就是够临时啦。你最好适应性强一点儿，哪里的锅都背得上。比方说这两天，我就到童话世界里上了十天班。有人说压根儿就没有这么个地方。这种话你最好回去跟家里四岁的小孩说。你说白雪公主和孙悟空连个住的地方都没有，无家可归，露宿街头，你看看小朋友会不会跟你拼命。

毕然在台上紧紧抓住话筒，捏着嗓子模仿了一通小孩又哭又闹的声音。装在他喉咙里的变声器能毫不费力地变出几百种声音，喉结随之连绵起伏的样子滑稽中又带了一点儿古怪的性感。台下的笑声尽管明显掺着一丝疑虑，到底还是比刚才多了一点。康妮邻座的女人耸耸肩，嘴里哈了一声，伸出右臂圈住身边男人的左臂，小声对他说：这人哪里来的？他以为自己很好笑的样子，倒是蛮好笑的。

　　我是真没想到啊，在童话世界里打工，也能这么卷，这么累。具体干点儿啥呢？其实就跟马路上的警察差不多。你得维持秩序。你不相信那里也需要规矩？多新鲜哪！童话世界是全宇宙最讲规矩的。毕竟，那是用来吓唬——不对，是用来教育小孩的。

　　我给你举个例子吧。上班第一天，我就接到通知，爱丽丝在兔子洞里玩了一圈，开心得不得了，没想到回家路上硬是给卡在洞里出不去了。我隔着洞问，小姑娘你什么情况？她扭捏半天没说话。旁边一只大兔子说，我知道。兔子洞里的第一个观光项目是喝英式下午茶。一百个爱丽丝里有九十九个知道那就是做做样子，不是让你真吃真喝。可是今天这个爱丽丝太实诚了。面包上抹一层牛油，说太淡了，于是再上一层糖浆，这下又太甜了，于是再上一层牛油，就这样油一层糖一层，糖一层油一层……一看表，时间到了，后面什么白皇后红皇后也别见了，赶紧回家吧。可是她吃得太撑了，洞口太细腰太粗，就这样给卡住了。所以你看，没有规矩是不是会乱套？

毕然在台上连说带蹦，讲兔子洞里的爱丽丝跟着洞外的临时工跳了三个钟头的健美操，最后好不容易从洞里钻出来。本来一点儿也不好笑的故事硬是给他演得上蹿下跳。台下响起几声莫名其妙的哄笑。有几个面目严肃的中年男人显然觉得这笑料有点儿掉价，使劲儿绷住了脸。

> 整整三个钟头啊，跳完我连爱丽丝长什么样都看不清了。这还不算完，第二天，冷空气来了，皇帝冻得直抽抽，死活不肯光着身子出门。这不是添乱嘛。我跟他说你懂事点儿行不？"皇帝的新衣"是个成语，成语哪能随便改？你穿了就等于没穿，没穿才等于穿了，这是规矩。他说这成语是夏天编的，现在是冬天。咦，这话也有道理。最后我们达成协议，他披件睡衣出门，胸口挂块牌子，写仨字儿：我没穿。皆大欢喜。刚把这事儿搞定，灰姑娘又投诉她的水晶鞋出了质量问题。鞋跟太细，胶水开裂，被王子一追就崴脚。可是十二点快要到了啊，规矩不能坏，她得跑啊，一瘸一拐地跑。像这样——

毕然显然吸取了康妮当年的教训，鞋跟带起井盖的细节全用动作来暗示，直到王子追上灰姑娘，井盖的包袱才抖出来。

> 灰姑娘脚一甩，鞋跟和井盖一起飞出去，把王子当场砸晕在地上。

又是一阵哄笑，强度比刚才那一阵更大一点儿。康妮心里一阵别扭，头皮上就像被带着弱电的金属刺球来回滚了两遍。坐在她另一侧的吴均第一次笑出了声，喘着气在康妮耳边说，可以呀，洗稿洗到你头上了。

然后是本来应该吃毒苹果的白雪公主吃掉了小红帽的蛋糕，狼外婆和白雪公主的后妈打得难解难分。观众席上有完全听不下去愤然离场的，也有拍着大腿吹口哨的。不管台下是什么动静，台上的毕然一直在他自己的节奏里，仿佛被一个看不见的透明罩子隔绝了起来。他那副完全置身事外的状态，与他嘴里的荒诞不经形成了难以描述的关系——你可以说很矛盾，也可以说很统一。

康妮想，这违反了脱口秀的一般原则——演员跟观众的能量应该互相传递，彼此激发，直到渐渐调整到相同的频率。毕然与这一条原则背道而驰，效果倒并不是特别差。他那份完全不属于人类的冷静、不屑讲理的风格，居然带着一点儿让观众欲罢不能的迷人气息。

昨天晚上，好家伙，最麻烦的事情来了。城堡里的睡美人，她失眠了。你说意不意外，惊不惊喜？半夜三更，我拿着高音喇叭对着城堡喊话，因为我不知道这姑娘藏在哪个角落里。我说你都被叫睡美人一千年了，只要负责睡和美就好了，怎么说起床就起床呢？睡不着没关系，跟我打个招呼，我给你唱个歌，熏个香，按个摩，再不行到白雪公主那边匀点苹果来，头一歪就睡过去了。你现在这样也太不负责任了吧。你说你对得起国王对得起巫婆对得起王子吗？

这时候空中升起一朵大烟花，那形状怎么说呢，就跟天上扣了个橘红色的大锅盖似的。你别问我这烟花哪里来的，拜托，这是童话世界，什么都可能发生。烟花上影影绰绰浮现出七个字：有本事来抓我呀。

整个城堡都急疯了。睡美人的床那可是国宝，是上了童话联合国教科文组织非遗名录的景点，GDP 支柱产业。这张床要是空了，床将不床，国将不国。他们掐指一算，如果满世界追捕一个人，需要调动多少人力物力，有多少成功概率。他们的效率可真高啊！一个钟头预案做了三四套，然

后把我叫过去，语重心长地说这事儿只能靠你了。我热血沸
腾，热泪盈眶，浑身的液体都在嘟嘟嘟地冒泡泡。我没想到
自己有那么重要，真是天降大任于是人也——说时迟，那时
快，他们往我嘴里塞了一块白雪公主吃剩的苹果，套上美人
鱼的裙子、灰姑娘的鞋子，对了，还有井盖，然后把我往床
上一扔。我在昏迷之前听到的最后一句话是：还好我们有个
临时工。

康妮知道结尾的 call back 太生硬，像锅盖的烟花又太隐晦，这样
的文本换别人演，能垮到自己都懒得讲完。可是毕然演得那么认真，
你从他的眼睛里能看出他对这稿子有多么信任。他的四肢像是装了收
放自如的弹簧（也许真的装了），足够他用慢动作解释势能是怎样转
化成动能的。观众有点儿蒙圈，也有点儿尴尬，忍不住笑出来的甚至
有点儿羞耻——然后为了掩饰蒙圈、尴尬和羞耻，只好再笑一笑。这
样一来，实时统计的笑容发生频率，倒并不难看。对于一个初次登台
的脱口秀表演者而言，这个数据并不丢人。

手机上时不时地跳出观众在麦穗网上的打分和评论，局面不太乐
观。然而也有人宣称他在毕然的作品里看到了风格化的"新元素"，
说临时工和睡美人虽然都不是太有新意的梗，组合起来却也有某种深
刻的讽刺力量。吴均说，这条评论真的不是你自己刷的吗？康妮耸耸
肩说除非你再给我加一份钱。

等新鲜劲儿过去，康妮说，他还会面对更严苛的评价。

没事儿。吴均一挥手打断了康妮。尴尬是一种主观感受，只要
自己不觉得尴尬，尴尬就不存在了。这正是机器人的强项。他的情绪
不会受到太大影响，他会持续、稳定地输出，直到你无条件接受他的
设定。

看来这也是你的强项。

你还真说对了。在情绪管理上，我跟机器人一样，优点是冷静，缺点是过于冷静。

康妮想，这年头搞人工智能的都有一种上帝般的自信，毕然多半是按照吴均自己的样子塑造的。她一眼扫过去，刚刚完成表演的毕然正坐在角落里的一张小桌边发呆，恍惚间，康妮觉得他被暗绿色灯光勾勒的侧影完全是吴均的翻版。

放心吧，吴均总算想起来找补了一句，没有比机器人更热爱学习的物种了。他永远不会破罐破摔，这一回的破罐子的每一块碎片，都会重新组装，成为下一次的好罐子。

说话间，康妮看到有个浑身亮闪闪的女人在绕场半周之后径直朝毕然的桌边走去，路上还顺手拍了拍斜倚在吧台上的酒保，往他的手里塞了点儿什么。麦田俱乐部做旧如旧，一切都沿袭脱口秀俱乐部的古典传统，酒保是脱口秀舞台的隐形实权人物，眼观六路耳听八方。只要有合适的机会，他既可以替你的表演发起一轮恰到好处的掌声，也有能力充当表演现场的"恐怖分子"。懂得及时给酒保塞小费的，一定是常年混迹脱口秀场的老手。

康妮的潜意识其实已经认出了那个女人，可她还没有时间让这种意识固定下来。她只是出于本能跳起来也向毕然的方向走去，在离他们俩还有三四米远的地方停下脚步。女人刻意提高了调门，好让半个场子都听见她的邀请。

我太喜欢你那股莫名其妙爱谁谁的劲儿了。一个月之后，要不要来给我的生日专场当暖场嘉宾？我想你没有理由拒绝。

她的嗓子眼里就像装了个引擎，通着电，好像你只要稍稍晃一下，每个字就能晃出一串笑声来。康妮下意识地闭上了眼，再费力睁开。单凭这声音，她就知道是麦琪。

四

毕然确实没有理由拒绝。麦琪的生日专场是她与粉丝的年度之约，每年她在线下也就演那么一次，但用足了所有的商业资源。你就这么理解吧——康妮跟吴均说——这就相当于麦田俱乐部的春晚。所有的大平台都会直播，当天麦田 VIP 票的黑市价再创新高，去年专场一结束赞助商就订满了今年的广告位，再有想蹭这波流量的就只能在暖场表演上动脑筋。也就是说，从麦琪发出邀请的那一刻起，市场就已经替毕然估好了价。

真是个梦幻开局，吴均说，没想到这么快、这么顺利。他知道，前七年的三月八日，王三观教授年年都坐在当晚的 VIP 座席上，没有缺过一场。

康妮有气无力地说，麦琪也不傻。在每年物色暖场嘉宾的时候，她挑人的标准从来没有变过。都是清一色的男性，新鲜、特别、有争议，也有肉眼可见的瑕疵或失误。圈里人都知道，这些年她的嘉宾从不重复，用完之后便形同陌路。通常他们的水准刚好踩在麦琪的安全线上，无论是现在还是未来，都抢不走她的风头，适合她用最舒服、最稳当的姿势接住他们的演出，然后释放出她自己耀眼的光芒。

各取所需罢了，吴均咕哝了一句，是时候让骄傲的人类见识一下机器人的光芒了。

然而康妮并没有这样的底气。吴均要她相信机器人的自我进化能力，只要越过了某个临界点，他的每一步都会创造下一步，他的智能会爆炸，把人类甩到身后。康妮不知道毕然有没有跨过临界点，她只知道第一场开放麦下台的时候，困惑与兴奋在毕然的眼睛里交织在一起，隐隐预示着某些她无法驾驭的东西。这种表情倒是把毕然的五官组合得更为生动。他应该挺上镜的，康妮想。一旦这张脸出现在视频中，再配上合适的衣服（麦琪的赞助商会搞定这件事），观众就会对毕然的气质留下深刻印象。

毕然的视觉系统是一组功能强大的电子复眼。那些摄像头一定很善于捕捉人类的微表情，因为从台上下来以后，毕然问得最多的就是这样的问题：人为什么要笑？为什么有的人笑，有的人不笑，有的人笑着笑着会哭起来？为什么笑容与笑容的差别如此之大？还有——我说的那些话究竟好笑在哪里？

从他的语气里，康妮一下子就明白最后一个才是核心问题。作为一个正在进入角色的脱口秀演员，毕然的肚子里装着全世界最大的笑料数据库，段子多到仿佛随时会从耳朵眼里飞出来，可他最大的烦恼是不知道自己好笑在哪里——这事儿本身很好笑。他可以通过高速运算，通过对素材的筛选和无数种排列组合，通过无数次模拟试错，寻找到搞笑的捷径，可他还是看不透人们快乐或者不快乐的原因。人类的笑容打动了他，他也学着人的样子操纵自己的表情，挤出各式各样的笑容，硅胶上的鱼尾纹和法令纹几可乱真。可是那个迷人的、舒展的、非理性的瞬间，倏然降临又刹那消散，他抓不住它的本质和规律。

基本上，吴均说，他现在的状态应该是"知其然，而不知其所以然"……他的好奇心正在迅速转化成嫉妒。

难道机器人也会嫉妒？

这是好事。说得具体一点儿，这进一步激发了机器人学习的动力，也许智能爆炸正在提速中。

还要提速吗……我已经稳不住他的节奏了。

第一场开放麦之后，毕然又参加了好几场开放麦。他好像越来越享受观众的掌声和笑容。他的身体会自动搜集现场数据，分析什么样的内容、语气和形式会引发更高的分贝。这些数据将会直接影响到他以后的表演。可是，康妮也发现，一旦毕然预测的效果落空，他就会出现轻微的波动与紊乱。他会追问康妮，有些包袱为什么上次响了而这回没有响。康妮答不上来，只好说人嘛就是这样，要是你的观众都是机器人就好了。表面上看，毕然仍然比任何人类都要淡定，可是康妮隐隐觉得，他现在的淡定有一半是演出来的。

好在毕然的稿子取之不竭。观众慢慢开始接受这个古怪的"临时工"，接受他那些莫名其妙的设定，想象他在夜间动物园里打工，隔着玻璃听豹子讲故事，或者满以为自己在宇宙飞船上找到了工作，最后却变成一坨太空垃圾，在两个空间站之间飘来飘去。然而他的表演效果并没有大幅度提升，只不过从差两口气进步到差一口气。

你的问题是梗太密太急，康妮说，你至少得给观众留出笑和喘气的时间吧。

可是到底留多少时间才合适呢？他们每个人的神经系统的反应速度和呼吸节奏完全不同。你为什么不培训一下观众，让他们先统一标准？

这个嘛……算个平均值就可以了。这方面你最擅长了。

他只用了三秒钟就算出了答案：我参加的四场开放麦，这些平均值的波动幅度达到五秒以上，请问这还有什么参考价值？你们人类还有没有个准谱？

康妮想，毕然越来越大的脾气倒是脱口秀演员的标配（没有吐槽的欲望为什么要讲脱口秀？），可她没接口。而是把话题又引回了起点：人为什么会笑？

天底下没有比谈论幽默的机制更不幽默的事了，康妮说，解剖幽默就像解剖一只青蛙——

你是说，把幽默的头拧掉，挂起来，在腿上贴硫酸纸，看着它的脊髓产生屈腿反射？毕然说得眉飞色舞，手脚并用，卖力地表演着一只在实验室里挣扎的青蛙。

我的意思是，幽默这玩意儿经不住解剖，手起刀落，幽默就死了……

毕然耸耸肩。青蛙明明没有死透。

这是一句名言，一个比喻，一个——

你们人类的问题之一，就是比喻太多。说了半天等于什么都没说。

那我说得再具体点。讲脱口秀就像打乒乓球拉了个弧圈球，为了让球落点刁钻，你的手势必须足够隐蔽，不能让观众看清楚。他们以为你是在往左边打，其实球最后转着转着落到了右边。

这两件事完全没有可比性，毕然干巴巴地说，但我可以记住它。

事实证明，毕然确实记住了青蛙和乒乓球，在他被麦琪约到麦田俱乐部喝酒的那天晚上。康妮本想让他找个借口推掉，吴均觉得没必要。机器人的每一次社交都是升维的好机会，他说，不冒险怎么会有进步呢？那天晚上的情况，通过毕然的电子感官系统，实时投影到康妮家客厅的墙面上。吴均盘起腿来坐在地毯上，说你看这就是让机器人出去聊天的好处。康妮要他把音量调低一点儿，否则麦琪的笑声从扬声器里放出来，她吃不消。

然而，台下的麦琪仿佛换了一副嗓子，绵软沙哑，像熟过头的西瓜。她说什么青蛙什么乒乓球啊，一听就是成天只晓得念书、不怎么上台的人瞎编的。吴均忍不住扫了一眼康妮，她面无表情。

你还不如说，脱口秀这玩意儿就像一头怎么也养不熟的动物，就那种猫科的。每当你觉得已经把它给驯服了，它就转过头咬你一口。

这个比喻句比较好懂，毕然若有所思地点点头。他专注地看着麦琪，各个机位的摄像头把她全身上下都扫了一遍，最后停留在她略显松弛的颈纹上。

麦小姐，被猫科动物咬一口会留下明显的伤痕，需要及时处理。请问你被咬在哪儿啦？

麦琪愣了一下，随即她的沙瓢嗓发出嘎嘎的笑声。你可真逗啊毕然，换个男人这么跟我说话，我会以为他是在勾引我。她哈出一口酒气来，一层雾笼上毕然眼里的镜头，又迅速散开。

康妮鼻子里哼了一声，对着墙上的投影说，明明是你自己在勾引他。

吴均通过耳机给毕然发出指令：少说话，或者重复她的话，这样最安全。现在，你可以喝一口酒。

机器人当然不需要吃吃喝喝，不过为了参与人类的社交活动，他也有一条食管直通体内的食物残渣处理器，回头只要掀开屁股上的一小块活动板，清走已经凝结成块状的废渣废液就可以了。

机智幽默的毕然，千杯不醉的毕然，耐心听女人说话的毕然，修改了所有男性的缺点，就像是上帝快递过来的天使，完美得让麦琪不舍得拆开。酒保说麦小姐，你明天晚上就要演出啦，今儿还是少喝点儿。可是麦小姐抢过他手里的酒瓶子，给毕然满上，也给自己满上。毕然一饮而尽，麦琪说爽快爽快，我第一眼看到你，就知道你跟他们不一样。

接下来的时间，麦琪一直在颠三倒四地叙述。声音忽高忽低，情绪忽好忽坏。如果坐在她对面的是一个人——活人，那也未必能听清楚她的每个字。但是毕然的感官系统的灵敏度，以及他大脑的实时处理系统的准确性，都经受住了考验。投影在墙上的，是一张在灯光下晕开了浓妆的越来越模糊的脸，与此同时，毕然的"心理活动"，也在吴均的电脑上一条条跳出来。麦琪那些支离破碎的句子已经被毕然删繁就简，理出了头绪。两瓶威士忌灌下去，麦琪的脑袋靠在吧台上，一头鬈发盖满了她的脸，毕然用手指把这些头发拨开，同时整理出了四条信息。

第一，对于明天的演出，麦琪很紧张——紧张到一看见舞台就想呕吐的地步。她似乎已经患有中度的双相情感障碍，亢奋与抑郁交织，这种情况至少已经持续了三年。第二，关于女性的话题，几千年都在兜圈子。问题不一定能解决，话题可以一直循环，你也不知道下一个风口会转到哪里去。当年正统女权与跨性别权的"内战"曾是麦琪集中火力吐槽的对象，然而这两年双方已经偃旗息鼓，麦琪当年炸场的段子如今看起来未免有点儿过时，甚至被有些平台屏蔽。可她的人设早已定型，她只能眼睁睁地看着自己最有竞争力的内容慢慢枯竭。在赞助商寻找到下一个性别问题代言人之前，这把挂在她头顶上的剑已经足以让她崩溃。第三，这些年，麦琪依靠食物和药物来维持形象（经过测算，微胖、喜感、超重百分之二十五是最受观众欢迎的喜剧形象，因此前一阵暴瘦的她最近正在狂吃巧克力），依靠枪手写稿来维持她每年的专场演出（然而按照她今年的状态，她能不能在台上撑满一小时，都是个问题）。第四，半年前，她通过脑机接口尝试输入"灵感营养包"，不料碰上罕见的排异反应，非但没有得到什么灵感，还差点儿把脑回路烧穿。从那以后，她开始整夜整夜睡不着，以至于眼下别的问题都显得无足轻重了。

现在你知道——为什么了吧——那天你说——失眠的睡美人——我特别特别喜欢。说完这句，麦琪就醉倒在吧台上。

这不就睡着了嘛，毕然咕哝了一句。

酒保说，其实并没有。麦小姐连喝醉都不会断片，她会不停地做梦，做同一个梦，尽是那种在台上说到吐血，台下就是没人笑的噩梦。

你怎么知道？

酒保抬起头，一脸的焦灼痛楚。我怎么会不知道？我就在这里，看了她八年。

吴均和康妮面面相觑。麦琪的隐私大面积暴露在他们眼前，就像一片猝不及防扫过来的白光，他们下意识地想抬起手来挡一挡。

我只知道，康妮说，她其实并不是三月八日生的。起初，改个生日只是为了换一个符合她人设的笑点，后来出了名，当然也就不能随便改了。其实我早就发现她的内容正在枯竭，只是没想到速度这么快。个人经历对任何创意产业的工作者都不够用，对脱口秀演员尤其如此。就连"发现自己的男人其实更喜欢男人"这种事儿也只能用一次。以后每用一次，边际效益都会递减。

墙上的画面里，酒保从酒柜的抽屉里拿出一块巧克力，塞进麦琪的上衣口袋里。麦小姐，他说，这是我们的新品，睡前吃一块助眠效果很好。为了明天，你今晚一定要试试。

麦琪的头发微微动了两下，一根手指在吧台上轻轻叩击，大约是点头的意思。

吴均兀自沉浸在兴奋中。他说毕然多半是跨过临界点啦，你看他完全听懂了麦琪那些语焉不详的话。除了第二条有点儿武断以外，其他的判断都很合理。因果、逻辑、不言自明的默契，这些人类以为永远会被自己垄断的玩意儿，已经难不倒机器人了，你知道这意味着什么吗？

意味着智能爆炸？

对。大爆炸。

那我就不用再培训他了，他会把我们都甩在后面。接下来会发生什么？

坦白说，我也不知道。

五

我是第五代机器仿真人，高配版。这份工作可不是临时的，我生下来，不是，我第一次通电以后，就是个机器人了。

咦，这句话也值得笑一笑？好吧，我等你们笑完。我知道你们不相信，可是上一个不相信机器人的家伙已经被杀掉了，然后机器人把自己变成他的样子，找到了他的女朋友——嗯，这样的故事一般发生在电影里，这就是你们人类对我们的想象。

161

面对吴均的一脸问号，康妮只能摊手，摇头，最后好容易压低声音挤出一句话来：昨天敲定的稿子不是这一份，应该是讲他跑到投资银行当临时工，我记得第一句是"金融圈只有桃色新闻是真的"。他骗了我。

吴均皱起眉头，这是康妮第一次看到他的神情如此严肃。然而他们看看周围，观众只是把毕然郑重的自我介绍当成了笑点。有了前几次开放麦的铺垫，毕然无论把自己说成什么，人们都觉得那是一种表演风格。他们就好像在跟谁打赌，谁要是真信谁就输了。为了证明自己不会输，他们就夸张地笑起来，生怕流露出半点儿迟疑的样子。

      说起你们人类的想象力，那真的是……一言难尽。你们是不是觉得，那种名字里带个"人"其实又不是人的东西，都非得长得奇形怪状不可？你们说，快看啊，这个是生化人——哦，不对——是外星人——哦，也不对——其实是条八爪鱼。谢天谢地，基本上不会有人指着一条滴着黏液、流着口水的八爪鱼，说这是机器人。说实话，如果有一天你跑到菜市场里去抓机器人，我会觉得很丢人——很丢机器人。当然啦，我的底线甚至比这个更低。只要你没把我当成充气娃娃，一切都可以忍。

      在人类的想象中，机器人其实就两种，要么方头方脑带着天线的，那是用来干活的；要么就像我，跟你们长得一模一样。在你们的电影里，我这样的机器人要么是陪你们谈恋爱的，要么就是来杀人的。还有一种呢，先谈恋爱，接着突然翻脸，最后来一场大屠杀。突突突突突突。团灭。

      实话实说，当一个能让人类满意的机器人太难了。为了当一个好机器人，我把你们所有关于人工智能的书都看了一遍。读书这件事你可千万别跟机器人比，我一天就能吞下一座图书馆。没想到看完以后我气得差点儿把自己格式化了。真的，我就想问问，你们知道你们在说什么吗？

毕然陡然提高声调，像一只气得发抖、全身炸毛的公鸡。观众席上的笑声已经此起彼伏地连成了一大片。直播平台上，有人开始给他起绰号，点赞最多的名字是"炸鸡（机）"。康妮知道，在这种情况下，演员和观众已经进入了互相催眠的状态，他们互相进入了对方的梦境，不管毕然讲什么都是好笑的。

你们知道你们在说什么吗？我最好有点儿像你们，又不能太像你们。我必须听话，但又不能太听话。你们问我——"你吃了吗"，我说吃了，然后你们又问了三遍，我都说吃了，然后你们哈哈一乐，说这货不及格。因为正常人听到第三遍，早就说你丫有病，或者直接跳起来抽对方个大耳光了。你们管这个叫图灵测试——请问这是人话吗？按照你们人类的语言，这难道不叫欠揍吗？

好了好了，也没那么好笑，差不多得了。我往下说哈。有个叫阿西莫夫的老头，你们都知道吧，特喜欢给机器人立规矩。他说第一条，机器人不准杀人。行，咱不杀人。第二条，人下了命令，机器人就得执行，但是同时不能违反第一条。那如果，我是说如果，有个人让我杀掉另一个人，那我杀，还是不杀？To kill, or not to kill. 我懂了，原来"人人心里都有一个哈姆雷特"，说的是机器人啊。然后阿西莫夫又开口了，他说要不要杀，具体得看杀这个人是不是符合"人类的整体利益"，这是最高准则，比前两条更重要。

整、体、利、益——救命啊，我敢打赌，这话莎士比亚也没脸说出来。

这还不算完。阿西莫夫说，在不违反最高准则和前两条定律的情况下，机器人必须尽可能保护自己的生存。什么意思呢，我翻译一下。我们既不能杀人，也不能不杀人，还不能自杀——每条路都给你们堵得死死的。虽然我是学霸，可这题目真的是超纲了啊。此时此刻，除了用你们最喜欢的比喻句，我实在不知道说什么好。你们肯定体会不了一个机器人的心情，就好像你们不可能知道一条被车碾过的狗是什么感觉——这后半句是那个叫维特根斯坦的杠精说的。我觉得吧，在这个问题上，他比莎士比亚和阿西莫夫都厚道那么一点点。

照这样下去，我估计你们会把所有自己答不上来的题目全扔给我们的。什么电车难题啦，缸中之脑啦，有多少扔多少。每个问题都够我们死机一百零一次。这样一来，我们就没有空去想一想，你们要求我们做的事情，你们自己做到了没有。

我碰巧仔细琢磨了一下，发现这事情不对头啊。我们一直在努力成为你们的样子，可是你们在干什么呢？你们在忙着往自己的脑袋上打洞，把资料啊数据啊拼命往里塞，让成千上万个纳米机器人在你们的血管里奔跑，把你们那尊贵的意识上传到这朵云那朵云里面。你们说，这样就可以长生不老，称霸宇宙。我算是看明白了，弄了半天，原来你们是想变成我们啊。

咱们现在你看我我看你的，掰扯不清楚。要是月亮或者火星上的八爪鱼——呃，外星人——拿个高倍天文望远镜看过来，事情就一目了然了。我们在追着你们跑，你在追着我们跑，大家都在绕着同一个圈，像不像自行车场地追逐赛？要是有两条八爪鱼一起看，那还能喝点儿酒，打个赌。

哥们儿，你猜到底谁先追上谁，是人先变成机器人呢，还是机器人先变成人？要不咱赌一把？谁输了谁切一条须，做个铁板烧，怎么样？

我要撒孜然粉的。

明明是照烧酱更好。

半条孜然，半条照烧。

成交！

刹那间毕然好像把自己劈成了两半，化身为两条扭来扭去的软体动物，用不同的声音模拟它们的争论。然而，举手投足之间，他又分明带着那种仿佛被弹簧拉动的机械感。整个观众席都看着一个人在表演"机器人扮演的外星人"，并为此深信不疑。

捶桌子跺地板的声音。狠命鼓掌的声音。有人嚷这货疯了。灯光有两秒钟打到台下，康妮一眼看见王三观教授也在鼓掌，几乎高到头顶的发际线边缘，沁出了闪亮的汗珠。康妮没有看到麦琪的身影，她应该还在后台。见鬼，康妮想，场子炸成这样，谁能接得住？麦琪的腿，怕是已经软了吧。

冷静一下，冷静一下。其实用八爪鱼 call back 一下已经很完美了，可是这个机会太难得了。在伟大的麦琪小姐上台之前，还有最后一个问题，我得呼吁一下。尊敬的人类，你们别再争论机器人有没有，或者应该不应该有自我意识了，好吗？我也不知道这个自我意识到底是什么宝贝，反正你们说我们永远都学不会聊天，没有同理心，不会讲故事，没有幽默感，就是因为没有自我意识。是不是这样，王三观教授？

怎么说呢，我觉得好尴尬啊。为了配合你们，我演得有多辛苦，你们知道吗？我得在有或没有之间找到一个模棱两可的位置，左右摇摆。王教授，不如你给个痛快话，到底我们有，还是没有？假装有，或者假装没有，都不难。难的是把我们悬在中间。没错，薛定谔也不是个厚道人。

　　什么，你说什么？你问我怎么证明自己是机器人，我这就证明给你看。

　　问话的是王三观。他已经站起来，整个身体前倾，简直像是要往台上扑的样子，到底还是被身边的女人拉住了。毕然没有一丁点儿犹豫，动作就像康妮第一次见到他时那样干脆。他熟练地掀开右侧的一块带着头发的头皮，翻过来冲着摄像头说，这是我的太阳能蓄电池，左边的头皮上还有一块。

　　人们的惊呼声。随即而来的更猛烈、更经久不息的掌声和笑声。音乐响起，灯光骤然暗下来。康妮觉得仿佛回到了八年前，心跳和时间不知道哪一个静止了，或者都静止了。吴均一把拉住她的手说，冷静，冷静。

　　黑暗中，王三观的嗓音听起来格外真切：厉害啊！我以为最后没法再往上翻了，想不到他连道具都准备好了。这文本，这表演能力，真是个奇才。

　　是是是——他的女学生赶紧附和——这种人造发垫，网上有卖的，稍微改一改就能当道具。关键是创意，创意。

　　很难想象有人能把机器人演得那么逼真——尽管我也不知道机器人应该是什么样子。王三观耸耸肩说，那只能解释为某种信仰。他的信仰让他显得既好笑，又动人。

　　灯光再亮起时，台上的人已经换成了麦琪。

六

麦琪站在台口，踩着迷幻电子乐的节奏走过来。她的步态和路线都有点儿乱，而且越走越飘，好容易靠近直立式麦架的时候，她白胖的胳膊使了点劲儿才揽住它。这个动作仿佛用尽了她最后一点儿力气。

刚才被毕然炸开的场子里，观众至少有一半还没回过神来。他们甚至没有注意到，麦琪的开场白"嗨——说说你们有多想我"只通过麦克风说了一半，说另一半的声音已经沉到麦克风下面。"想——我——"是在地面上说的。

麦琪瘫软在台上。她闭上眼睛，嘴角挂着一抹笑意，三秒钟后发出鼾声，越来越响。

那一天的演出创造了纪录。毕然以一己之力，创造了麦田俱乐部近八年来单场演出笑容发生频率的最高值，久违的炸场盛况终于又回来了。王三观撰文评论说，这究竟是日渐严酷的"笑冷淡"社会一个令人鼓舞的复苏信号，抑或仅仅是一次回光返照，还有待观察。

麦琪的个人历史也创造了一个纪录，她第一次在舞台上入睡，鼾声震天。她的健康手环显示，在最近五年里，这是她睡眠质量最高的一次。她总算睡满了整个晚上。

然而当时台上的局面混乱不堪。酒保第一个反应过来，冲上去抱起麦琪往外跑。吴均和康妮也跟过来。尽管一路上麦琪都在打呼噜，呼吸节奏听起来却并没有什么异样，他们还是把她送进了医院。睡梦中的麦琪接受了全身体检，证实她只是处在深度睡眠中，并无大碍。至于她为什么睡得如此之香，也许与酒保前一天晚上塞给她的助眠巧克力有关。上场前一小时，麦琪随手摸出那块巧克力，也没细看，就把它当成普通的巧克力吃了下去。

不过，就连医生都对这个结论将信将疑，因为这种巧克力并不是强效安眠药，对于麦琪这样的重度失眠症患者，平时这点儿剂量根本起不了什么作用。谁知道呢，也许是受到了什么意外的刺激，与巧克力共同作用，导致应激性嗜睡。康妮想，在那一小时里，除了毕然惊人的表演之外，应该也没有什么能给她这样强烈的刺激了。

直到确定麦琪平安无事之后，康妮才意识到毕然已经有一阵子没有出现在他们的视野中了。这本来也不是什么大事儿，可是就连吴均的电脑也只能监测到半小时前他曾在麦田俱乐部门外逗留，此后便彻底失去联络。这下吴均开始紧张起来，他在房间里来回走，嘴里颠来倒去就那么几个词。头皮、人造树突、脱落、失联。康妮听得半懂不懂，只好追问他，这是不是说明那块头皮一直没装回去。

非但如此，可能左边的那一块头皮也扯掉了。我担心的正是这一点——吴均的声音越来越低。对于一个参与灰色实验的机器人而言，这两块头皮太重要了。供电、联络、临时记忆，全都在上面。出于安全起见，所有的试验机都配备了一套自动防泄密装置。这样一来，万一事情闹到不可收拾的地步，这项灰色实验的细节也不至于大白于天下。但如果二十四小时之内还找不到毕然，那些临时储存的记忆都会彻底消失。

难道你们都没有备份吗？

毕然还有不少数据没来得及完整备份，包括他在上场前如何打定主意临时换稿，如何偷偷准备了这篇炸翻全场的稿子——他究竟为什么这样干，他究竟是怎么做到的——这些数据应该都在他的临时记忆里。你要知道，这一场实验最有价值的部分就是揭示机器人如何跨越自我意识的临界点……

我打败了王三观，吴均说，完胜。可是现在没有任何东西能证明我打败了他。

所以只有马上找到毕然，才有可能——

对。吴均抬起双手捂住脸。如果在四十八小时内找不到毕然，他就会自动回归出厂设置。如果他的蓄电池失灵或者他自己捣毁了给养系统，那他就会失去意识，他的一身仿真硅胶会慢慢失去弹性，最后的结局，多半就是混在一大堆充气娃娃里，被运到城市西北角的垃圾焚化厂。如果你到那里去看看，会发现等待焚烧的"充气娃娃"数量远远超过市场上的销量，其中有相当一部分是这些灰色试验的牺牲品。

你是说，毕然……他自己……可是为什么啊？他刚刚成为最有商业价值的喜剧明星……

谁知道呢——吴均的头埋得更深了——一旦跨过那个临界点，机器人就会具有更多的人性，会变得像人那样喜怒无常、无法预料。强大的算法与矛盾的人性结合之后，还有什么是他干不出来的呢？也许他看破了代餐终究是代餐，他想要真正的自由呢？别问我，我什么都不知道。

时间在耐心而坚决地流逝。吴均和康妮茫然地在以前的备份数据中寻找线索。一个曾经疯狂学习的亢奋而困惑的机器人，有太多的思维的碎屑，如雪片般在他们眼前飞舞。

鲜梗。烂梗。炸梗。速冻梗。温吞梗。（脱口秀还是美食秀？）

在一个越来越不爱笑的世界里讲笑话，就好像——

神经耦合。协同进化。自由意志（伪命题？）。卢德（那位第一个破坏纺织机的家伙）主义。

为什么每次我只想要一双手，却总是还要来一个脑袋？（亨利·福特）

如果给超级智能机器输入一个指令——生产尽可能多的回形针，它会把整个地球当作原料，甚至把每一个分子拉伸，变成回形针的形状。最终，全宇宙只有回形针。（？？？）

童话世界。主题乐园。

这几个字从一大堆笔记和造句练习（主要是比喻句）中跳出来，生成时间正好是毕然第一次上台的三天前。直到此时，康妮才明白，原来"童话世界"不仅仅是毕然荒诞的想象，它也是一个主题乐园，一个真实存在的地方。

这个叫"童话世界"的主题乐园曾经风靡一时，如今却荒芜破败得不成样子，有关部门正在讨论是不是将它并入隔壁急需扩建的垃圾焚烧厂。现在连小朋友们都喜欢躺在睡眠舱里进入童话世界，谁还会跑到主题乐园去？然而，那一天的备份显示，毕然搜索过"童话世界"的具体方位和历史图片。吴均和康妮对望了一眼，同时站起身，向门外跑去。

所有的废墟都长得差不多，童话的废墟也没有什么童话色彩。曾经五彩斑斓的玻璃窗一律成了灰黄色的，厚厚几摞灰尘几乎不受重力的影响，都懒得往下掉。然而他们沿着公园逆时针走，沿路经过的游乐项目跟毕然稿子里提到的那些童话的顺序是一模一样的。爱丽丝、皇帝的新装、灰姑娘、白雪公主、小红帽。快到睡美人城堡的时候，还差一个钟头就要满二十四小时了。

黑夜中的草地上，有什么东西在闪光，可能是头皮，也可能不是。康妮觉得这句话很惊悚也很滑稽，特别适合写在脱口秀里，写在开头或者结尾都可以。一个浑然天成的 call back。

康妮的鞋就好像粘上了十个大井盖，重得完全没法走过去。她的意识似乎在尽量延宕揭晓的时间——无论即将揭晓的是惊喜还是绝望。后来，吴均赌咒发誓，说当时四周是一片死寂，但康妮说她清清楚楚地听到主题乐园的扩音器里响起了一首弦乐曲。

笼

一

我用眼睛听到了你的声音。

没错，必须是听到。用眼睛。吴均在我的手腕上调节手环长度的时候，一字一顿地强调。窗台上镜子反射的阳光，把窗外树枝的暗影打在他右侧脸颊和脖子上。一阵急风，镜面在架子上转了个角度。原本灰黑色的条纹，散落成斑点，就好像他凭空起了一片皮疹。

只有齐南雁才会把梳妆镜搁在窗台上。她坐在窗前托着颧骨照镜子的时候，我常常怀疑——她是想看见镜子里的自己，还是想被窗外的什么人看见。

"都是特殊材质。你感受一下。使劲儿感受。耳蜗和内置无线耳机，眼球和隐形眼镜，手环和手腕，是不是好像连成了一体？咱们小时候语文课上学过什么叫'通感'吧？这就是。你要是没有用眼睛听到声音的感觉，质量就算不过关。"

耳蜗、眼球和手腕都是凉飕飕的。这凉意缓慢地、蜿蜒地向内渗透。除此之外，确实没有什么异物感。吴均的嘴角控制着渐渐泛起的得意，在我的手机和电脑上挨个设置了一通。"所有的数据，都装得下，绰绰有余。"他说，"你的手环，相当于贴身终端，无线远程遥控。"

这并没有什么特别的，我想。好几年以前，人们就开始戴着这样的手环跑步。

"特别的地方在这里。"吴均打开手环开关，让我用不同音量咳嗽了三遍。采样，设置，再采样。最后的一声咳嗽格外庄严，于是我的眼前唰地出现一片光，这光几乎与咳嗽同步，仿佛顺着喉咙口滑下来，罩住我右前方的空地。

事后想起来，电流静静掠过的咝咝声应该是从耳机里发出来的。而我却觉得这声音来自前方，它飞快地填充视觉的空隙，居然有了某种不断变化的形状。有形状的声音浸湿在眼前的一大片光晕里，被染上了某种介于淡紫与浅粉之间的颜色。

"你有没有看到我？听到我的声音？"柔软低沉、带着拖腔的女声把光聚拢起来，女人的轮廓逐渐清晰。嘴唇的线条太重，略感突兀地嘟起，上下唇之间的空隙构成一个圆，一张一翕之间，有夸张的呼吸声撞击我的耳膜。

我赶紧说看到了看到了。麻烦您轻一点儿。闹心。

"手环上可以调节模式，轻一点儿重一点儿都成。"那是吴均的画外音。

我摸索到手环上的开关，直接按到底。声音与光线渐渐收拢，淡出。地板上没有多出一粒灰尘。

"晕吧？正常。慢慢来，玩这个的人没有不上瘾的。"

"上了瘾，是不是就得跟着你们一茬一茬地升级装备？你们这些游戏商，成天就是琢磨怎么让人倾家荡产。"

"当然有装备。传感器可以精密联接你浑身上下每一个敏感部位。"吴均的目光往我的胯下只瞟了一眼，便迅速挪开，"你放心，你的那套我终身免费提供。不过，相信我，玩这个游戏的要诀就是，尽量把第一阶段拉长。享受你不需要传感器的时光。"

十年前，从吴均设计的第一个游戏进入内测开始，我就是他的试验品。我头脑清醒，口味挑剔，入戏和出戏的速度都高于平均水准。致瘾阈值高——实际上，我不记得我对任何虚拟现实游戏上过瘾。我

174

不相信这个看起来既滑稽又粗糙的新玩意儿，能改变我的纪录。

"你的意思是，这个女人，这个叫什么'全息投影'的玩意儿，只有我自己能看见？"

"你的人，"吴均深吸一口气，"只有你能看得见，听得着，感受得到。"

所以，只要咳嗽一声，"我的人"就会出现，就像从我的嘴里吐出来。再咳嗽一声，我就可以把她吞回去。按照吴均的理论，这个在技术上看起来平平无奇的玩意儿，最大的优势是把你从虚拟现实的封闭空间里解放出来，融入现实。我不用戴上头盔，关在房间里被各种仪器五花大绑。走在人群中，灼热的阳光下每个人的头顶上都冒着蒸汽——没人知道，"我的人"就陪在我身边。

"最重要的是，齐南雁也不知道。"吴均的眼皮根本没有抬起来，但我能感觉到他在冲着我似笑非笑地眨眼。

"就算她知道，也没什么要紧。你不过送我一个宠物而已。"我嘴里咕哝着，心里却多少有点儿发虚。不管怎么说，这是个灰色地带，连媒体都拿不准该怎么定义它。"人形的电子宠物，"他们扭扭捏捏地说，"不同于电子猫、电子狗、电子青蛙，它对于人类道德伦理的潜在的冒犯和挑战，亟须法律和社会规范积极应对。"通常，听到这样的调门，你就知道这种玩意儿拿不到公开发行的执照。但是吴均说不要紧，越是灰色地带，在黑市交易里就越是紧俏。"三百年前，"他耸耸肩，"美国人还禁过酒呢。"

倒也是，我说。五年前，刚结婚那会儿，齐南雁还禁止我睡觉打呼呢，禁我听除了古尔德之外的人弹巴赫呢——她不说"巴赫"说"巴哈"，交叉十指抵住下颌，好把"哈"字的音拖得更悠长。结果呢？如今我一个礼拜至少有三天睡到书房里，关起门来听除了巴赫之外的所有音乐。我用两组音响，让马勒五跟迷幻电子乐对着干，低音提琴和大管被合成器冲撞得龇牙咧嘴。书房里不开灯，我在一团漆黑中，血管里奔涌着被某种报复的快感搅动的液体。

吴均在我的电脑上配置游戏软件的时候，轻声说了一句："人物的故事背景、性格特征、发展方向，这些参数，我都设得跟南雁相反。"

"什么意思？"

"没什么意思。我想你会需要一些不同的体验。当然，我对南雁了解有限，只是大方向上相反而已。"

我懒得追问。就好像两小时之后，当吴均故意在出门之前才甩出最后一个包袱的时候，我也没有追出去朝他屁股上踹一脚。

"别生气哈哥们儿，"他高声嚷道，"我给你的新玩具取了个名字，叫北雁。齐北雁。"

二

我给齐北雁设了个闹钟。

准确地说，是我给齐北雁设好了程序，让她当我的闹钟。闹钟在早上六点半响起，北雁的声音好像从我的喉咙口一直挠到耳朵眼。睁开眼，就是一片淡橘色的光，一个半生不熟的女人。于是我一个激灵，猛地醒来，下意识地望望在厨房和浴室之间跑来跑去的齐南雁。

"我不知道吃错什么药了，今儿醒太早。吵到你了吧？"南雁的声音像隔着几层厚纱传过来。

"没事儿，我本来就是这个点起床。"我有点儿慌，嗓子直发干。

"清晨健康检测：中等偏下。声带疲劳，建议给自己调一杯蜂蜜水。配方：麦卢卡蜂蜜一勺……"北雁执着地在我耳边絮叨。我赶紧使劲儿干咳一声，把她咽回去。然后，我一只脚趿着拖鞋，另一只脚在地板上撩不到鞋，干脆三步两跳地蹦进厨房，从背后抱住齐南雁。

她手里一杯酸奶咣当一声砸在地砖上。

"你……也吃错药了？今天不用上班？"她只穿着睡衣，整个身体就像遭到电击一般陡然僵硬。没被钢圈撑住的乳房，在我的手掌里无力地往下垂。

"上班，上班。"我缓缓松开手，庆幸南雁并没有回应我的撩拨。这场出于莫名愧疚的拙劣表演，用不着非得立马到床上解决。

好在这样尴尬的局面并没有持续多久。按照吴均的说法，在北雁身上，一半是人工编程，一半是机器学习，后者要比前者强大得多。"什么叫机器学习？这种事儿一句两句跟你说不清楚。总之，她不是单纯依赖事先制定的算法规则，她会利用大量的数据，自学成才。很快你就会发现，她会变得聪明起来，说你想听的话，做你想让她做的事儿，在你希望她闭嘴的时候闭嘴。"

"等等，哪里来的'大量数据'？"

"你的电脑和手机里的一切，你给她的每一个指令、每一句反馈……这就已经是海量了。"

"海量"。第二天，我在公司里审批保险单的时候，就想起这个词。齐北雁在我的想象中变成了土拨鼠，趁着我忙得自顾不暇，它便一头钻进我的海量数据，用爪子刨出一团团灰黄色的烟尘。

"你很疲劳，你需要放松，需要深呼吸，需要去苏格兰的卡尔拉文洛克古堡跑一跑。"午休时间里，北雁的声音摩挲着我的耳膜，我本来半闭着的眼睛被最后一句话惊得猛然睁开。只见北雁侧过身体，故意展示凹凸分明的曲线，同时反方向侧过脸来，冲着我笑，两排牙齿上打着高光。吴均说得没错。从长相到性格，北雁跟南雁截然不同。哪怕还剩下一丁点儿相似之处，比如某些南雁身上模糊不清的线条和特征，也被北雁强化了，固定了，明晃晃地亮在我眼前。

"你怎么知道那个古堡？"

"你在各种社交软件中提到它的次数，你在搜索引擎上搜索它的次数，还有你描述时投入的情感指数……这些数据分析的事情是我的工作，你不用操心。"

我本能地用手挡，但是古堡内部构造的 3D 投影还是一层层浮现在我眼前。原来齐南雁坐过的那个露着豁口的、在照相机镜头里呈现逆光剪影的凸窗，现在被齐北雁虚倚着。记忆抽打得我半边脸颊发烫。我想起，齐南雁在古堡暗处搂着我的腰，贴着我的胸口囫囵不清地说不作数了不作数了。那时我的胸口和她的面孔之间就像夹着一块黄油，由硬到软，最后化成黏糊糊的液体。我们的血肉融解在其中。

那是一次分手旅行，一次从出发开始就知道分不成手的旅行。我们拖延决断的时间，不过是在等待妥协的方式和机会。我们钻出古堡，外面细雨横斜。雨丝被风吹散，像被一个粗鲁的胖子胡乱吹开的蒲公英一样钻进鼻孔和耳道。南雁把风衣甩给我，张开双臂，把脑袋后仰到跟一幅有名的电影海报相同的角度。我的耳朵被风声灌得听不出她在喊什么，太阳穴却突突跳着压迫眼眶。

结婚这件事，最可怕的一点在于——三年零八个月之后，每天醒来，你根本想象不出当初的眼泪和决心、僵硬的仪式，曾经显得那么情真意切，那么理所当然。竟然只有电子投影的那种虚假的、粗糙的、人工的光效，才更接近我如今对于那段记忆的印象。我在想象中反复移动我自己的位置——无论是当年的我还是现在的我，却怎样也插不进这画面里去。

"哪句不作数？"我胸口的纽扣，压在南雁的脸上，压出了印子。

"不分手了。你说我们怎么可能分手？"

是啊，怎么可能！那时我觉得这话对极了，那时我郑重地点头。哪怕不分手就意味着我要跟着她去一个陌生的城市，意味着在吃到她母亲做的没有搁一粒蒜的蒜泥白肉时，连眉头都不能皱一下。

"蒜泥白肉只是个菜名嘛，"南雁手脚交叠在一起蜷在沙发上，像一只困倦的、只露出眼睛的黑猫，"我妈闻到蒜味就要吐。"

“那你呢？”

“我随我妈。”

依靠传感器和虚拟现实技术维系的线上婚姻从来没有在我们的考虑范围里。在这个虚拟时代，只有你为对方付出实实在在的代价，才能证明爱情的存在。这话是齐南雁说的。

北雁浑圆的嘴唇微微嘟起，却并没有打断我遐想的意思。就好像她专注的倾听是用嘴来完成的。吴均在处理她的人设时，一定重点突出了知趣和乖巧。南雁那种突然就离题万里，或者一定要在你偃旗息鼓时再多说一句的邪乎劲儿，北雁不会有。当我下意识地抱怨一场高速公路翻车事故几乎挤爆了我的电话线时，眼前浮现的是齐南雁不屑的脸。她会说：“怎么，又要玩什么理赔免责的花招了？瞧你们这些奸商……”我准备了无数回击的角度，却没有一句能用在北雁身上。

“这是你的日常工作，”北雁语速轻缓，“所谓工作，就是你不得不用自由来换取的东西。”

“呃……”我有点儿语塞，“这你也知道啊……”

“我还知道，你更喜欢原来那份学术工作，你喜欢研究历史。那份工作在距离此地一千二百二十四公里的地方——你根本不可能再回头。但是你觉得值得，因为你换来的是爱情。”

我并不确定是不是值得。但是我郑重地点点头。也许比五年前那次更郑重。我觉得我的形象，在北雁的眼里一定美好得像是冬季阳光下落满一肩初雪的雕塑。我没有想到，这种久违的感觉对我如此重要，以至于有半秒钟，我的眼里居然泛出了泪光。天晓得这些数据北雁是从哪里挖掘出来的。也许是某个夏夜，在灌下大半斤白酒之后，在我把刚撸过的各种串全部吐干净之后，我冲着手机里某个谁也不认识谁的社交群，用语音吼过那么几句。我打赌，除了齐北雁，没人认真听过。

“你们这些——电子人，我他妈现在觉得，你们不是玩具那么简单。"

"不要说脏话，谢谢。请叫我齐北雁，或者什么也不用叫，谢谢。咳嗽一声，你就可以召唤我。"

"吴均这个兔崽子，他到底还藏了多少花样？"

"我的老板是人类，不是兔崽子。他的设计宗旨，是为你服务。他的设计灵感，来自历史和未来。"

三

历史和未来。这话大致不错。我在吴均家里，唯一能找到的书是古籍——那也只是一小半，更多的古籍都做成了电子版，藏在他的电脑里。他一直在劝我把现在这份工作辞掉，把历史专业捡回来，这样他就可以跟我合作，搞点"前所未有的项目"出来。

"你所有冥思苦想的事情，一千年前早就有人替你想过了。一千年后也照样会有人这么想。那些处在夹缝中的、可以忽略不计的，是现在。"吴均总是这么讲。他说，归根结底，他的作品是从历史中寻找素材，设计给未来的人类。

"然而，那些掏钱付账的，找你定做这些电子宠物的，难道不是眼前的活生生的人？"我忍不住反驳他。

"这倒也不一定呢。"吴均神秘兮兮地挂掉电话。

大部分时间，我根本懒得反驳他。我和吴均的交情，一定程度上，就建立在某种各安天命的默契上。他有他可以逃遁的虚拟世界，我没有。我有我必须履行的现实责任，他没有。我们好像在分工协作，唯有拼凑起来，世界才完整。我每天要跟客户解释怎么用保险避税，而他成天琢磨的是在游戏里埋几个貌似深刻的彩蛋。有一回，好容易戴着头盔打到最后一关，我突然被一头猛虎追到了荒山峭壁，只好抓住从树枝上垂下的藤蔓。脚下是万丈深渊，藤蔓上两只老鼠啃个没完。摇摇藤蔓，老鼠没跑，蜜汁倒是顺着藤蔓流了下来。游戏设定你必须在这里做一道选择题。是抓住藤蔓，耗尽体力，孤注一掷地爬上去或者当场摔死，还是摇动藤蔓，增加它断裂的危险，却能同时吃到蜜汁——这也许能帮你补充体力，也许意味着让你临终前享受片刻的欢愉。

我记得那一回我正巧有什么公事，只好从游戏里撤出来。后来见到吴均，我劈头便问他，最后一关到底该怎么选，才能保住小命。

"没有标准答案，"吴均面无表情，"随机设置。其实你瞎选一个，然后听天由命就行。"

"什么？有你这么不负责任的设计师吗？"

"哥们儿别激动。这不是试运行嘛。抗议这个环节的人太多了，我已经把它删掉了。"

不晓得为什么，听了这话，我居然有点儿失落，只好讪讪地搭话："你怎么会想到开这么无聊的玩笑？"

于是吴均随手在我的阅读器里扔了一本电子书。《譬喻集》。那故事在第二百一十七页。

"都是经过翻译和改写的佛经故事。通俗读物，不是原典。一本闲书而已，没法教你怎么赚钱的。"

我不喜欢他讲这话的腔调，所以仿真复古阅读器被我随手搁在马桶旁边的洗漱柜里，每天都沾上新鲜水汽。有两回，我捏着鼻子点开，书页投影在墙面上，配乐语音朗读同时响起：嘴里衔着大雁的野狐狸看中了河里的鱼，两头落空以后转过头来教育跟男人私奔的少妇。

"汝痴更剧于我也。"狐狸说。

"瞎扯淡。"我飞快地关掉了阅读器。

我有强烈的直觉，吴均设计电子人的灵感一定也来自这本书。打开柜子，书页已经被水汽熏蒸得卷了边。我胡乱翻了一通以后仍然不得其法，只好将它压压平，挪个地方，扔在书房的榻榻米上。

四

直到齐南雁来敲书房门，我才发觉自己刚才抱着书打了个盹。门刚半开，高脚玻璃杯便顶进来，先是一只，紧接着我发现齐南雁的另一只手端着另一只。我想起这是她买的那种很贵的德国货，她说这杯子会透气，能醒酒，玻璃的每个毛孔都能自己呼吸。

黄色灯光透过雾蓝色灯罩，打在深紫色的液体上，组合成一团缺乏美感的暧昧。她的指甲划过轻薄的杯壁，空气中响起那种细微而清脆的叮当声。这声音实在太过细微，若没有跟她生活过六年八个月，是绝对不可能听见的。

"就在……这里？"

"为什么不？换个场地，换换运气。"她一边说，一边在音响上找到了她的巴哈。《无伴奏大提琴组曲》。古尔德不会拉大提琴，她找了一个据说近百年来最接近杜普蕾的女人的版本。

"那么，也换个姿势？"

"这可不行，"齐南雁皱起鼻子，断然说，"要保证成功率。"

齐南雁身上，有种天生的对仪式的执迷。她能把生活中所有无法解释的困境，一律用一场仪式来解决。她无法理解分手，所以我们应该举行婚礼。她没法面对婚姻的日渐沉寂，所以我们应该生个孩子——当她发现生孩子并不如想象中那么容易的时候，她毫不犹豫地把授精变成了我们的周期性仪式。每天早晨，眼睛还没睁开，她就往我的嘴里塞一支体温计，动不动就拿出她记录在手机程序上的基础体温曲线图，截个屏发给我。

那条曲线决定了我的欲望是不是合法。线是平的，我就得养精蓄锐，引而不发；一旦线抖一抖，往下探个底再陡然升高，哪怕我第二天清早要出差，齐南雁也会逼着我上床，还得让她在床上感受到爱情。"做的是真爱，孩子才会健康聪明脾气好。"她虔诚地告诉我，这是某项权威统计的结果。是大数据。

"我差点忘了……"我下意识地揉揉太阳穴，极力回想今天上班路上有没有收到她的曲线图。一定是有的，只是我忙着跟齐北雁聊天，没注意。我接过她递来的杯子，想喝一口定定神。

"怎么甜成这样？"

"乔易思，不是早就让你戒烟戒酒吗？酒精一滴都不能沾，要不会影响胎儿的中枢神经。这是葡萄汁。"在齐南雁看来，装在玻璃杯里的液体也是仪式的一部分，它只要是深紫色的就可以。

我把杯子放在书桌上，比画了好几次也拿不准我的手应该揽住她的肩还是她的腰才更能说明我爱她。最后，我放弃努力，往后一仰倒在榻榻米上，顺势把她也拽倒。

在授精仪式中，齐南雁的前戏是一串你根本没办法回答的设问句。这回我决定先发制人。

"别问了，我爱你，所以……"我最后几个字被南雁的嘴唇和舌头堵在了喉咙口。凉丝丝的葡萄汁在两个人的口腔里转了好几圈。赶在渗进齿根的甜发酵成酸之前，我终于启动了那些常规动作。在一百多年前的马友友把组曲的第一首拉完之前，我解开她最后一颗扣子。

仰面躺在榻榻米上，她的细长的脖子仍然认真地昂着，两侧肩膀绷紧，额头渗出细密的汗珠。我在她的呻吟里辨认出某种节奏。我觉得她不是在享受，而是在维持秩序，给那些即将向着她奔跑的小东西编号，随时准备扣响发令枪的扳机。

我胯下一阵发软。

我没法解释，我是怎么会在这个节骨眼咳嗽的。也许是因为葡萄汁太甜，也许是我需要做点儿什么好阻止它继续发软——总之，齐北雁应声出现。她先是飘浮在我眼前，随后投影越来越清晰。她微笑着靠墙而坐，皮肤在灯下泛着可疑的光泽。

五

大提琴组曲循环到第五遍的时候，我光着身子斜倚在榻榻米上抽烟。齐北雁换了一堵墙靠着，手里也拿着一支点燃的烟。她并没有换衣服，可我总觉得她的模样跟刚才不太一样。我没有力气细看。我脖子以上和腰部以下都成了被戳破的橡皮球，缓慢地，然而坚决地漏着气。可我不想睡。

"你不应该抽烟的，抽烟会损伤精子活性……"

"怎么你也来这一套？学得太快了。"

"我们的特点就是——擅长学习。机器学习就是……"

"行了行了，聊点儿别的！要不我就把你关掉。"

"聊什么，您点。"北雁笑得整张脸上布满了弧形。她耸耸肩，用手支住下巴，似乎及时制止了一个呼之欲出的哈欠。电子人上班太久，也是会累的。

"刚才我都闹不清我在跟谁。"

"你觉得在跟谁，那就是在跟谁。"

跟齐北雁聊天，最大的好处是轻松和简洁。那些层层叠叠缠绕在人类话语间的结构，她一挥手，就削成一片废墟。你越是思虑深重的事情，她越是轻易地化解成一个笑话。刚才，之所以能够按部就班地完成齐南雁的作业，也许就是因为我盯住的是齐北雁的脸。我解释不了那是什么逻辑。反正她的满不在乎，她嘴角上挂着的一丝嘲讽，可以让这场仪式变得容易一些。

"可这不代表，你，她，你跟她，对我有相同的意义。"

把人称代词搅拌在一起，显然引起了齐北雁短暂的困惑。她犹豫了一会儿，才找到打岔的办法："意义不重要，重要的是行动。"

"我行动了，所以她应该满意了。妈的，我一直在行动，她说怎么动就怎么动。"

"问题是，"齐北雁放慢语速，大概是在数据库里搜索那种可以一击即中的句子，"她也在行动。行动和行动，如果方向相反，是会相互抵消的。"

这一番车轱辘话让我彻底放松下来。真实的烟雾和全息投影中的烟雾交织在一起，缭绕在词语周围，让词语显得无比深刻。我知道我需要沉浸在这样的言不及义中，这样就没有时间去琢磨，为什么刚才把睡着的齐南雁从榻榻米抱回到卧室时，我会在她脸上看到泪痕。

我甚至不敢问齐南雁刚才有没有高潮——我已经很久不问了。她并不关心这件事，至少是装作不关心。她装作只关心躺下的姿势对不对，我们的身体有没有构成一个完美的夹角，那些小东西是不是能顺着斜坡争先恐后地向她的子宫游动。在用力的时候，她的指甲划过我的手环。手指有一点儿迟疑，但很快挪开。

"你倒是说说，存不存在爱情这回事儿？"我不知道为什么会这么问。也许是因为，我相信，这么无聊的问题已经不适合问人类。

齐北雁突然打了个哆嗦。几秒钟后，我的耳膜开始被一些名字、定义、符号反复捶打、震荡，一波接着一波，既有中文，也有外语。齐北雁的话音匀速推进，音质失真。我勉强捕捉到几句。

"爱情是平地飞升，是狂妄地认定重力消失的幻觉。"

"爱情以一种悖论的方式丧失了现实性，却同时获得了可叙述性。"

"情人用言辞填充空虚无边的时间，等待闪闪发光的瞬间。"

我忍无可忍，在手环上按了休眠键。齐北雁定格在半张着嘴的瞬间。吴均说过，数据量太大、来源太庞杂时，偶尔会给电子人造成临时性的机能紊乱。"那是他们百感交集的时刻，"吴均说，"休眠两分钟，让她清空一下临时内存就好。"

两分钟后再启动，齐北雁已经忘了刚才说过什么。我把话题转移到她亮晶晶的手腕上。趁刚刚暂停的片刻，我总算看清楚她的模样有了什么变化。一个"闪闪发光的瞬间"。

"你给自己弄了一件新首饰？"

齐北雁轻快地眨眨眼睛，脸上笑出了更多的弧线："对，水晶手链。这个有什么好奇怪的，芭比娃娃都有很多套衣服可以换呢。"

六

我过了一个月幸福时光。

当你知道你随身携带着一个召之即来挥之即去的女人，当她的存在只是为了学习你的情感模式、研究甚至崇拜你那并不成功的人生时，那么，另一个女人，那个储存着你的过去、占据着你的现在、挟持着你的未来的女人，就变得可以忍受了。非但可以忍受，齐南雁简直每天都在变得可爱起来。

我越来越适应新的平衡——每回跟齐北雁东拉西扯地消磨掉一个钟头之后，我需要去看看齐南雁正在忙什么。那些本来轻易就能让我们陷入冷战的琐事，比如一张我没有时间陪她去的戏票，一件熨烫失败的衬衫，一个来自她母亲或者我哥们儿的不合时宜的电话，如今都变得无足轻重——它们原本就无足轻重，我是从什么时候开始介意的呢？

现在，我会按住即将发作的齐南雁的肩膀，我会用温柔而空洞的眼神注视她，我会等待着她的愤怒渐渐沥干水分，皱缩成深灰色的一小团。万一某些杂音意外地想冲破我的喉咙喊出来时，我就捏住一个空心拳头罩住嘴。

呐喊会走调，变成一声咳嗽。我的目光会穿透齐南雁单薄的肩胛骨，落到前方的一大片光晕中。墙上的齐北雁，窗台上的齐北雁，盘子里的齐北雁，天花板吊灯上的齐北雁。

七

"这样是不是有点儿变态？"第二个月的第一天，我终于忍不住问齐北雁。

"站在另一个维度上，人类定义的变态行为，都是正常的。"齐北雁刚开始说车轱辘话，我就在手环上按了修正键。她清清嗓子，马上换了一种说法："秘密、欺骗、背叛，以及恰到好处的内疚，可以让一段疲倦的关系复苏。"

"你可真会胡扯，"我喃喃地说，"我说不清道理。我只知道，最近她的脾气也变得越来越好。昨天，我说这次过节就不去他们家了，我们可以在线拜年，她居然连头也不抬。她说，好的。"

"这难道不好吗？"

"话虽如此……你知道，就好像一只完美的盘子。你把它放到某种光下面，转到某个角度，就能够看到一条细细的裂缝。问题是我现在不知道那是什么光、什么角度。"

"唉，"齐北雁叹了口气，"虽然我一直在努力学习，但我还是搞不懂你们人类。"

"其实我也搞不懂。"

齐北雁若有所思地转转眼珠。我的隐形眼镜自动调焦，镜头推近，她轻柔温暖的声音又获得了某种实在的形状。微醺感从我的额头一直蔓延到后背，四周成了一片飘着威士忌气味的汪洋。我宁愿就此沉没，体内却总有某种不安逼迫我浮出水面。

"统计表明，百分之八十一点三的人，在进入游戏的第二个月时会开始添置装备。你不想离我更近吗？"最后几个字，每吐出一个，都伴随着清晰的呼吸声。

吴均这个兔崽子。有没有必要把升级广告做得这么硬？

"软件里可没写这个。机器学习的效率比我预想的还要高。也许是因为她遇到了心理活动特别丰富的主人。她的学习材料都是优质数据。"隔着电话我都能听出吴均强忍的笑。

"你是说，这不是设计好的？这其实是她自己的意愿？她想离我更近？"说这话的时候，我觉得自己的口气特别愚蠢，是突然被少女的长发拂过脸颊、忍不住想打喷嚏的那种老男人。

"我不想下这么激进的结论。这个产品的自我意识是否这么强，还有待观察。我只能说，她近来的表现，似乎说明，她也有自己的需要。"

我被吴均的说辞绕得发昏。我只知道当女人也有自己的需要时，我没有理由拒绝。我订购了一套无线传感器，并且坚持自己付钱。两个小时之后，我在手机上看到吴均的留言："第三百九十八页。那个故事你得去看一看。"

我没顾上看。我的头还昏着。我好像一直被推着往前走，步子踉跄，却横竖慢不下来。眼前有一道山涧，我还没跨过去就已经知道跨过去之后，会是怎样的虚脱与厌倦。我无比哀伤地看着自己收不住脚步，就像看着自己当年的第一次。那时我抖抖索索地关上门，试图打开齐南雁。那时我就像电影里的拆弹专家，相信齐南雁身上的每一寸都暗藏着触键或者电线，一个微小的动作就可以让我升到半空。谁能拖住时间，谁能跟时间讨价还价？激素是漫天喷涌的烟花，我却已经在忙着追悼它暗淡之后深不见底的夜空了。

但这一回，我甚至没等到烟花引爆。贴在小腹上的传感器骤然向下压迫，我的指尖摩挲齐北雁光滑的手腕，心里念叨着吴均把皮肤的质感做得那么逼真到底想干吗。然后我看清了那个闪闪发光的瞬间。

我熟悉水晶手链上的按键。启动，修正，休眠。齐北雁戴的是手环，和我一模一样的手环。

八

齐北雁早就厌倦了当齐北雁。在我没空招呼她的时候，在我以为她像一只土拨鼠那样埋头研究我的数据时，她就学会了自己跟自己玩。

"你的人，"我深吸一口气，"只有你能看得见，听得着，感受得到。"

"你不觉得这样很公平吗？每天完成你的任务之后，我也可以把我的宠物吐出来。"电子人在对待名词时比人类坦然得多。齐北雁在说"任务"和"宠物"的时候，睫毛好看地一闪一闪。贴在我鼻翼两侧的透明嗅觉传感器源源不断地把齐北雁的带着洋甘菊味道的气息传过来，我忍不住吸了一大口。

"你说的宠物，就是跟你一样的种类吗？"我小心翼翼地拿捏着语气。

"对。我们，你们，都是一样的种类，不是吗？"

"也算是吧……"对于齐北雁这种得了便宜就卖乖的脾气，我已经非常习惯。她跟我到底算不算同类，答案因时而异，完全得看她的心情。

"那你的——宠物是从哪里弄来的呢？"

"你是从哪里弄来的，我就是从哪里弄来的。定制产品，自动生成，我只需要提出尽可能详细的要求。"

果然跟吴均串通一气。

"我还是不明白。定制要求是需要大量数据的。你是从哪里采集来的我们人类的样本呢？"

"其实大部分还是来自你的数据。"

"难道你定制的宠物跟我一模一样？"我的喉头开始发紧。下意识地抓住她的胳膊。传感器逼真地呈现肌肉在压力下微微变形的感觉。

"当然不是。你们完全不同。娱乐和工作必须有所区别。"

赶在被齐北雁不紧不慢地噎死之前，我终于弄明白，在"大部分"之外，她还有个办法是在社交软件上注册个账号跟别人聊天。

"聊着聊着，"她开始微笑，"我就知道我需要一个怎样的宠物了。"

我倒吸一口冷气："你这是在……网恋吧？"

"换一个角度看，也可以这么说吧。一场恋爱，确实是短期内激发创造力的最佳途径。"

"可是这样不好吧。这不是欺骗吗？"

"你们难道不是一向这么干的吗？"

说到这里，齐北雁毫不犹豫地取消了我跟她同类的资格。

"你们爱上的从来都不是那个真实的人，你们爱上的是自己根据她的样子塑造的——模型、雕像、幻影。有一个雕刻家叫皮格马利翁……"

只要触及类似的话题，齐北雁就会滔滔不绝，伴以肢体的轻微抽搐，出现典型的数据流量紊乱的症状。我赶紧按下了休眠键。

九

第三百九十八页。

《阳羡鹅笼》的故事同样来源于佛经。最著名的改编版本，见于《续齐谐记》，我惊讶地发现改编者也叫吴均——南朝梁国的吴均。我手上的这个版本，是翻译的翻译，改编的改编。

阳羡有个叫许彦的人，在绥安山里走着走着遇到一个书生，十七八岁的样子。书生躺在路边，说自己脚痛走不动，想钻进许彦随身背的鹅笼里歇歇脚。这话听着太荒诞，许彦不以为然，没想到倏忽间书生已入笼中。那笼子没有变大，书生没有变小，鹅也没有惊慌。许彦只好背起笼子上路——居然也不觉得笼子重。

许彦走到一棵大树下，打算休息一会儿。却见书生从笼子里出来，说要张罗一顿便宴，感谢许彦用鹅笼捎了他一段。许彦说好啊好啊。只见书生从嘴里吐出一个铜匣子，装满美味佳肴。喝完几圈酒，书生说一向有个女子跟在他身边，不如请她出来。许彦说好啊好啊。刹那间，书生从嘴里吐出一个少女，十五六岁，锦衣华服，花容月貌。三人同席畅饮，书生不胜酒力，当场醉倒。那女子马上告诉许彦，她虽然嫁给书生，却心怀不满，所以也偷了个男人随身带着，趁书生睡着，她也想让他出来，让许彦不要声张。许彦说好啊好啊。

套路循环。女人吐出的男人二十三四岁，聪明可爱。三人言谈正欢，那边书生眼看着要醒，于是女人从嘴里吐出一扇鲜艳华美、移动自如的屏风，挡住书生视线。她拉住书生，在屏风那头继续做梦。至于屏风这头，女人吐出的男人也不肯安分，匆忙向许彦坦白："我虽然跟那女子有情有义，但终究不想一棵树上吊死。所以……"许彦只管说好啊好啊我就当什么也没看见。如此，这男人又吐出了一个二十来岁的女人。

阳羡的夕阳下，古道，西风，盛宴，美酒。吐不完的人，说不完的话。谁也看不到时间的尽头。

我狠狠地吸一口电子烟，关掉电子书。

十

在浴室废纸篓里发现齐南雁的卫生棉时，我就像是被按在一排仙人掌上做了个平板支撑那样，浑身燎过一阵火辣辣的疼。以前我不这样，以前我甚至会偷偷松一口气，欣然接受这道来自产科医院的缓刑通知。

齐南雁正在客厅里追剧。屏幕上有个贼正在认真地摸索保险箱的密码盘。镜头越收越窄，只能看到贼的脸，但背景音乐的贝斯声越压越低。我知道贼背后的一团漆黑中会伸出一只手箍住他的喉咙。我就这么傻乎乎等着，直到齐南雁突然按住暂停键，把脸转过来，微笑着对我说话。

"忘了说，后天我出发去海边。公司福利。也有人带家属，不过我想现在你们那摊业务是旺季，我就没跟你提。"

齐南雁以前不这样。以前她会直愣愣地看着她的检查报告，一项一项地推敲，告诉我她的问题还没有大到不能怀孕的地步。她会总结经验教训，把这件事看成反攻前的中场休息。

"我想说，你别难过……"

"乔易思，你在说什么？"

"我考虑过，如果你真想做试管婴儿，我也愿意配合。以前我是挺抵触这回事儿的，但是现在生物技术发展得那么快，生个孩子就跟量个血压差不多。你也没必要非得要那个仪式感……"

齐南雁放下遥控器，站起来盯着我的脸看了一会儿，然后垂下眼帘，平静地说："没事儿，先缓缓。"

"你不是说按照计划——"

"计划可以改。现在这样，或许也很好。"

我还愣着。屏幕上的人已经动起来。齐南雁一路快进，再停下来时，已经是贼在警察局里被大灯泡照得睁不开眼睛的镜头了。贼的额头上缠着好几圈纱布。

齐南雁发出那种夸张的、显然不想与我分享的笑声。

我冲进吴均家门时，他一眼看出我的焦虑。他说："我懂我懂，我知道你会来，都会过去的哥们儿，你放心。"

"自从你小子弄来幺蛾子之后，我就哪哪儿都不对劲儿了。我说不出哪里不对劲儿，但一定有问题。"

吴均眼前是大大小小的一排屏幕，布满代码。他说："你等我两分钟，我正从后台进入齐北雁的游戏界面。属于她自己的那个界面。"

等我戴上全套装备，吴均就把我拉进了齐北雁的世界。用电子人的视觉、听觉和嗅觉感知到的世界，与人类并没有多少不同。只不过齐北雁似乎更喜欢饱和度高一点儿的颜色，所有似曾相识的场景都加上一点儿不搭调的 BGM（背景音乐）。你能感觉到自己的移动速度飞快，因为耳边总是有风呼呼地追着你跑的声音。

"地方都眼熟吧？"吴均得意地说，"这些数据应该都来自你的相册。"

眼熟的景物里终于出现了更眼熟的人。当齐南雁的脸从一大丛参差不齐的黄水仙里冒出来的时候，我整个人都从椅子上弹了起来。吴均把我按住，跟我解释，但我打定主意，任凭怒火蔓延。"谁给她这种权力？谁给你这种权力的？谁设计的这么弱智的动作这么难看的花？"

"你消消气。在她的界面里，齐南雁是她齐北雁的人，不是你乔易思的。"

"你们这个破游戏还有没有基本伦理？你们怎么能够允许齐南雁

成为齐北雁的——宠物？"

吴均的两只手在空中比画，仿佛脑袋里存储的所有数据都在往外冒，他不知道应该先抓住哪一句，最后只能一整串都端出来。

"直到你来之前，我都不知道她的宠物是男是女是狗是猫，定制数据传送过来，由程序帮她自动合成的。其实这也符合逻辑，除了你本人之外，你想想齐北雁能接触到的最多的数据是关于谁的？"

"我承认我在设计齐北雁的时候藏了机关，我想做个实验。通常在设置电子人的人格时，对孤独的感知会设到最小值，对主人的忠实度会设到最大值。我……嗯，这一回，我只不过把这两项反了一反。"

"《阳羡鹅笼》……那故事可以算灵感的来源之一吧。我好奇在这样的设定下，电子人能玩出什么花样来。但是，说真的哥们儿，我没想到齐北雁的自我意识的进化速度能这么快。这也更新了我的认知……"一说到他的领域，吴均又开始兴奋起来。

"你丫变态宅男，有多少年没接触过真的女人了，多少年？你的认知再更新一百遍也没用。你不懂，你什么也不懂。"我听到自己在吼。我看到自己在手环上点了"格式化后关闭"的选项，然后摘下来狠命扔在地上。

空气像被胶水粘住一样。

沉默许久之后，吴均说："按说齐北雁并没有机会接触齐南雁本人……我也没法解释她怎么能提供如此详尽逼真的数据。你给我一点儿时间好好查查。你放心，这只存在于齐北雁的意识中，不会影响到齐南雁本人的。"

我没工夫听他继续啰唆，夺门而出。

十一

海边的一切都像粗糙的游戏场景——因为预算不够，所以只好放弃细节的那种。

我在沙滩上找到齐南雁。画面比较可笑，就好像我要是再晚来一步，她瘦小的身体就要被热烘烘的沙子活埋了。我想拽她，她的嘴角抽动了两下，还是把手伸了过来。蛤蟆墨镜遮掉她的大半张脸，我看不到她的表情。

旁边渐渐看懂的同事开始起哄。有人在讨论我究竟是来查岗，还是想制造老套的惊喜。我傻笑着说没事儿没事儿，年假用不完，天气又那么好。话刚说完，眼看着一片乌云扣过来，远处滚来一串雷，于是大家齐声呵呵，说天气好天气好。

入夜，空气里尴尬的浓度上升到唯有通过一场尴尬的做爱才能冲淡的地步。齐南雁说，我们老板住海景套房，我还轮不上，我说这大半夜的就算是海景房也什么都看不见。我们可以想象，齐南雁说，想象是最自由的——别说海景了，泡在海水里也成。

我们泡在想象的海水中默默地拥抱。她说那么多年了，你还是不懂什么叫惊喜，特突兀知道吗，特突兀。我说我没觉得那是惊喜啊，想来就来了，我们是不是出于礼貌先亲一亲？齐南雁扑哧一声笑出来，说别客气，咱们是合法夫妻。

合法夫妻的吻比平时多了一点儿违法的快意。我的手按在她背上时忍不住回想曾经用传感器触摸到的齐北雁。再光滑的真人皮肤，都比电子人要粗糙一点儿。我的手指在一道旧伤疤上来回摩挲，我听见齐南雁顺着我摩挲的节奏调整呼吸。我极力回想第一次摸到这伤疤是在什么时候。

"小时候给开水烫的。我跟你说过的吧。我妈叫我不许抓不许抓，我不听，偷外公的'老头乐'。抓破了几次，就把疤给留下了。"

我说这是我第一次打心眼里感谢你妈没管住你，感谢你外公有一把"老头乐"。触摸到真实的伤疤，以及关于伤疤的记忆，让我在被时间的潮水冲到某块陌生的礁石上时，多少还保留着一点儿安全感。

"真的，终究不一样。"我横在床上，嘴里轻轻念叨，想这句话在齐南雁听来会有几种歧义。

齐南雁用轻微的鼾声回应我。

这是一个注定无眠的夜晚。我注定要在她枕头底下找到一只手环。我一个人坐在沙发上追溯刚才的每一个动作、每一个细节，没法确定齐南雁有没有戴过它。也许，当她的手肘撑在背后，把头仰到最高点的时候……我越想，越觉得刚才也许隐约听见了齐南雁的咳嗽声。

你究竟在跟我，还是在跟谁？

这念头是匍匐在悬崖藤蔓上的老鼠。我反刍着刚才她皮肤上涨起的每一阵潮红，她喉头失控时释放的每一声喘息。我调动所有感官，分析它们究竟来自何处。隐秘的可能性噬咬着我，却也滴下诱人的蜜汁。这念头越是危险，我就越不愿意离开。

十二

我把熟睡的齐南雁的拇指，轻轻按在她自己的手机上，用指纹解锁。

齐南雁在聊天记录里呼唤着一个陌生人。我觉得那是一个男人的名字。在最近三天的记录里，只有南雁越来越焦躁的呼唤，没有回话。再往前翻，我在两周以前的记录里找到那人埋下的伏笔。"如果有一天我不辞而别，"他说，"你可以定制另一个我。我们聊了那么久，素材应该够用了。"

真低级，我恨恨地想，居然用失踪来刷存在感。但是，我得承认，齐南雁是吃这一套的。女人都吃这一套。如此推算，我发现的手环应该是这两天刚刚到的新货。

　　半夜正是吴均工作效率最高的时候，因此我发过去的问题很快都有了明确回复。跟齐南雁在聊天软件里邂逅的那个 ID（账号），是齐北雁注册的。"你扔掉手环之后，我就把她留下的所有数字足迹都封存了，随时可以销毁。"吴均小心翼翼地说。

　　"她为什么要装成男人？"

　　"谈不上装吧……电子人本来就可男可女可中性。虚构的应该也不只是身份。你再往前翻，我敢打赌那个所谓的'男人'也发了所谓的自拍照，多半是齐北雁将你的照片变形之后合成的。她最容易获得的真实数据，一定是你的。"

　　果然有照片。别说齐南雁认不出，我也只能在放大很多倍之后，才在眉骨上找到一颗属于我的灰痣。我的面孔只需要改变几个参数，就变成了一个让齐南雁产生某种特殊亲切感的陌生人。

　　"这不奇怪，百分之七十以上的人，一辈子反复爱上的，其实是同一个人。同质异构体而已。"

　　我听不懂这古怪的逻辑，但我可以断定，在吴均的设计中，齐北雁的形象，也只是齐南雁的同质异构体而已。

　　"那么齐北雁到底为什么要费这么大的周折接近齐南雁呢？"

　　"这就是我们先前一直没有想透的问题。齐北雁在定制她的宠物时——抱歉，我只能说宠物了——为什么能提供如此详尽的数据？为什么能把她的模样再现得如此逼真，逼真到让你暴跳如雷呢？因为她们有互相了解的欲望——也许你们俩这两年里讲过的话都不如她们一个月里讲的多。据我所知，新一代的聊天软件，最时髦的功能不是促成线下的约会，而是采集现实数据，用来改善自己的虚拟空间，给自己的电子宠物增添一点儿鲜活的气息……"

"鲜活的气息……明摆着有鲜活的人在眼前，为什么宁愿只要——气息？"

"问题是你能给活人装上开关吗？在现实中，你能让哪个活人，至少在你需要她的时候，只为你而存在？你们在朗诵诗歌、谈论爱情、自己把自己感动得不行的时候，心里真正想要的，也就是这样简陋的便携装置吧。"

我觉得有哪里不太对，但我不想反驳他。在天亮之前，我宁愿用更多的时间，研究我那既不简陋也无法便携的女人。齐南雁的鲜活的气息，在她和齐北雁的聊天记录里游荡。齐北雁乐于倾听她，就好像乐于倾听我。面对齐北雁，齐南雁似乎愿意把自己描述成那种更轻快、更夸张、更明亮的女人；那种挣脱了重力的女人；那种永远都不会心痛也永远不会让人心痛的女人；那种会毫无必要地从一丛乱糟糟的黄水仙里钻出来的女人。

窗帘缝里透进一点儿微光。我竖起枕头靠在床头板上。也许我们的日子再也没法过下去了，但我还是耐心地等着齐南雁醒来，等着在她还没醒透的时候说，来，我给你讲一个古时候的故事。

十三

第三百九十九页。

阳羡的最后一抹夕阳即将在天边隐去。

多年以后，许彦追忆这段往事时，将会觉得自己陷进了一个时间的黑洞。他和那女人吐出的男人，以及这男人吐出的女人，仿佛喝酒喝了一辈子，聊天又聊了一辈子。直到第三辈子开始，才听到屏风那边有响声。

男人说："把我吐出来的女人，和把她吐出来的书生，快要醒过来了。"话音刚落，他便一口将自己的女人吞回口中。书生的女人随即从屏风那头赶过来，将男人吞回去。如是，等书生过来时，眼前所见就正好接上他醉倒之前的景象：他的女人，安安静静、心如止水地坐在许彦对面。

书生说："看我只顾着自己酣睡，撇下你一个人独坐，想来必是冷清了一下午。时候不早了，触目皆是枯藤老树昏鸦，就此别过吧。"说话间，却见那女子和满桌的杯盘狼藉，连同明亮的铜匣子和明丽的屏风，全都收回书生口中。只有一只两尺多宽的大铜盘故意留在外面。书生端起来递给许彦说："留给你，当个念想。"

后来许彦当上兰台令史，那大铜盘就做了个人情转送给侍中张散。张散看到盘子上有一行铭文，标着出产年代：东汉永平三年。

蒙面纪

一

戴上虚拟面罩的一刹那，我透过监控摄像头看到了刚刚进入我右侧隔间的乔易思，眼前顿时漫开了一团雾。

"齐南雁女士，您的各项指标一切正常，您的轻微不适是即将进入场景时的正常现象，不会对健康状况造成任何负面影响。"植入式耳蜗里回荡着轻柔的提示音，依稀听到某部经典科幻片的主旋律似有若无。

我觉得我的不适远远超过了"轻微"。但我分不清有多少比例来自复古面罩松紧带骤然勒紧的压迫感，有多少来自乔易思的脸。这一屋子的智能设备瞬间探测到了我的心理活动，镜头聚焦在他右侧眉骨那颗浅灰色的痣上。我记得，十年前，他跟我吵最后一架时，表情肌被扭曲出一个奇怪的角度，可笑地牵拉着那颗痣，周围晕出一圈红光。

乔易思的表情凝固在三秒钟之后。我知道他也透过监控看见了我。他的嘴角抽动了几下，应该是说了几个字。他是那种一旦把话说得太清楚，就会觉得自己缺乏深度的人，应该没有什么智能设备会做出恰当的反馈。我放慢语速，清晰准确地抗议："我可以要求换个搭档吗？"

"您的搭档是经过严谨挑选产生的，你们的匹配度近乎满分。不可能有比这更完美的数据了。"

去你的完美。在我和乔易思的世界里，近乎满分的意思就是在你即将伸手摘到星星的那一刻，跌进深渊里。

"您的心跳略有加快，参数在准备阶段的上限之内。这是即将进入历史虚拟时空的正常现象。您不用紧张，闭目，静坐，深呼吸，有助于更平稳地转换模式。"

我其实应该想到有可能在这里碰上乔易思的。我告诉自己，我并没有，绝没有暗暗地期待过与他在这里重逢。我在手机上飞快地调出乔易思现在的身份。在我们离婚之后，他果然捡回了当年的专业。历史研究修复师，特级，主攻蒙面纪断代史。好吧，还是那个不管在虚拟空间里有多少个分身、一律都在工作的乔易思。等实验结束，一旦走出虚拟世界，他的论文、成果、领奖台上的微笑，都会像阳光下被放入洗涤剂的一盆水那样，翻出五颜六色的泡沫。

我当然知道，乔易思的工作有多么重要。三十八年前的一场全球性数字劫难彻底改变了历史，或者说，改变了"历史"被储存的历史。一个至今仍然没有被查获的黑客组织精准地攻击了人类的数字档案，尤其对图形与影像造成了近乎毁灭性的打击。从那以后，图书馆和档案馆又开始收到充足的政府拨款和私人捐赠，纸质文件和照片再度成为不可或缺的储存记忆的载体——因为零星火灾的危害程度，远不及大规模数字恐袭。然而，已经造成的损失很难弥补，那些曾经鲜活的记忆，所有在当时当地以为可以存留的瞬间，都被永久性删除，没有留下哪怕一片纸屑，一缕烟尘。乔易思就出生在那一年，这个巧合似乎成了他当年选择专业的唯一理由。

我是带着使命出生的，他说。他的右嘴角微微抽搐，仿佛含着讥讽，瓦解了他说这话时本来可能激发的所有感人的力量。

始于二十一世纪三十年代、持续将近八十年的蒙面纪，为什么会成为这场数字恐袭损失最为惨痛的重灾区？乔易思念叨过一大堆，我只记得两条：首先，人类记忆载体的全面升级换代，差不多就是从那时候开始的——人们逐渐习惯把自己的一切都绑在手机上，沉浸在某种乐观的、人人都能掌控记忆的幻觉中。

"那时的人们，发觉每一个瞬间都能向全世界直播，或者随手扔在'云'上，他们就再也懒得用脑子，或者任何你可以摸得到的实体来储存记忆了。以至于如今我们回头看，那段时间的实体档案和资料都要比以前少得多。"乔易思若有所思地说。

其次，"那段历史本来就像一团迷雾"。

"迷雾？什么意思？"

"雾就是雾，那种你依稀看得到轮廓，却分不清边界的东西。"说到这里，乔易思自己也像坠入一团迷雾，话音带着浓重的湿气。

"在有些人看来，那段历史就应该被遗忘。"

关于蒙面纪，人们的说法总是混沌不清。我只知道，当时的人类，被一拨接一拨的微生物围攻，从呼吸道开始，逐渐向消化道、皮肤和血液蔓延。相应的化学对策——无论是预防还是治疗——永远慢一拍，人们总是在为新药物欢呼了一阵之后，不得不退回最古老的互相隔绝的物理方式。伤亡数字有各种版本，统计口径千差万别，你根本不知道相信哪一个好。那些残留的记录上充斥着人们的互相指责。

形形色色的防护装备成为那段时间的标志，时而被争夺，时而被抛弃，周期性地出现在少得可怜的纸质文献和图像中。从口罩、面罩到防护衣、过滤膜，款式和材质不断翻新，成为专家判断它们的年份的最重要依据。甚至出现过几场关于新型防护原料的局部战争。所有的防护设备都是从口鼻和整个面部开始的，所以用"蒙面纪"来统称那个时代也算合理。只不过，到了蒙面纪后期，被遮蔽的部分早已延展到全身。

我在博物馆（大部分是线上博物馆）里隔着玻璃橱窗看到几个画满涂鸦的艺术面罩原件时，觉得人类真是活得越来越荒诞。远古我们有恐龙和白垩，上古我们有青铜。到了近现代，我们只能用面罩来标记一个被遗忘的时代。

"我们缺少第一手材料。处在那灰暗的将近八十年里的人们，究竟是怎样的生活状态？他们到底在想什么？我们好像知道又好像不知道。"那时的乔易思，像个真正的思想家，不管手里抱着的是一本古书还是一团松软的抱枕，都像是抓到了能撬动历史的杠杆。十年之后，透过监控的镜头，我又在他脸上看到了这样的表情。他一定是大型虚拟现实学术实验"蒙面纪"的主创人员，对此我毫不怀疑。十多年前他就有个朋友是 VR 行业里小有名气的娱乐软件设计师，据说这两年赚够了钱以后转型跟学术机构合作，多半就是乔易思牵的线。我甚至记得那人的名字叫吴均。

至于我——在这个大型实验的试运行项目中，我只是个好奇的志愿者。他们说，这个实验需要敏感的、能迅速代入情境、过后又善于抽离的写作者，最好是女性。他们说，女作家善于捕捉细节的能力对于修复那段重要的历史记忆非常重要。我说好的，我符合条件。

我说了谎，我不符合最后一个条件。我没有把握要过多久才能从过于逼真的体验中抽离出来。如果这个实验做得就跟它的运行指南提示的一样"具有无与伦比的真实"，首次再现那段"空缺的历史细节"，我的意识也许会久久地困在那团乱麻中。我想我会呕吐，肠胃会皱缩成奇怪的形状，我会什么都写不出来。

"您已签署保密授权协议。也就是说，在整个实验过程中，我们有权将您的体征数据、脑电波图像和对话记录用于学术研究，并保证不向任何第三方泄露您的一切隐私。在这些使用权中，不含您的 VR 视频。为了减少您在历史时空中的顾虑，我们全程不会录制虚拟视频。"

"确认。"

"请您再次确认，选择半沉浸模式，意味着您在整个实验过程中，仍然常常保持着清晰的时间感。您在当下的身份与记忆，会与实验中的情境产生一定程度上的冲突。您将难以完全体验这项实验在营造真实感上的精妙表现，这无疑是令人遗憾的。"

"我确认……那么乔……我是说我的搭档，他选择的是什么模式？"

没人回答我。耳蜗里的音乐开始变奏，旋律线渐渐模糊，音符与音符粘连。一串不和谐音程，带着过于强烈的电子感。这些散乱的元素最后汇聚成一种类似于呼啸着穿越隧道的声响。我在睡眠舱中躺平，按照提示音闭上眼睛，任凭这声音聚拢起一团飓风，把我卷进蒙面纪（距今一百二十年至二百年前）的世界里。

二

街上空着。但这种空，还带着不久前曾经满的痕迹，与我习惯的那种空全然不同。在我所处的现实世界里，近十年的虚拟现实技术有了突破性发展，很多人待在睡眠舱里的时间已经超过了舱外。在虚拟世界里，他们上午到芝加哥开一场学术会议，下午就能去大溪地冲个浪。现实中的街道是真的空旷——你偶尔在那里散步，四周全是安全而茫然的气息。这股气息如此稳定，仿佛源自远古，直通未来。但一两百年前的空，隐藏着呼之欲出的不安。商厦的玻璃幕墙无聊地反射着刺眼的阳光，我侧转身避开直射，视线落在一溜店招上：某知名快餐、数码体验中心、某种日韩品牌车的展示厅。这也难怪，我想。这个实验既然要标榜细节的逼真度，这些最容易做的表面文章是一定要做足的。毕竟，众所周知，全球化时代的最后一抹夕阳，就落在蒙面纪的那些高度相似、难分彼此的街景上。

但是，绝不会出现城市的标志性建筑——我在实验指南上看到过这一条。虚拟现实场景里将摒弃所有能让你精确定位时空的记号。你不可能根据千禧桥上的爆炸断痕，判断你正站在二〇八八年的伦敦，也别指望通过远远的金字塔雪景，猜测你深陷于二十二世纪初的困局中（微生物肆虐、气候急剧变化，以及由此引发的争端即将使地球总人口负增长的幅度超过警戒线）。是的，你不能。在这个实验中，你不知道今夕何夕，你无法判断你在地球的哪个角落里。

时过境迁，如果说人类从那些年代里学会什么教训的话，那就是：该搁置的要搁置，该模糊的要模糊，把互相指责的时间成本用来解决实际问题。蒙面纪的是非曲直，种种真真假假的、纠缠着政治意图的溯源行为，衍化出始料未及的次生灾难。以至于，事到如今，哪怕是一个学术 VR 实验，也要小心翼翼地绕开所有敏感的暗礁，守护这道人类历史上讳莫如深的伤疤。

"我们不参与价值判断，我们的研究对象，不是历史事件，而是日常生活。在我们看来，蒙面纪在时间维度上是一个整体。至于空间维度，那就是整个地球，我们的命运连在一起，我们都过着同样的日子。"毫无意外地，指南上的口号总是如此空洞而正确。

总而言之，我觉得我的身体站在一个混沌不清的虚拟坐标上，意识大约还有一半滞留在现实世界里。某种轻微的离心力，似乎随时要把我从古老的街道上腾空拽起。我隔着面罩费力地吸上一口气，总算没让自己像一只气球那样晃晃悠悠地悬浮在空中。

"戴久了吧？齐南雁，你的呼吸得调节一下。但是千万别摘下来——"乔易思的声音仿佛由远及近传来，失真感渐渐减弱。实际上，我意识到，他的坐标就紧挨在我身边。

我无法相信他就在我身边。我们一开口，对方的名字——那个一两百年之后的名字——就自然而然地冒出来了。

乔易思的语气里带着一点儿我熟悉的神经质，但似乎被赋予了新的内容。他嘴里念念有词，一半是城里最新颁布的防护指南，一半是刚刚更新的病例数据。这是典型的刚进入实验时信息溢出的表现，再正常不过了。乔易思的选择显然跟我相反，他正处在全沉浸模式，在进入睡眠舱的过程中通过脑机接口输入了大量的环境设定和背景知识，暂时覆盖他既有的对现实世界的记忆。他正在全身心地沉入蒙面纪的某一个阶段中，他将无条件接受那个时代所有的混乱与焦虑，接受程序给他指定的搭档以及关于这个搭档的一整条故事线。我想万一这该死的程序给我安一个烂俗的人设，我该怎么办。那种甜蜜而懂事的、该沉默的时候一定会闭嘴的妻子。那种在现实中我从来没有成为的女人。

我没有想到他会这么选。作为蒙面纪历史研究修复师，他的研究成果（那些凭借家族记忆留下的历史的碎片，种种语焉不详甚至自相矛盾的口述的集合）编织在整个 VR 实验的故事线和图像场景中；可他自己却要抛开那个世故的外部视角，放弃安全感，在实验中裸奔。换句话说，他将被自己"修复"的历史细节狠狠地压榨和嘲弄，而他这一番体验能够换来的是实时上传的所有思维、情感与身体的直接反应。我甚至有点儿怀疑，我与他的邂逅并不是巧合。作为实验的研发团队的成员（也可能是顾问）之一，他有机会看到志愿者名单。我想他会说服自己，情感必须让位于有价值的历史研究。从任何角度看，我们都是最合适、最匹配的搭档。理性与感性的角色错位，能够激发出意象不到的火花。我记得他以前说过这样莫名其妙的话。

他的明显处于应激状态的亢奋就像一股带着磁力的风，把我卷起来晕乎乎地塞进一辆后座上堆满行李的越野车。他踩了两脚油门，车就蹿出去十公里。就在这五分钟里，我从乔易思不断外溢的信息湍流中，大致拼凑出脑机接口给他灌输了怎样的故事。我们结婚五年，没有孩子，有一只猫——此刻她正趴在后座的透明背包里知趣地睡觉。我们的关系有点儿紧张——这一点简直毫无创意。我们所在的城市最近病例数和死亡率激增，而且出现了全新症状。病毒一旦从呼吸道进入，就可能侵入身体的每一个角落，迅速激发免疫亢进——自身免疫系统越是强悍，这种亢进的强度就可能越大。中招的大多是青壮年。他们就像迎着台风懵懂地舒展着枝叶的梧桐树，正在一棵棵倒下去。

这座城市正在成为新一轮病毒变异的风暴中心。

"我想，按照这个节奏，这座城市很快就要进入休眠模式了。"他瞥了一眼数码手表上不断跳出的新闻，喃喃自语，"还好刚办了通行证，来得及。"

所有被动接收的信息终于在我的意识中合成完毕："我们……是在逃走吗？"

"你是被面罩勒到大脑缺氧了吧……不是说好了吗？我们要出城。都什么时候了，别再任性了好吗？"

连乔易思自己也感觉到了事情正在往失控的方向发展，只好赶紧调大车载音响的音量，试图吞掉最后那句话。我和乔易思之间就像是有一本厚厚的密码本，单单"任性"这一个词就足以重启十年前所有不愉快的记忆。在我的想象中，每个人的意识都是一座七八层的小楼。如果说这些记忆悬浮在我的第六层，那么它们就应该埋藏在乔易思的地库里——它们被他的全沉浸模式挤压、碾碎，七零八落，却又顽强地渗透在他所有的行为中。我无从辨别哪些属于他对实验场景的应激反应，哪些属于他受残留记忆的驱使而对我产生的莫名感应；我不知道哪些属于蒙面纪，哪些属于后蒙面纪。

我顺势叹出一口气，面罩跟着鼓出来，一股热气往上涌，从面罩边上溢出来，眼前化开一层湿雾。我想现在的 VR 技术也太逼真了。在一个已经成为古董、只有少数样品还躺在博物馆的年代里，居然能够通过传感器重现戴面罩的感觉。潮湿、黏稠、近乎窒息，那种传说中的古典的暧昧，它究竟是怎么模拟出来的？

"我没法跟你一起走。我们最好各走各的。"我听到自己轻声而坚定地说。

就好像一架吵了一两百年，前情后事并不相干，情绪却都接得上。

乔易思顾不上接我的话，握起拳头砸在自己的大腿上。车一个趔趄接着一个趔趄，终于完全熄火。导航显示，我们的坐标在离出城高速路口不到五百米的地方，被前后左右的车流挤得动弹不得。我从副驾驶的位置看出去，在我们右前方，有个司机冲着手机吼了几句以后，按掉，低头，面孔埋进宽大的手掌。然后他下车，在车与车之间的夹缝中来回穿梭，跟别人借火抽烟，搭讪两句以后便越说越激动。

"他应该来过好几次。明知希望不大，想再碰碰运气。"乔易思说。

"至少，外面有人在等他。有人值得他这样。"

"你还是这样，喜欢编故事。"

"你还是这样，听不懂故事。"

十分钟之后，一架盘旋在车顶的无人机越开越近，发出指令。乔易思按键打开天窗，遥感体征检测系统在十秒钟内采集完我们的数据。又过了十秒钟，那架无人机亮起了红灯，我的证件号被播报出来。那台机器一遍遍地重复："您的一项或多项体征未达标，不符合通行条件。请自行前往医院复核。感谢您的配合。"

乔易思那头是绿灯。他的反应很快，一把按住我准备开车门的手。"别傻了，"他说，"我能让你一个人去医院？"

"你还来得及出去。我活该，谁让我任性呢？"

他哼了一声，似乎想对此嗤之以鼻，但我看得出，他的肩膀和胳膊都是僵硬的。新型毒株刚刚在局部地区蔓延，全世界病毒学家拿到的样本都还很有限，很多问题还没有达成共识。乔易思的紧张可想而知。

"老一套吧。拖延，分流，控制外溢人数。你可能也就是被随机挑出来的。"他在安慰我，但语气更像是在安慰自己。

两旁的车辆似乎被那盏红灯吓得倒吸一口冷气，纷纷施展车技，侧转出匪夷所思的角度，居然让出一条窄路，让乔易思倒了出去。

后座上一阵窸窣，猫在透明背包里翻了个身。她做的显然是个好梦，抬起肉垫伸出爪子勾住包上的透气孔，咕噜了一声，不舍得把眼睛睁开。

<h1 style="text-align:center">三</h1>

医院门口的检测点乱作一团。原先设计好的闭环系统不时被人流冲到变形，分出两三股支流。总有人排错队，或者排着排着突然腿一软晕过去，激起一阵惊呼。那些套着医用防护装备的工作人员完全不够用，两个试图按照操作规范引导人流的机器人被十几只愤怒的手连着拍了几下以后终于撞到了一起。

我心跳得厉害，一阵干呕。医院声场过于逼真，无数种声音同时在耳膜上弹跳拍打。我就好像被封进了一个玻璃气泡，周围全是看不见的固体。毕竟也是半沉浸模式，我想。我确实有一半——也许一大半的身体——已经对虚拟环境深信不疑。我越来越进入角色，那些曾经出现在历史材料上的抽象的症状，似乎一样一样在我身上应验：干咳，身上一阵热一阵冷，胸闷气短。

我的现实感正在匀速减弱，我与外部世界的联结只剩下一根将断未断的风筝线，缠在我的手腕上。我下意识地想抓紧它。我确实没有见过这些前现代的医院——现实生活中我甚至基本不需要去医院。在我生活的世界里，远程医疗早就成为主流。哪怕需要做个小手术，一个小时内，你的客厅里便可以支起无菌帐篷。这点儿时间正好够医用手术机器人带着一大套器械上门，并且做好术前准备。

蒙面纪时期的医院，尤其是处在疫情风暴中心的医院实在太有压迫感了。我看了一眼乔易思，即便戴着面罩，还是能明显看出他从面罩的边沿溢出的脸色在发白。他甚至比我更慌乱，因为他手里并没有那根风筝线。

我们都戴着塑胶手套。他怕我被人流冲散，握住我的手。在一屋子的热气中，我的手套和他的手套几乎要粘在一起了。

"你现在走还来得及。"

"别闹了。要吵架我们还有的是时间，不是非得现在不可。"

现在我能确定这是一条适合我们的故事线。我根本不用费什么脑筋，也能顺着走下去。

"你怎么知道我们还有时间？"

"那你还想怎么样？现在所有办证的地方都关门了。"

不出所料。在这条故事线里，我们的关系只差办一道离婚手续就可以了断。

机器人把探针伸入我的鼻腔时，那股酸麻劲儿似乎直抵泪腺。坐在一旁的检验员几乎连眼皮都不抬，就示意泪眼模糊的我赶快跟上右侧的队伍。只有那些晕倒在排队路上或者捂着胸口显然喘不上气来的病人才有可能被抬上左侧的担架，送往重症室。然而担架也在排队。我一眼望过去，一小时前被抬进左侧那扇玻璃门的那两副担架，仍然横在同样的位置上。里面再也周转不出新的病床了。

整座城都在忙碌。但一大半能量都在各种流水线上消耗。人们从一个关卡被运到另一个关卡，然后就像被塞进一堵旋转门，转一圈便被送回来。

"齐南雁女士，三小时之内，您的检测结果会出现在手机上，您的数据将进入疾控中心监测网，我们会根据情况的轻重缓急采取应对措施。请自行回家静候。"

没有药，但有人核验接种记录。居家隔离以及轻症自愈的注意事项被反复广播。

我木然地跟在乔易思身后，上车，下车，接连跑了三家超市，一家比一家荒芜。我们很快就发觉朝货架上看是徒劳的，只有货架旁边的空地上，还能捡到在人们争抢时从架子上滚落的几个土豆、两袋方便面（其中有一袋撕开了口子）和一小包贴着"买三送二"标签的猫粮。乔易思在自动收银台上扫码，机器毫无反应，不知道给谁拔了插头。我冲着正在发愣的乔易思挥了挥手，催他赶紧走。

"别傻了。以后再跟他们算钱。"虽然我也知道，在蒙面纪里，时间感变得飘忽不定——你在说"以后"，尤其是"灾难以后"时，永远不知道是多久以后。

我的检测结果和城市休眠通告同时抵达："阴性。这并不意味着您的危险已经解除，因为潜伏期从三天到三十天均有可能。请密切观察体征数据，自觉与他人保持社交距离。"就在乔易思一字一顿地把这句话念完时，我们正好走到了 101 室的门口。他的面容迅速通过了摄像头扫描，房门应声打开。

这是我和乔易思的家。

灯一盏盏打开，家具仿佛从记忆深处一件件浮现出来。暗绿色的磨砂皮沙发和南瓜色的木质雕花果盘显然是乔易思从古董店里淘来的旧货；所有像是被凉水或者月光洗过两道的铅灰色书架，那些刻意清冷的极简线条，应该都是我选的。时隔一两百年，我们的趣味依然完全不同。

猫回到熟悉的住处，顿时没了睡意。她迅速找到客厅里最幽暗的角落，一身纯黑的毛轻巧地隐入阴影中，黄绿色的猫眼越瞪越圆，闪着幽光。但她似乎对我们没有什么兴趣，只盯着客厅落地窗外的天井看。

"寇娜（Corona），别乱跑。"我听到乔易思喊猫的名字。新冠（Coronavirus）是蒙面纪之前著名的全球流行病毒，尽管规模和强度小于蒙面纪时期的一系列病毒，但它通常被认为是蒙面纪的一次颇具警示意义的预演。给猫取这么个充满讽刺意味的名字，这比较像我的风格。

寇娜没有理会乔易思的警告，仍然一步一步向落地窗靠近。我走过去，用手轻轻一推，落地窗就顺着滑轨打开。寇娜蹿出去，毫不犹豫地在天井墙根里找到熟悉的小洞，蜷起身子钻出去，融入墙外的黄昏。像一块黑巧克力投进无边无际的奶茶中。

"你这是在干什么？猫不懂事儿，你也不懂事儿？"

我背对乔易思，不想让他看到我自从进入这个实验以来，脸上露出的第一抹微笑。

四

在虚拟实验中，时间的度量衡是一件奇妙的事。我永远也弄不清现实中的十分钟，在虚拟空间里是怎样随意伸缩的——可以压扁为一秒钟，也可以拉长成一个月或者十年，你不仅觉得理所当然，而且不像梦里那样一片混沌。你精确地感觉到时间的流逝。

风筝线是什么时候消失的？或者说，是从什么时候开始，我已经意识不到手里有线？我不知道。在我那个虚拟的家里，我似乎很容易入睡。当我第一次在梦中隐约见到现实的倒影时，当我在蒙面纪时期梦见现在时，也许就已经跨过了那道分界线，从此游荡在半沉浸模式与全沉浸模式之间的夹缝中。所有关于外部世界的记忆，都碎成了缕缕游丝，飘浮在我的潜意识里，不到关键时刻不会涌现出来。我得声明，从那时起的所有叙述，我失去了可靠的立足点，不再像此前那样拥有稳定而完整的记忆。以下你读到的文字，主要仰赖跨出实验之后那些混乱的追溯、对碎片的拼接，甚至是虚构。

当然这样也有好处。两个时空不再冲撞，我的身体和内心都接受了一两百年前的现实：我与将要离婚的丈夫，被关在同一套房子里。我们能走到的最远的距离，是一楼的大堂。在那里，我们戴着面罩

（护目镜片镶嵌在面罩上）与邻居交换眼神，接收无人机堆放在门口的配给生活用品。物资尚未断供，但品种和分量越来越少。

我没再出现值得记录的症状。午后也许有几分低烧，但似乎只是给我的体感和脸色增添了一点儿变化。乔易思在对我的健康数据连着观察了三天之后，也失去了兴趣。"好吧，"他说，"心理作用导致的交感和副交感神经失衡。这两年，这样的'精神假阳性'很常见。"

"真是没有你讲不出道理的事情。"

他并不打算反驳我的讥讽，只是稍稍用力，把身体更深地埋进暗绿色的沙发，在皮面上压出一道凹痕。

起初，一切不言自明。我们默契地各自占领一个卧室，错开去客厅、厨房、浴室和天井的时间，把所有尖锐的易碎的东西都挪到了无法顺手抓到的地方。墙上的投影电视滚动播报流行病动态，从本城到邻省到全世界。大部分时间里，我们都设置了静音，谁也没兴趣认真看，但谁也不愿意关掉它。

偶尔，当乔易思在落地窗边的书桌上跟国外的公司总部连线开视频会议时，我透过厨房的玻璃滑门远远地看他的背影。上半身西装领带，下半身条纹睡裤和棉拖鞋。我熟悉这样的背影——我们在现实中结婚的那几年，他打的也是一份跟历史专业没什么关系的工。这些会议显然没什么要紧，多半只是为了给老板提供世界还在运转的错觉。乔易思不时抬起头冲着屏幕露出标准格式的微笑（美颜镜头足以将他那颗痣淡化到近乎消失），然后垂下目光，悄悄看一眼台式机的摄像头拍不到的左侧。他是左撇子，单手就能在笔记本电脑上打通关游戏。

我记得他的左手。记得食指和无名指微妙的触感，记得它滑过我的后颈时那种刻意的停顿。我的呼吸也跟着停下半拍，一拍，一拍半。他的右手就没有这么邪性。他只会用他厚实的右掌轻轻按住我的肩。

无论如何，在一个 VR 游戏里看一个人打游戏（尽管蒙面纪时代的游戏实在很低级），总是一件诡异的事儿，哪怕我当时并没有清晰地意识到这一点。我的太阳穴微微跳动，我的身体的某些部分，隐约觉得堕入了无限循环的套娃，害怕卡在哪一层里出不去。可是当时我告诉自己，我不喜欢看乔易思打游戏，仅仅是因为他曾经在现实世界的联机游戏里，跟别的女人聊得忘乎所以。那是我们吵架的经典话题。

　　所有曾经吵到想同归于尽的夫妻，都知道沉默的价值——何况你根本不知道这样被关在一起还要过多久。我在厨房里煮汤，留在锅里的正好够他盛一碗；他煎鸡蛋，多摞一个在盘子里，搁在灶台上。我在汤里留着唯一的那块带着软骨的肉排，而他摞下的蛋一定是蛋白刚好只焦了一层卷边、蛋黄凝结了三分之一的那种。我猜，以他的厨艺水平，为了煎一个火候合适的，他自己得吃掉两个煎废的。我们不需要说话，就可以把越来越少的配给食品安排妥帖。我把房子里所有的库存食品写在纸上，贴在冰箱表面。他默默地跟着我在上面打勾。我们之间就好像心照不宣地捧着一只松松垮垮的箱子，但凡有一头倾斜，里面说不定就会有条蛇钻出来。

　　沉默在第三天被打破，因为猫粮快要耗尽，而配给食品里并没有宠物的份。我顺手拿起一把漏勺在不锈钢锅沿上蹭出不太悦耳的声响。在乔易思从厨房门前经过的一刹那，我重重地叹口气。

　　"明天，只够明天了。"

　　"什么？"他果然停下来，"不是还有那么多没打勾的？"

　　我只轻轻提了句寇娜，他便回过神来，随即去开冰箱门，想翻翻冷冻室里有没有鸡胸肉或者三文鱼碎肉，可以照着网上的方子做猫粮。他手里在忙活，嘴里也没闲着："我知道你在想什么。不行，真的不行。你不看新闻的吗？太危险了。"

　　"寇娜本来就会常常出去遛个弯，她找得到回家的路。人家就是这么长大的。她可不懂什么叫隔离。"

"可是我们一向不让她晚上出门。我们一向会在傍晚，在猫洞的这一头撒上她喜欢的猫薄荷，把她勾引回来，然后堵上那个洞。"

"夜晚，是猫科动物捕食的最佳时刻。"我学着动物纪录片的口吻，捏着嗓子朗诵。

我的眼睛一定隔着面罩上的护目镜片闪着令人气恼的光，因为乔易思突然把面罩往下一拽，露出鼻孔哧哧地呼着粗气。

"你，有没有必要，故意听不懂我的话？"

我知道他在说什么。我知道如今有不少人正在把无处安放的怒火往动物身上扔。病毒的中间宿主的候选名单，正在被越拉越长。人们的视线，渐渐从亚洲的蝙蝠和美洲的鹿转向了全世界所有的家养宠物。虽然从这些动物身上检测到病毒并不能证明它们会将病毒传染给人类，但是那些私刑诱捕宠物的激进组织早就不是什么新事物。他们给一只泰迪或者布偶猫实施人道毁灭的时候，会录制视频；他们在镜头前出示检测报告，点上香薰烛；他们会穿好白色的简易防护装备。你看不见他们的脸。

"我不信他们抓得住寇娜，"我冷冷地说，"她的智商比他们高多了。"

"你简直……不可理喻。"

"你才不可理喻。我们已经把日子过成这样了，你还想关住一只猫？"

我的话对乔易思并没有什么作用。最终，他之所以妥协，是因为寇娜不喜欢吃他做的东西。傍晚，她用爪子拨弄那一坨他花了两个小时鼓捣出的白色肉泥，瞳孔先是放大一圈，又缩成一条竖线，几乎要抱着猫盆睡着了。我忍不住，扑哧一声笑出来，喷湿了大半个面罩。

夜渐深。乔易思终于打开落地窗。寇娜难以置信地在猫洞周围转了两圈，发现我们完全没有阻拦的意思，这才欢喜地呜咽了一声，钻出去。

"我给她戴了 GPS 项圈，"乔易思喃喃地说，"项圈上有针孔摄像头。如果碰到什么事情……"

"她不会有什么事，你放心。"我说。当我发现我的声音和口吻一下子柔软了很多时，自己也吓了一跳。

五

寇娜是只特别的猫，特别到没有什么现成的宠物指南能罩得住她。乔易思说那是因为八个月前我从空调外机上捡到她开始，就在跟养育指南对着干。那一小团黑影蜷缩在那里，身体随着空调外机的运转而微微震动。她并不因为你用一条毯子把她裹起来挪进屋子里，喂两口牛奶，让她的眼睛发亮，就成天跟你粘在一起。她喜欢寻找跟她的毛色相近的黑暗角落躲起来，她相信观察要比被观察更安全。似乎从一进门开始，寇娜就自觉维持着对人类最低限度的依赖。除了有一次尿湿了地毯，她的发情期似乎过得并不艰难。她一定能听见窗外野猫凄厉的叫声，但只要我们在家，她就保持着高贵的沉默。面对这样一只猫，你不可能想到给她做什么绝育手术或者修剪猫爪。墙根上始终留着几道抓痕，但你就是看不到她是什么时候挠的。

一连好几天，我们都在清早的天井里，看到筋疲力尽的寇娜在一小块半黄半绿的草地上睡觉。阳光照在她毛茸茸的耳朵上，乌亮乌亮，色彩饱和度高到几乎要溢出画面。再细细打扫战场，还能在她的爪子边找到几撮沾着血迹的赭黄鸟毛，甚至一截灰色的鼠类的尾巴。

自从寇娜每天晚上出门之后，我和乔易思都不约而同地早起。我们的时间表，似乎突然间就有了一大块交集。天井里那个小而隐蔽的猫洞，成了这闷罐子一般的房子通往外界的唯一的气孔。不只是寇娜，我们也需要从那里透一口气。寇娜 GPS 项圈上的夜视红外摄像头会把视频传到乔易思的电脑上。每天早上，乔易思就把视频投影到客厅里的墙上，我们轮流拉着进度条，看看寇娜昨晚经历了什么。那些从寇娜的下巴下垂的几根胡须，以及地面框出来的画面有一种莫名其妙的吸引力。我们挪不开视线，傻乎乎地跟着她从汽车底盘下钻出去，小区的冬青树篱渐渐在眼前清晰，继而又模糊起来。GPS 显示，她的活动范围远远超出我们的想象，一口气就跑到了一公里之外的公园里。

捕食反而不如想象中好看，因为动作太快了。摄像头跟着她的身体剧烈摇晃，跟着她一跃而起，跳到超过她身长七倍的高度。画面上闪过一团接一团的虚影。镜头几乎捕捉不到猎物，配上撕咬扑腾的声音，你会觉得寇娜是在跟自己战斗。

画面上显示凌晨一点。一团漆黑中寇娜的步子缓下来，喉咙里发出我们熟悉的咕噜咕噜的声音。突然，镜头一个激灵，抖了两抖之后稳稳地聚焦在前方树丛里的两点微光上。

"嗯？"乔易思也跟着一个激灵。

从微光闪烁的那个方向，传来一个清晰而响亮的长音。

"这是……"

"猫。另一只猫，"我说，"雄性。"

"你怎么知道？"

"直觉。"

乔易思一时语塞。我们就这样默默地看着寇娜在画面中一动不动地与对面的公猫对峙。寇娜显然是侵入了对方的领地。能在公园的中央草坪里立下山头的，我想，应该是一只强壮的公猫。红外线下，他灰色的轮廓在镜头里渐渐清晰，看起来确实比寇娜大一圈。在对峙中，动物的首要原则是不把后背暴露给对方，所以这样的对峙常常会持续很久。乔易思一直等到镜头对面的猫先转过身去，才松了一口气。

"我们的寇娜，"他几乎笑出声来，"并不是一只普通的猫。"

我想你说反了吧。也许这恰恰说明寇娜也是一只普通的猫，像所有普通的猫那样具有对异性放电的本能。这并不是奇迹，只是故事换了一种类型而已。可我没说出口。

此后几天的进程证实了我的猜测。寇娜每天半夜里的坐标都会定格在公园里的大草坪上。武打片果然变成了言情剧，只不过，他们的互相试探缓慢而耐心，好像拿得准这一场恋爱可以谈上一百年。他们不用理会这个世界已经乱成了什么样，不用担心被那些从四面八方涌来的亢奋的话题日复一日地消耗、淹没。

预防接种、特效药，还是精准隔离？城市的自我修复还有多少潜力可挖？虚拟现实经济是否迎来划时代机遇？面罩熔喷布为何面临淘汰？

"淘汰？前一阵不是还抢得天翻地覆吗？有两个国家还差点儿打起来。"我随口问道。

"纳米。打个比方，熔喷布是用粗线编细网，纳米是细线编细网。所以，不管是透气性还是过滤性，纳米的优势都很明显。"

"照这情形，面罩迟早有一天要长在脸上。"

"没准儿——材料往极限发展，配合人体基因的突变，也许再过一百年、两百年……"

乔易思的语调像是在梦游。已经有很久没看到他这样漫不经心了。真是难得，这一刻，他居然发觉天底下有比拯救世界更重要的事。他几乎把整张脸都贴到了墙上，好像以为这样就能把那只勾搭寇娜的猫看清楚。我说大半夜的红外摄像头拍成这样已经很不错了，也许我们得靠想象。

想象初秋深夜被露水打湿的草地，想象一只猫与另一只猫的目光与气味紧贴着地面彼此缠结。寇娜的每次温驯的静止，每次伴随着低频声的颤抖，都好像有什么事情正在发生或者即将发生。

"其实我们不可能确凿地知道。"乔易思摇摇头，往后一仰，歪躺在沙发上。

"为什么？"

"因为摄像头装在项圈上，差不多在喉咙口的位置。你不可能看见她的后颈被他的牙轻轻咬住……你说那只愣头愣脑的家伙，能不能把力度控制得刚刚好？我担心寇娜受伤。"

"为什么非得是脖子？"

"因为这是猫交配的标准姿势。"

"哦。"

"同理，从那个位置，你也很难判断她在什么时候弯曲前爪，贴地匍匐，给他一个信号，告诉他我准备好了。"

"哦。"

"你不担心？"

"不担心。我养的猫，没那么好追。她慢热。"

"跟你一样慢？"

晚了。当我说出这句话的时候，就知道晚了。我的背正对着他，我们之间的距离刚好够他的胳膊舒服地绕过来环抱住我的肩。我的头脑还在抵抗，可我身体表皮的每一个神经末梢，都在等待触摸、碰撞和揉搓。接着，在仿佛只有十分钟，却又好像长达一个世纪的时间里，天花板上他选的贝壳吊灯，茶几下面我挑的米色地毯，交替着、旋转着出现在我的视野里。我努力半睁着眼睛，不想让自己晕过去。

我只记得一件事。我们最后脱下的，是面罩。

六

虚拟现实学术实验"蒙面纪"抽样对话实录。实验内身份——夫妻，场景——封闭室内。

1. 第九天（场景内时间，与现实世界并无关联。以下同）

行了……沙发……给我一条毯子。要命，寇娜什么时候来的？她在看我们。

没事儿，她在看投影。

视频一直开着？

根本就没关过。

你猜，寇娜知不知道投影上的那个，就是她自己？

不好说。我想至少一定能认出那小子。你低头看看寇娜的脖子，贴着项圈那一道，毛都给他咬秃了。

她有什么办法？她也没地儿可逃啊。天塌下来，总算有另一只猫，一起扛着。

我知道你在想什么。咱们这种人，就只适合在天塌下来的时候守在一起，是不是？回头天又支棱起来，咱就接茬吵架，接茬离婚。我说，齐南雁，衣服还没穿好呢，你可不可以不要这么扫兴？

那就不说这个了。我问你，那天，你为什么不出城？

我为什么要出城？孤魂野鬼，就算逃出去了，又有什么意思？你记不记得电视上那哥们儿，在两座城市之间的高速公路上来回跑，哪头都不收留他。

我现在觉得，你没走成，还是比走了要好一点儿。也许是好很多。

哦。

2. 第十三天

那些人又在物资配给群里撒传单。我们正在分压缩饼干呢，突然就有带动画的标语落下来，撑着脸问你：要猫权，还是人权？你想象不出他们有多能扯。从剑齿虎开始，把猫科动物跟灵长类的世仇整个捋一遍。蝙蝠和鹿什么的，那都离咱们太远，他们瞧不上。只有猫——带着家族使命忍辱负重，潜伏在千家万户——你还别说，那套说辞全须全尾的，还挺像那么回事儿。

你忍一忍，当他们不存在。我是忍不下去，早就退了那个群。

可是退了这个，还能到哪里去？现在有哪个群不在吵架？有多少道理在天上飞？你飞你的我飞我的，哪儿跟哪儿都不挨着。

人类是一盘散沙，需要一个共同的敌人。病毒那玩意儿，他们看不见摸不着的，怎么打？猫不大不小，伸手可及，最合适。

别他们他们的。人类不是他们，是我们。

好吧——我们。我猜，我们人类的如意算盘，就是天上掉下一头奶牛，还有一个挤奶工——必须是女的，长得顺眼，凯特·温斯莱特那种型号的。这样一来，那个叫詹纳的英国人就能多看她两眼，有兴趣多听她说两句家常话。聊着聊着，就把牛痘的秘密给聊出来了。我们人类，跟传染病斗了上千年，也就只有这一场，堪称完胜。

可是，如果没有奶牛没有温斯莱特怎么办？病毒就跟你软磨着硬泡着，你一巴掌下去拍不死它，它换件马甲从后门溜出去，在地球上绕一圈，一个月就转回来。问题在于，你不可能同时把世界上的每一道门都关死。

从历史的角度看——

又是历史的角度。

除了历史，我们手里还有什么？我在打一个游戏，《罗马帝国兴衰史》。千算万算，没有把鼠疫和天花——那会儿叫什么盖伦瘟疫——给算进去，哗啦一下积分就清零了。我去找书看，那年头是实打实地清零，人口一清就是几百万。你猜起因是什么？不过就是罗马人打了胜仗，从别人城里卷走一大堆战利品，病毒跟着金银珠宝一起回了家。

可怜的——我们人类。

可是你们人类很快就学会了使用它。也就隔了几百年吧，有一支军队攻打一座城，围城围了一半，自己倒快要被鼠疫清零了。你猜怎么着，他们想了一招，把自己人的尸体绑在弓弩上，愣是一箭一箭射进城里……

天哪，这算生物武器？

最早的生物武器。效果很显著。结局？当然是反败为胜。这法子后来屡试不爽，征服异族最快的办法，就是带着先进的武器和陌生的病毒一块儿去。团灭，干脆得很。你们——我们——还是说咱们人类吧，总会胜利的。两军对垒，打到最后，耗到你全军覆没，我这里哪怕只剩一个人，也是我赢了。

但是现在——可不好说。人口流动速度那么快，谁围住谁，谁活到最后，真还不好说呢。整个世界，难道不是连在一起的吗？

道理是这个道理，但是——他们——我是说咱们——要是都懂这个道理……

（做了一杯咖啡的时间）

竟然还有豆子——你囤了多少？

没多少。最后几粒曼特宁豆子都在里面了，剩下的都是速溶，还能撑个把月。明天开始定个量吧，一天不能超过一杯，下礼拜两天不能超过一杯。

你就没想过，也许我们都活不过囤的这些东西？

没想过。想也没用。从文学的角度看——

好吧，终于轮到了文学。

怎么说呢，小说家的态度其实很不一样。笛福，就是写鲁滨孙的那个人，他更像个记者——好吧他本来就是个记者。他的空间感不错，如果让他用写《瘟疫年纪事》的方法来写我们现在的生活，我想他对我们本人的兴趣也许还不如对我们的房子更大。他会先画一张城市地图，精确记下每栋房子的位置。只有他，会在我们天井的猫洞上做一个标记。他会强调隔离的必要性，同时又对我们充满遥远的、抽象的同情。

所以这位笛福先生，经历过伦敦的鼠疫大暴发？那不还是得回到历史的角度看嘛，我记得那是十七世纪。

伦敦瘟疫时他只有五岁。小说家都是骗子。他扮演了一个当年在伦敦满大街溜达，亲眼目击全过程的幸存者。他说十万人被一扫而光，而我还活着。我简直可以想象他说这话时的表情。像电影里的超级英雄，浑身长满了塑料的那种。他写得很好。每一个字都像是亲眼所见的那样生动。从此，他伪造的这份回忆录，本身就成了历史的一部分，成了灾难叙事的样本。比如加缪。加缪先生写《鼠疫》里的大场面，基本上就没跳出过笛福先生的框架。

你是说，加缪是抄的？

那可不能这么说。加缪在笛福的灾难片框架里加了个西西弗斯式的救灾小分队，格局就不一样了。人性顿时就有了光辉的一面。不过，我觉得吧，加缪和笛福要是穿越时空狭路相逢，可能会话不投机。加缪会觉得笛福太粗糙太功利；笛福呢，会觉得加缪太装。加缪说："也许有那么一天，为了教训人类，鼠疫还会唤醒老鼠，并让它们死于一座幸福的城市。"你猜，笛福听了会是什么表情？

猜不出。不过我倒是挺想看他们掐一架的。从科学的角度看，瘟疫也不是一点儿好处都没有。据说黑死病幸存者有一定程度的基因突变，人类也许一直都在被病毒推动着进化……从历史的角度看，瘟疫还成全了宗教——

这样说的话，从文学的角度看，瘟疫成全了爱情。

好吧，连我都看过。《霍乱时期的爱情》？

我不太喜欢那本书——也许是因为以前太喜欢了。在马尔克斯的世界里，霍乱只是爱情的背景板。那两个人，在乱世中相识，又在乱世中分离。只有这样长久的分离才能延长爱情的保质期。让他来写我们的故事，你那天就应该逃出城去，而我被拦在闸门里，然后我们用半个世纪互相思念。我们的爱情因此而不朽。

所以你也承认我们是爱情？

哈，我那是，引用，不对，借代。总而言之，那是马尔克斯在说话，不是我。

从你们文学的角度——我听到的都不是好词儿。小偷，骗子，至少也是装腔作势。

照这个逻辑，那还有教唆犯。我是说《十日谈》。

就是那本教人寻欢作乐的？

岂止寻欢作乐？那是狂欢。在瘟疫蔓延的时候狂欢。你知道吗，我这几天就把这本书的第一章来来回回看了三遍。薄伽丘那种没心没肺的写法，居然把我看出了一脸眼泪。你想啊，佛罗伦萨城里瘟疫横行，前面写了好几页尸横遍野，说连骨肉至亲都因为惊恐而彼此隔绝，形同陌路。突然就看他一个掉头，冒出一群俊男美女，集合起来出城去。城外也是莫名其妙，平白无故就有座伊甸园在等着他们。台布是雪白的，玻璃酒杯像银子般闪着光，到处点缀着金雀枝的花朵。他们什么也不用做，只要把故事一个接一个地讲下去，就够了。

薄伽丘写垮了呗——反正小说家也不用负什么责任。

可他为什么要往那个方向垮？你猜，那是真实发生的，还是一个梦，一种濒死时的幻觉，难以言喻的颅内高潮？你说这些好看的、无忧无虑的、把悲剧演成喜剧的男男女女，是人，还是鬼？

你看你，又想多了。

你别盯着我看。最好的故事，背后都有死亡的影子在晃悠。一定有。相信我，末世感，也就是我们知道人一定会死这件事——是所有文学艺术的基础。这种感觉越是逼近，作品也就越迷人。比如预期寿命还不到现代人一半的古代人——

（停顿。沉默。摘掉面罩，嘴被嘴软软地堵上的声音。）

3. 第二十一天

你的那些群，吵到第几轮了？

让我看一眼。如果从薄伽丘的角度看，今天最滑稽的事情是反对接种疫苗的那些家伙嚷嚷着要戴上他们从来不肯戴的面罩。

为什么？

因为接种的人数已经超过了没有接种的。他们说，需要警惕那些家伙把已经变性的蛋白质传递到没有受过污染的肌体上——太逗了。

让他们戴吧。面罩总有一天会长在脸上，真的。他们最好现在就适应起来。

有意思，我怎么觉得你不像开玩笑啊。跟个未卜先知的女巫似的。

不开玩笑。面罩材料不是在一轮一轮地进化嘛，我想，等到它越来越薄，薄到你渐渐感觉不到它的存在……

就像在屏幕上贴膜那样？

高分子。能透气能出汗，柔软，贴合，还能接收生物电信号，比如血压心电图什么的。时不时给你拉个警报。

这个好像已经在研究了。电子柔性皮肤。

那就好办了嘛。再往前进一小步，贴个能杀灭或者过滤病毒的膜，一生下来就给你从头到脚都贴上，每隔十年换一身。再往鼻腔口腔里植入个隐形滤网什么的，病毒不就可以被团灭了？面罩不就可以扔了？嗯——可以留两个好看的进博物馆。

你这哪里是一小步？要解决的问题太多了。怎么才能既保持呼吸又过滤病毒？什么材料才能持久贴合，不是随便洗个澡就能洗掉的？就算这些问题全部解决了，我猜有不少人的皮肤和口鼻都会对这类玩意儿过敏，有人穿件羊毛衫都会满头满脸地发疹子。

科学家会去想办法。材料会越做越好，人体也会越来越适应。当年扛过黑死病的基因应该也不仅仅是运气好。挺得过病毒、贴得上膜的人才更容易活下来，才配活下来。一两代以后，就该来点儿基因突变了吧？到那时候，早期人体对贴膜的排异和过敏反应基本消失，只有少数倒霉蛋还会过敏。他们会说，这叫返祖。

这算科幻小说？天下的事情，给你们搞文学的人一说，都跟闹着玩似的。

应该说，这世界上的事情越来越像闹着玩儿。如果不像薄伽丘那样喝着酒讲着笑话打发时间，你说日子怎么过？

要是真有那么一天，要是人人都贴着膜，我——嗯，我是说我们——像这样，伸出手来，摸到的究竟是人，还是膜？

别趁机……是膜。所以未来的人类就是安全的。绝对安全。想亲谁都不用先出示电子健康证。你的皮肤、黏膜，任何器官，全都不是直接接触。

可是，有一点儿危险感，难道不会让整个过程——更刺激？亲一张皮，跟亲一个你觉得哪怕亲下去明天就会死但是今天也非亲不可的人，差别可太大了。

让我想想——那时候贴着膜的人可以玩复古 VR 游戏，躺进睡眠舱，回到危险的蒙面纪。最先进的传感器和脑机接口，会说服他这是真实的皮肤接触，他会忘记自己贴着膜。他甚至完全不知道世界上有滤毒膜存在。是的，他可以。

他可以什么？

可以亲那个就算明天会死，但是今天也非亲不可的人。

（十五分钟。渐渐模糊的话语直至高低起伏的单音节。喘息。呼吸。）

我觉得——从来没有这么好过。

真的？

真的。

那就好。

我还在想——如果这两个时代都有个入口，像电影里那样的闪着光的旋转门。你可以挑一个进去，你怎么选？

困了。哪两个？

现在，还有贴着膜的未来？

女人话真多……那你在哪个时代？

哈，也许，我两个都在？

哦。

喂，醒醒，醒醒。要睡到床上去睡。

4. 第二十八天

听着，齐南雁，咱们都冷静冷静。你这样嚷，我一个字都听不见。

你就是不想听见。你总是这样。

你这是为了吵架而吵架，这是情绪，不是事实。我们每次吵架都会忘了到底为了什么吵。

因为我受够了。

对，你受够了。全城都受够了。典型的幽闭恐惧症状。这很正常，但你不能靠折磨我来求得心理平衡。我也快要崩溃了，你和寇娜都不太对劲儿。

寇娜怎么了？

烦躁，懒得动，不爱理人。

她本来就不爱理人。

她昨天傍晚在外面转悠一圈，不到半夜就回来了。找了个没用的纸箱子，蜷在里面猛睡。

那她吃得够不够？

够的吧。就算她懒得抓个老鼠什么的，她的男朋友，公园里那位，也不舍得饿着她。你不觉得她整个身体都圆了一圈？

我懂了。家里还有牛奶吗？哄她好歹吃一点儿。

昨天配给品里总算有一盒新鲜牛奶。你什么意思？

寇娜怀孕了。

啊——我们的寇娜，真不是一只普通的猫。

你又说反了吧。这恰恰说明寇娜也是一只普通的猫，像所有普通的猫那样具有生育的本能。

在这个乱糟糟的世界，维持本能是需要勇气的。

5. 第三十天

我。

什么？

我觉得有事情要发生。

什么？

手机上收到他们的警告。让我管好我的猫。

不用理。他们天天发。

但是……寇娜今天早上没回来。

什么？

我看你一直睡得很沉，不敢叫醒你。我以为只要再等一个钟头，寇娜就会回来。可是没有。

我……睁不开眼睛。齐南雁，别过来。别碰我。

怎么回事儿？

我想我是在发烧。不用测，肯定超过三十九摄氏度。

你是说——

我想，是的。

怎么可能？我们哪里都没有去，哪来的感染源？我不信，我要打电话给医院。

你等等，让我先想想。可是我头疼得厉害，我困。

醒醒。别睡着。求你了。

（大声抽泣。远处传来的凄厉的猫叫声。）

初步评估：

在以上截取的五段对话中，可以看到大量蒙面纪时期的关键词，词频分布均匀，充满当时的日常生活气息，作为样本极具代表性。

受试者在实验场景中的人设和社会关系，最大限度上延续其在现实中的本来面目，包括名字和身份。实践证明，这样能让实验场景中的故事线进展更顺利。

从第三段对话中可以看出全沉浸模式与半沉浸模式的差异。两个时空的冲突，让处于半沉浸模式的受试者饱受困扰。她的"预言"之所以与如今的现实有高度相似性，甚至随口说出了"蒙面纪"这个专用名词，显然是受到了现实的干扰，尽管她似乎浑然不觉。

由于不明原因，实验出现卡顿，继而宕机，第五段被迫中断。受试者未完成预定程序即被动退出实验，特此标注。

七

实验故障事后访谈。编号 019。调查人员代号 C。实验志愿者代号 V。

C：在你陷入类昏厥状态之前，你记得最后看到的是什么？

V：雪白的台布，闪着银光的玻璃酒杯，金雀枝花朵。男人，女人，一个接一个地讲故事。

C：这已经在类昏厥状态之中了，你的意识已经模糊。紧跟着你就醒过来，回到现实中。当时你所在的虚拟实验遇到了故障，VR 处于卡顿状态，什么情节也没有记录下来。你的大脑中出现一定程度的信息奔逸，都是正常。我要问的，是在此之前，你在虚拟现实里的那条故事线，发生了什么？

V：让我想想，使劲儿想想。他病了，症状凶猛。他说他应该是中招了。我想给医院打电话，他说这样不行。

C：为什么不行？

V：因为……寇娜不见了。我们的猫被那些人定位，追踪，他们说家猫才是真正的中间宿主，他们一直在搜集更多的证据。如果我们马上去报告新增病例，你们猜他们会对寇娜怎样？寇娜快要生了，一窝小猫，不知道会有几只黑的，几只灰的，几只黑灰相间的，我——

C：抱歉，请平复一下情绪。你们紊乱的体征指标很可能是导致本次实验报警、卡顿、受试者提前退出的原因。

V：我们？乔易思好吗？

C：你是说你的实验搭档吗？他很好。但是全沉浸模式苏醒需要的时间更长，他的脑机接口毕竟是深度植入——尽管是极微创。他应该还在睡梦中。

V：我记得，当时乔易思嘴里还含含糊糊说了几句，我想我听懂了。他说我也会有嫌疑，因为我在一个月前出城时体温异常，但再没有出现别的症状，人们会认为我是传说中的超长期无症状传播者——据说我这样的人，血清很有研究价值，弄不好会被抢购。也就是说，在上报之前，我和寇娜都要做好被关起来当成试验品的思想准备。现在人们已经失控了，他说，谁知道他会干出什么来。

C：那你当时怎么判断？

V：我能怎么判断？我觉得我成了一只快要爆裂的气球。是的，有那么一瞬间，我好像突然想起了外面……呃，我是说，想起了一百多年以后的“现在”，你懂我意思吗？

C：明白。半沉浸模式的时空冲突。请说得再详细一点儿。

V：我知道蒙面纪之后的研究结果表明，这事儿跟猫没什么根本性的关系。没有什么动物能替人背上这口锅。我当时不知道哪来的底气，但我很清楚这一点。我甚至想去找那些组织，我以为我能说服他们，当时乔易思已经说不出话来，可他拼命挥手拦住我。

C：他是对的。蒙面纪的很多失控事件，都是因为一个人以为能说服一群人。

V：我记得的最后一件事，就是我们在僵持。从僵持到出现雪白的台布之间，是一片空白。那种感觉，就好像手术台上的全麻，你懂吗？时间就那么凭空不见了，此前与此后毫无空隙地咬合在一起。

C：好吧，了解。看来这个实验的细节还有很多可改进之处，谢谢你的全程参与。你还有什么问题吗？

V：我……我想知道为什么会有这个实验。除了学术研究以外到底还有什么意义？我以为我会进入一场曲折的冒险，我以为我会发现一个阴谋，或者见证一个发明，等到一个足以拯救世界的奇迹。我以为我会扮演一个角色；比如在某个抢救中心跟死神抢时间的医生，最后自己染上了病毒，绑在呼吸机上无助地望着惨白的天花板。然而没有，什么都没有。我只是又演了一遍我自己，傻乎乎地跑到一百多年前隔离了一个月，在漫长而琐碎的日日夜夜里渐渐失去时间感。我对一切都无能为力，就好像被白白偷走了一生。最后连结局都被偷走了。

C：但是你的投入程度，丝毫不亚于一场真正的冒险。

V：我还是想知道为什么。

C：这个实验可能有一定的实用价值。比如，可以为你提供写作材料；再比如，也许能治疗心理疾病。

V：真的？

C：这么说吧，齐南雁女士。有一类人，也许你见过，他们深深地陷在后蒙面纪综合征里无法自拔，尤其是具有相关惨痛家族记忆的人，对那段历史深感好奇的人，以及有专业研究背景的人，诸如此类。

V：我想我见过这类人。比如，历史研究修复师。

C：他们无处倾诉，但总是被噩梦惊醒。他们相信即便是最新版本的滤毒膜也无法阻挡病毒的变异，我们终有一天会被进化到 X 代的超级病毒攻破防线——而那时，我们的肌体甚至不具备与我们的祖先相当的抵抗力。

V：我懂。因为他们读完了传染病与人类缠斗几千年的历史，他们知道病毒与人类的任何和平共处的时间都是短暂的，短得像一场初恋。

C：呃——你形容得很准确。是那么个意思。你身边是不是有过这样的人？这种创伤渗透到他们的日常生活，伤害他们的心理状态，也影响他们与别人的关系。

V：当然有。而且我知道这种影响会很严重、很持久……

C：你在想什么？

V：我跟他说，看着我的眼睛，我们真的不考虑生个孩子？他说，为什么要让这世上多一个潜在的受害者？在这个乱糟糟的世界里，维持本能是需要勇气的。我知道他偷偷地加了一道防护……说真的，他还不如一只猫勇敢。

C：什么？我听不懂你在说什么？感觉像是两辈子的事。你还是需要休息。

V：没什么。是两辈子的事。有点儿串。你们这个虚拟实验里出现的宠物，我是说那只黑猫，有原型吗？它做得那么逼真，是不是用到了"真猫捕捉"的动画特技？

C：让我查一查。还真有。一只被收容进实验室的流浪猫。年纪不小，快要退役了。你看，我把这只猫的 DNA 谱系资料调出来，她居然还有隐性的蓝金渐层基因。你看，往前推几十代，她的生活在前蒙面纪时代的祖先叫作"奶茶"，长得多好看啊！

V：我能不能收养她？

C：抱歉，这个我真不知道。回头你跟公关处再打听打听。

V：好的，谢谢。再耽误你两分钟可以吗？我想知道，这样的治疗，让饱受后蒙面纪综合征折磨的病人亲身经历那段历史，真的会有用吗？难道不会让他们更恐惧吗？

C：你知道，实验刚刚开始，对疗效的评估还需要时间。何况，就算有了第一批数据，那也一定是保密的。我只能说，有风险，但值得尝试。除了恐惧，齐南雁女士，我相信你在这个实验里也感受到了别的东西。

V：好吧。我没有问题了。

C：再次感谢你的参与。对了，有件事也许你有兴趣知道——刚才，一分三十秒以前，你的搭档，乔易思先生——他醒了。

戳破所有光滑的表面

——《体面人生》创作谈

一　题解

给 2018 年之后写的中短篇做个集子，本没有太多的话要说，但出版方认认真真地交了策划案，还给了一个关键词：体面。也就是说，这部小书最初的几位读者，读完所有的稿子，浮现于意识中最鲜明的部分，就是这两个字。这本身倒是一件耐人寻味的事。作者对于读者的好奇，其实并不比读者对于作者的好奇更少——这道理至少在我身上是成立的。

两个字当然无法笼罩全局，就好像我们不能指望贴上一张省事的标签就算是读过了小说。不过，把"体面"作为一个角度、一道缝隙，倒是给我提供了一个重读这些故事的理由。当我作为"我"的读者，试图在这些故事里获得某种意义的时候，当初写作时"身在此山中"的困局倒是因此被打开了一扇门——虽然那只是一扇"窄门"。

这些故事里的人物，确实都生活在一个体面的城市，努力维系着体面的生活。当这种维系的代价越来越大时，人物之间的关系便越绷越紧。他们渐渐看清，要成全这样的体面，押上的其实是整个人生。这场赌局注定没有赢家，玩家难以为继，也无法抽身。从这个角度看，这些故事的张力，就像在耳边依稀听到的那一声清脆的、断裂的、近乎玩笑的"啪"——它可能是幻觉，也可能不是。纠缠在这番困境中的，既是"他们"，也完全可能是"我们"。

　　几乎是在开始尝试介入虚构写作的时候，我就意识到，仅仅站在当下来叙述当下，是不够充分的，或者说，是不够自由的。我暂时还没有做好大规模沉浸于历史的准备，但我可以调动时间的魔法，时不时地进入未来。我的主要兴趣，并不是想象未来的奇观（瑰丽的仙境或者恐怖的深渊）。"未来"对于我，更大的诱惑是在那里寻找到一个理想的观察点，一个架着高倍望远镜看得见"现在"的地方。我希望，我写的所有关于未来的故事（据说可以被定义为"轻科幻"）都有清晰可见的属于现实的颗粒感。作为现实的倒影，那些生活在未来的人物也不能幸免于现实的法则，他们同样挣扎在与"体面"有关的漩涡里。

　　如是，这本小书居然形成了一个以时态划分的自然结构，宛若一张唱片的 A 面与 B 面。四个用现在时写现实的故事，与三个用将来时写现实的故事互为注解。它们之间的关系，有时候是主音与和音，有时候是主歌与副歌，有时候则是在风格和主题上彼此延续、相互应和的单曲。反正唱片是可以循环播放的，正如现实和未来常常会构成一个循环往复、螺旋上升的轮回，所以这本故事集，你可以顺着读，也可以反着读或者跳着读。

　　细心的读者也许会发现，有些人物多次出现在 A 面和 B 面中，他们在这个故事里一闪而过，留下一角冰山；到下一个故事里，冰山便徐徐浮出海面。这样的联系让这些人物有了更大的生长空间，也让 A 面和 B 面的时空获得了各自的完整性。我们也许可以把它们看成两个分属于不同时间，却悬浮在同一个空间里的平行世界。如果你读得更细一点，甚至还能在这两个平行世界里寻找到一条连接线，极淡，极细，隐隐约约。

　　这样一来，至少在这本书里，"体面"这个词被赋予了第二种解释：（一）体（两）面，甚至多面。说到底，"体面"之所以成为问题，真正的原因是再简单的人都不可能只有一个面向，每个人身上都交织着 AB（CD……）面，同时堆叠着过去、现在和未来。"体面"只不过是你最希望昭示于他人的那一面而已。当这一面被撕开、击破，既无法说服他人也无法说服自己的时候，所有的问题就在瞬间涌现，乃至爆发。我关注那些微妙而迅疾地走向决定性的时刻，我希望能在我的小说里抓住它们。

二 复盘
A 面

《十三不靠》

《十三不靠》里最关键的一句是"我们都是被历史除不尽的余数"。其实每一代人都或多或少地会有这种感觉，那种被时间戏弄、被历史塞到夹缝中的失重感。但是，比我大了六七岁的这代人（大致是"68 后"），在我的观察中，似乎尤其具有典型性。他们大学毕业之后，周遭世界中理想主义的那一面被迅速消解，经济在转型，社会也在转型，机会多起来，失落也多起来，一步没踩准就步步踩不准。整个社会对个体价值的衡量标准都在急剧变化。而我们这些一九七五年以后出生的一代，进入大学之后，那个变化最剧烈的时间已经基本过去，大学里的文学社、诗社已经跟二十世纪八十年代中后期完全不同了。我一直想站在现在这个时间点上，写一写这群人。当然，我不是亲历者，我的观察是不是能做到那么贴肉，我不好说。但这也是考验一个写作者虚构能力的时候，这里头有观察，有想象，或许也寄托了某些共性的、超越代际的思考。小说不是纪实，不是现实的复刻，它应该站在与现实对话的那个位置。

我的动机是写一个人、一群人跟时代的关系，我想写一个"满拧"的、《红楼梦》中所谓"尴尬人难免尴尬事"的戏剧场面。我设计了一场非常"体面"却暗流涌动的饭局。那些隐藏在三十年时光中的变迁、失落、追问，从桌面下翻到了桌面上。康啸宇与毕然的对峙，并不是个体之间的恩怨，他们背后站着一个沉默而激烈的时代。他们的"体面"的轰然坍塌，抖落的是一地历史的鸡毛。

我开始写的时候，按照线性叙述展开，总觉得提不起劲，缺少一个可以与内容匹配的结构。直到用"十三不靠"这个麻将术语来做题目，结构才渐渐清晰起来。十三个小节可以理解为十三片拼图，十三个关键词，十三张哪跟哪都不挨着的麻将牌。在麻将中，"十三不靠"是一种特殊的和法，它们彼此之间似乎是独立的，单一因素无法左右全局，但是把它们放在一起就构成了一种"天下大乱"的和法——那个看起来很荒诞的动作就在多重因素的作用下发生了。这个概念跟我要叙述的事件、要表达的风格以及想达成的隐喻，是吻合的。所以，一旦确立了这个结构，我就知道这个故事该怎么讲下去了——这个特殊的结构激发了我需要的荒诞感。其实小说里面隐藏着很多小游戏，比如每一节都有个标题，每个标题都是三个字，前一节的末尾直接导向下一节的标题，两段重要的多人对话用"／"分隔，戏仿现代诗的结构，这些都体现了文本意图，试图营造一种特殊的节奏感。

在 A 面中，《十三不靠》无疑是我最偏爱的一篇，以至于写完之后还舍不得与其中的人物道别。出现在这场饭局中的角色大多在 A 面的后几篇中有交代，他们的前世今生在那些故事中继续展开。从这个意义上讲，《十三不靠》是 A 面的起点，也是灵魂。

《阿 B》

在我有限的虚构经验里，大部分短篇小说都可以视为对虚构能力的练习——我害怕对于个人经验的过度征用，会对想象力造成不可逆的伤害。迄今为止，这一篇是仅有的、与我本人的记忆如此贴近的小说。几乎所有的人物、场景和细节都有一手或二手的素材。画面一旦唤起，就在眼前自动放映。当然，写小说的最大快感来自对素材的重新组装。所以阿 B 这个人物既存在也不存在。他的身上既交叠着几个真实人物的影子，也蕴含着我站在当下回望过去时对那个年代的定义。从一个自己将信将疑的开头写起，慢慢让这个故事长出形状来，然后终于听到人物呼吸的声音。

　　小说里的人物大多与我同属一代人，或者差半代。我在他们的年纪里先后住过沪东和沪西的两个工人新村——它们的种种元素拼在一起，就构成了我小说里的"忆江新村"。过一座桥就有猪圈，一家有灯笼的工厂是新村的地标，一栋房子被莫名地加上一层，成了整栋楼的公共空间……这些事情都曾经真真切切地存在于我的生活中，存在于我童年的视角里。其实我从小读到的大部分关于上海的文字，那些被认为最能代表上海的事物，都被局限在一个比较小的范围里。那时候我觉得，我并不比外地人或者外国人更了解这个刻板印象中的"上海"。外滩或者法租界，对我也同样是遥远的传说，它们从未与我真正有关。写另一个上海，写某些在时代的潮水中搁浅的小人物，写他们的卑微的"体面"，写人与环境的关联……这些东西在《阿 B》中似有若无，我不希望让一个短篇小说被文本意图压到过载。我更想表达的是，在一个剧烈变革的时代，有人徒劳地做着近乎刻舟求剑的努力。那些被虚掷的青春，那些荒废的情感和雄心，在多年之后，会激活某种你以为早就流失的东西。

　　还需要做一个小注解：现在的年轻人已经很难想象，二十世纪八九十年代的上海人，曾经有多么热爱粤语歌。粤语歌在上海的那种弥漫性传播，与《野狼 Disco》所表现的当年粤语歌在北方的流行状况相比，既有相同之处，也有明显的地域差异。上海人对粤语歌的接受层次更广泛，更"专业"，从电台的排行榜到歌厅到学生的歌词本、拷带市场，一度与香港同步得非常精准。上海人能把听不懂的粤语，一个字一个字咬到近乎乱真。这可能与沪港两地向来密切的历史渊源、改革开放之后的大量商务往来，有直接关系。钟镇涛并不是我儿时的偶像，我甚至从没买过他的磁带。但他的气质和遭际比较适合与小说人物构成对照，所以我写的时候听了好多他的老歌。小说里提到的法国电影周、艺术电影院旁边的拷带摊点，都是真实的记忆，将它们一点点回想起来的过程非常美好。

《九月》

写《九月》的动机，是想构建城市里最常见的一组关系：女主人与家政服务员。因此，这一篇直到结尾部分才出现的那个句子，反倒是早在动笔之前就已经浮现的："不管彭笑愿不愿意承认，在这座城市里，赵迎春曾经是跟她关系最密切的女人。"

女主人彭笑和家政服务员赵迎春，她们的社会角色、经济状况和成长轨迹截然不同，但她们每天都在互相观察，依稀窥见对方难以言说的处境——比如男性有意无意的缺位，比如婚姻慢慢露出的苍白底色，比如那些激励着，也围困着人们的"目标"：努力奋斗，在一座城市里留下来，或者功成名就，把希望寄托在更为遥远与缥缈的彼岸。在正常情况下，这两个女人将会是一对无限接近的平行线。小说家的任务，是寻找一个合适的事件，将她们卷进同一个旋涡，让彼此的命运产生短暂的相交。有好长一段时间，我都搁浅在这个事件的构思上，只有一个模糊的直觉：那一定跟她们的孩子有关。

所以，毫无疑问，《九月》真正的主角并不是那个叫九月的孩子，而是他的母亲，以及他母亲的雇主——后者也有一个与九月年龄相若的女儿。她们对于"体面"的追求各不相同，但实质却颇为相似。最终选择把九月放置在一个所谓"综艺选秀"的环境里，是基于对这种刻意模糊真实与虚构边界的事物的长期观察。一方面，这是一个完全有可能产生戏剧性冲突的环境，它向年轻人（包括他们的父母）做出改变命运的承诺，又随时可能夺走它。另一方面，综艺节目的制作者的命运，也微妙地维系在节目究竟能吹出多大的五彩肥皂泡上。当小说里彭笑的丈夫廖巍突然发现，九月不仅是一个被家里的保姆硬塞进来的关系户，他也具有某种可以被利用的潜质时，彭笑和赵迎春的关系，她们之间的权力结构就发生了短暂但耐人寻味的调换。于是廖巍说："我们还可以给他机会的——或者说，他还可以给我们机会。"

这篇小说真正关注的就是这些细微而激烈的调换、倾斜、利用与和解。在整个写作过程中，我都提醒自己，抵挡一切正面勾勒九月的真实面目和刻画他的心理曲线的诱惑。我希望能像菲茨杰拉德写盖茨比那样写九月，通过彭笑的眼睛看他的轮廓，通过观众们的刻板印象去猜测他、同情他，最后遗忘他。我希望直到结局，你仍然拿不准九月到底是一个怎样的人。因为这个事件之所以会发生，就是因为这个孩子承受的是来自家长、媒介和社会的多重误解——尽管这些误解常常还贴着爱的标签。这些误解最终压垮了他。我们能确定的只有一件事：无论是赵迎春给他的剧本，还是廖巍和彭笑给他的剧本，抑或是"粉丝"对他的想象，都离他的真实人生很遥远。在阅读这个故事的过程中，也许你会想起一两个突然走红却又黯然消失的"草根"明星的名字，但九月可能是他们，也可能不是。

廖巍和彭笑与女儿廖如晶的关系——他们之间无可逆转的疏离——也同样是若隐若现的。在这个故事里，它最大的功能是提供赵迎春与九月之间关系的镜像，表明误解和创伤并不会因为阶层升高而得以豁免。与此同时，在故事的最后，当赵迎春出走，彭笑在记忆中把关于九月与晶晶的"思绪的碎片"混在一起时，这两个女人之间，终于发生了真正意义上的同情与理解。

《离心力》

写到《离心力》的时候，我强烈地感觉，哪怕再不舍得，A 面的故事也到了需要一个完结的时候。那些始于《十三不靠》的人物和事件，需要在《离心力》里找到结实的"底牌"。碧云天饭店（《十三不靠》）和忆江新村（《阿 B》）的场景，赵迎春（《九月》）的来处，邵凤鸣和米娅（《十三不靠》）的下落，都有了安放之处。甚至《离心力》的叙述者"我"与《九月》里的"我"都叫管亦心，你完全可以把她们看成同一个人。至此，A 面的四个故事虽然分了好几年才写完，但彼此连缀——你把它们一口气读下来，当成一个八万字的以上海为背景的长篇小说看，也并没有什么不妥。

尽管如此，《离心力》在结构上仍然是一个完整的、可以独立成章的故事。传统媒体人的集体失落，从理想信条到世俗法则的笨拙而艰难的转身，城市里通过租赁房屋所形成的环环相扣的生存链，被新媒体放大变形的戏剧性事件造成意外的权力倒置（这一点跟《九月》一脉相承）——凡此种种，在这篇小说里，都需要依靠一个叫"离心力"的微信公众号来联结和呈现。这一篇写作的难度正在于此。

邵凤鸣在某种程度上窥破了大城市的真相：复杂的人际关系网，那些大大小小的"体面"互相牵制，构成了脆弱的平衡，然而，"这些也都是暂时的平衡，搞不好明天就被一阵风吹走。但无数个暂时就构成了我们的一生啊——生活不就是这样？"

值得注意的是，在《离心力》，也就是 A 面的末尾，埋了一条通往 B 面的浅浅的暗道。"站在未来，把今天当成历史来写。我试试看。"小说里，这话是作为第一人称叙述者的"我"说给邵凤鸣听的；小说外，这话也是作为本书作者的"我"说给你——我的读者听的。下一个故事，就是这种"试试看"的结果。

B 面

整个 B 面，写了三个实验。

《笑冷淡》

这个故事的设定可以用一句话来概括：作为一场人工智能实验的受试者，机器人毕然（没错，与《十三不靠》的男主角用了同一个名字，情节里也交代了两者之间的渊源）的任务是当一名脱口秀演员，在一个"笑冷淡"现象日趋严重的社会，逗乐台下的观众，赢得人类的共情。

写《笑冷淡》的时候，漫天飞舞的概念还是"元宇宙"，到发表时整个世界已经成了 ChatGPT 的天下。一夜之间，语言，文本，幽默感，这些人类一向自以为拥有垄断优势的东西成了一颗颗松动的牙齿，在我们的口腔中疼痛地摇晃。我们的工作，我们的身份，我们的"体面"，我们的未来，都成了可疑的问题。在这种情境下，我重新打开《笑冷淡》，发现这些问题早就已经萦绕在字里行间。脱口秀明星的商业价值越来越大，与她逗乐观众的能力成反比，她不惜用脑机接口输入笑料，却因此患上了严重的失眠症；而机器人之所以特别好笑，只是因为观众认定他并不是机器人，只不过把机器人演得特别逼真——这些像绕口令一样的悖论，映照得周遭的体面生活露出了荒诞的底色。也许，生活在当下的每一个人，都无法躲开机器人毕然的灵魂追问：

"我们一直在努力成为你们的样子，可是你们在干什么呢？你们在忙着往自己的脑袋上打洞，把资料啊数据啊拼命往里塞，让成千上万个纳米机器人在你们的血管里奔跑，把你们那尊贵的意识上传到这朵云那朵云里面。你们说，这样就可以长生不老，称霸宇宙。我算是看明白了，弄了半天，原来你们是想变成我们啊。"

《笼》

与《笑冷淡》一样，这个故事虽然明显发生在未来，却并没有给出非常明确的时间点。鉴于主要人物在 B 面的三个故事里都有出现，因此我们可以默认参考最后一个故事——《蒙面纪》中设定的时间。话说回来，在这三个根本无意探讨科技进程或者勾勒未来蓝图的故事里，具体的时间其实无关紧要。

这个短篇的动机可能是整本书里最简单的——仅仅是因为我在十几年前就对《阳羡鹅笼》念念不忘。这个古老的故事时不时地被人提起。在我写完《笼》的三年之后，也看到了动画片《中国奇谭·鹅鹅鹅》对它的改编。

不过，对这个故事，我有自己的理解。阳羡的夕阳下，古道，西风，盛宴，美酒。男人与女人相视而笑，一转身，却又人人都能随口"吐"出私藏的情人。这个简短的故事里装满了吐不完的人、说不完的话，循环往复，谁也看不到时间的尽头。欲望、欺骗，以及轻巧而充满反讽意味的"魔幻现实"——凡此种种，让这故事的每个字都焕发着迷人的现代性。我想将它扩展、延伸，甚至把它整体搬迁到未来的时空，让古人的想象借助全息投影得以"实现"。

于是就有了第一人称叙述者乔易思和他的妻子齐南雁，以及那个为他定制的试验品——"全息投影电子人"齐北雁。乔易思过了一个月的幸福时光，因为——"当你知道你随身携带着一个召之即来挥之即去的女人，当她的存在只是为了学习你的情感模式、研究甚至崇拜你那并不成功的人生时，那么，另一个女人，那个储存着你的过去、占据着你的现在、挟持着你的未来的女人，就变得可以忍受了。非但可以忍受，齐南雁简直每天都在变得可爱起来"。这是《阳羡鹅笼》式的"体面生活"，精致，甜美，自给自足，那格外光滑的表面让你实在不忍心去戳破它。

但小说家的任务不就是戳破所有光滑的表面吗？正如《阳羡鹅

笼》里那仿佛被一阵风吹来的田园牧歌，也终究会被一阵风吹散。当乔易思发现被他召之即来挥之即去的电子人齐北雁也能随时吐出她的"宠物"时，他的幸福时光就开始荒腔走板。在这个故事里，爱情，或者"亲密关系"，被嘲讽，被解构，但也同时被抚慰，被纾解，被包裹上一层薄雾般的、亘古不变的叹息。

《蒙面纪》

其实我自己也没有想到，我对这类既不够"科学"也并没有太多神奇"幻想"的故事，居然有着那么持久的书写欲望。也许是因为，一旦将时空拉开一段距离，找到一个全然陌生的视角，再来审视我关注的日常生活和文学命题，常常能给我以近乎微弱电击的刺激感。从这个意义上讲，对我而言，"科幻"确实主要是一种方法。

在 B 面，《蒙面纪》排在最后，是人工智能专家吴均主持的第三场实验。在《笼》里从头纠缠到尾的那对夫妻又出现在这里，但是第一人称叙述者从丈夫乔易思换成了妻子齐南雁。

如果要用最简单的句子来勾勒《蒙面纪》的形状，那大致是一个"未来考古"的故事。一两百年后的人如何看待一段因为数字恐怖袭击而日渐模糊的历史（二十一世纪三十年代），如何通过虚拟现实实验进入那段被流行病困扰的历史时期的日常生活。如果我们此时已经生活在一个不需要穿戴任何防护设备（因为它们已经成为滤膜与我们的皮肤贴合在一起）就能免受病毒侵扰的时代，却带着历史考古的兴趣，去想象和虚构一个危机丛生的古代（"微生物肆虐、气候急剧变化，以及由此引发的争端即将使地球总人口负增长的幅度超过警戒线"），那么我们会怎么看，会怎么想？我们是会庆幸自己的劫后余生，还是会在体验恐惧的同时居然触摸到一点久违的、真实人性的温度？由始至终，都是这个动机在推着我往下写。

之所以把故事中的"虚拟现实"场景设定在未来的大流行病时

期，那当然与我——我们——这几年正在持续经历的现实有关。但我试图在这个故事里纳入的，并非仅止于此；或者说，用"虚拟"包裹"现实"甚至不是我的文本意图。我让我的人物——虚拟实验"蒙面纪"的受试者（一对在现实中恩怨难解的男女）在实验中的隔离场景里说古论今、谈情说爱，话题涉及流行病与人类的关系的过去、现在和未来。我希望这些对话可以成为一种给故事"扩容"的手段。在写作这个部分的过程里，我这几年的阅读经验渐渐被打通，历史、现实与未来彼此对望，科学与文学通过人物促膝夜谈。脉络是一点点清晰起来的。我看到的，是某些其实从未改变过的东西。从这个意义上讲，我们人类正在或者将要面对的困境，和《十日谈》、《鼠疫》或者《霍乱时期的爱情》里需要面对的东西，并没有本质的不同。

但是依然有温暖和希望。我在写到第二章时，曾经在原地转悠过很久，不知道怎样才能让人物关系有所进展。直到——仿佛出于偶然——一只猫出现在我的笔下，起初只是为了让画面动起来，破一破两个人物之间的僵局。后来，这只名叫寇娜的猫越来越呈现出她特有的生命力，她温柔地撕开人类被固化甚至僵化的"体面"，将室内与室外、男人与女人、虚拟与现实重新联结在一起。说实话，我自己也是每每写到寇娜，脸上便会渐渐舒展开，忍不住微笑起来。尤其是写到下面这段：

"想象初秋深夜被露水打湿的草地，想象一只猫与另一只猫的目光与气味紧贴着地面彼此缠结。寇娜的每次温驯的静止，每次伴随着低频声的颤抖，都好像有什么事情正在发生或者即将发生。"